VIER HOCHZEITEN UND EIN EX

POPPY J. ANDERSON

Weitere Buchreihen der Autorin

- Die New York Titans Reihe
- Die Fitzpatrick Reihe
- Die Hailsboro Reihe
- Die Ashcroft Saga
- Die Taste of Love Reihe

Hier erhältlich

Poppy J. Anderson

Vier Hochzeiten und ein Ex

Liebesroman

1. Auflage Februar 2018

Covergestaltung: Catrin Sommer rausch-gold.com
Unter Verwendung von © Alexander Raths – shutterstock.com
© Ksw Photographer – shutterstock.com © NemesisInc – shutterstock.com © Panda Vector – shutterstock.com © Alexander_P – shutterstock.com © lineartestpilot – shutterstock.com © Yuyula – shutterstock.com
Korrektorat: SW Korrekturen e.U.
www.poppyjanderson.de
poppyj.anderson@googlemail.com

Poppy J. Anderson

c/o copywrite Literaturagentur

Georg Simader

Woogstr. 43

60431 Frankfurt

PROLOG

„Ist es wirklich in Ordnung, wenn ich mit dir komme? Es ist immerhin Weihnachten."

„Eben! Es ist Weihnachten, Blair. Deshalb lasse ich meine Mitbewohnerin und beste Freundin sicherlich nicht alleine im Wohnheim sitzen. Natürlich kommst du mit. Meine Mom freut sich bereits, uns bekochen zu dürfen. Und ich freue mich, die neunstündige Fahrt nicht allein mit meinem Bruder antreten zu müssen." Mit der gleichen Effizienz, mit der sich Harper auf ihre Klausuren vorbereitete oder sich einen Überblick über das Mensaessen verschaffte, verstaute sie nun ihre Habseligkeiten in ihrem Koffer.

Blair war sich sicher, dass kein einziger Kadett in West Point einen dermaßen ordentlich gepackten Koffer vorweisen konnte wie Harper, die eigentlich perfekt für eine militärische Laufbahn geeignet gewesen wäre. Mit ihr an der Spitze des Generalstabes wäre jede militärische Krise in Windeseile gelöst gewesen.

Blairs Mitbewohnerin war ein Genie, was Organisation und Planung betraf. Außerdem war sie ein Pitbull, wenn sie sich einmal in etwas festgebissen hatte – ob es nun der ehrgeizige Plan war, ihren Philosophieprofessor wegen einer besseren Note zu bequatschen, das Waschmaschinenverbot im Wohnheim aufheben zu lassen oder eine Notiz wiederzufinden, die Blair irgendwo in ihren Unterlagen vergraben hatte.

Im Gegensatz zu Harper war Blair eher chaotisch. Und sie bügelte ihre Socken nicht, wie es Harper anscheinend tat.

„Sind das etwa gebügelte Socken?" Blair spähte in die akribisch gepackte Reisetasche ihrer Freundin.

Ihre eigene war erst halb gepackt und lag umgekippt neben dem Bett. Gebügelt war so gut wie nichts. Vielleicht sollte sie wenigstens ihre Blusen vorher bügeln und noch ein Kleid einpacken, fragte sich Blair verzagt, schließlich wollte sie auf die Familie ihrer Mitbewohnerin und Freundin einen guten Eindruck machen.

Nachdenklich betrachtete sie das Innere von Harpers Tasche und schnappte nach Luft. „Sag mir nicht, dass du deine Zahnbürste luftdicht verpackt und eingeschweißt hast, Harper!"

„Ich habe meine Zahnbürste lediglich in eine kleine Plastiktüte gepackt, schließlich möchte ich, dass meine Kosmetikartikel die Fahrt ohne Blessuren überleben."

Angesichts des ernsthaften Tonfalls ihrer Freundin verdrehte Blair die Augen.

Um sich jedoch nicht länger über Harpers Kontrollsucht zu unterhalten, wechselte sie lieber das Thema. Sie zog die Beine an, umschlang diese mit den Armen und ignorierte die wohldurchdachte Ordnung ihrer Freundin. „Mac will mit ihrem Freund Schluss machen, wenn sie zu Hause ist."

„Woher weißt du das denn?" Geradezu erschrocken sah Harper sie an und hielt dabei inne, einen Pullover auf Flusen zu untersuchen.

Schulterzuckend erwiderte Blair: „Wir haben uns gestern Abend in der Bibliothek getroffen. Anscheinend war ich nicht die Einzige, die ihren Aufsatz auf den letzten Drücker geschrieben hat." Fröhlich blinzelte sie Harper zu, die abfällig schnaubte, jedoch keine Standpauke vom Stapel ließ, wie wichtig es sei, Arbeiten fristgerecht einzureichen.

„Wieso will sie mit ihm Schluss machen? Edward ist ein sehr netter Mann."

„Du weißt aber schon, was man über Männer sagt, die *nett* sind, oder?"

Harper schien sie gar nicht gehört zu haben. „Edward Rogers hat einen großartigen Notendurchschnitt, er ist in der Tennis-Auswahlmannschaft seiner

Universität, nach seinem Abschluss wird er in der Kanzlei seines Vaters arbeiten und er ist sehr familienverbunden."

Blair ließ ein übertriebenes Gähnen hören.

Nachdem Edward Rogers vor wenigen Monaten zu Besuch nach Wellesley gekommen war, um seine Freundin Mac zu sehen, schwärmte Harper in einer Tour von dem ehrgeizigen Studenten, während Blair ihn grauenvoll langweilig fand. Selbst seine eigene Freundin schien sich ihrer Meinung anzuschließen. Warum sonst sollte Mac in den Ferien mit ihm Schluss machen wollen?

„Mac könnte es schlechter treffen."

„Mac ist neunzehn, Harper. Und sie trägt seit Kurzem ein Nasenpiercing. Glaubst du, dass sie Lust auf einen Freund hat, der jetzt bereits einen Lebensplan entwirft und sich Gedanken darum macht, welches Aktienpaket zu ihm passt?"

Anscheinend brachte ihr Kommentar Harper dazu, das Thema zu wechseln. Wie nicht anders zu erwarten, kräuselte sie missbilligend ihre Nase. „Ich kann noch immer nicht glauben, dass ihr euch habt piercen lassen. Weißt du eigentlich, wie hoch die Wahrscheinlichkeit einer Bauchfellentzündung nach einem Nabelpiercing ist? Zum Glück ist Lucy vernünftig geworden, bevor ihr sie zu diesem Augenbrauenring überreden konntet."

Belustigt schob sich Blair eine Haarsträhne zurück.

„Lucy war Feuer und Flamme für ihren Augenbrauenring, aber dann hast du ihr von eitrigen Wunden und Blutvergiftungen erzählt."

Tatsächlich mussten sie vier einen ziemlich kuriosen Eindruck auf den stark tätowierten Mann gemacht haben, als sie alle in seinem Studio gestanden hatten. Einzig Mac und sie hatten sich letztendlich getraut, Körperschmuck zu tragen, da Lucy einen Rückzieher gemacht hatte. Als Küken unter den vier Freundinnen war sie jedoch leicht zu beeinflussen gewesen – schließlich hatte Harper pausenlos von Komplikationen und verstümmelten Gliedmaßen gesprochen, bis Lucy beinahe gekotzt hätte.

„Ihr könnt von Glück reden, dass ihr keine Blutvergiftung bekommen habt." Harper runzelte die Stirn. „Stell dir nur vor, was alles hätte passieren können! Mit einer Blutvergiftung hättet ihr euch ins Krankenhaus einweisen lassen müssen und somit viel Zeit fürs Lernen verpasst und ..."

Blair unterbrach Harper, bevor diese noch nervöse Zuckungen hätte entwickeln können. „Bei einer Blutvergiftung hätte ich mir eher Gedanken um mögliche Amputationen als ums Lernen gemacht."

„Apropos Lernen." Harper sah sie mit der Strenge einer Internatsleiterin an. „Hast du deine Bücher eingepackt? Auf der Fahrt können wir uns gegenseitig abfragen. Für Philosophie muss ich noch etwas tun und du solltest nach deiner Chemieprüfung unbedingt eine bessere Note im Mündlichen bekommen."

Mit einem übertriebenen Stöhnen ließ sich Blair nach hinten aufs Bett fallen. „Ich habe nicht einmal meine Unterhosen eingepackt, Harper!"

„Mein Bruder wird in einer Stunde hier sein, um uns abzuholen!"

„In einer Stunde habe ich meine Tasche zehnmal gepackt und mir dreimal die Haare gewaschen", warf sie ein. „Kein Grund zur Eile."

Während sie an die Decke ihres Zimmers starrte, fragte sich Blair, ob es eine gute Idee gewesen war, Harpers Einladung anzunehmen. Sie kannte weder Harpers Eltern noch ihren Bruder, der in Dartmouth studierte und sie abholen würde, um sie beide in seinem Auto mit nach Ohio zu nehmen. Weihnachten war das Fest der Familie. Und obwohl Harper in den wenigen Monaten, in denen sie beide nun zusammen wohnten und studierten, zu ihrer besten Freundin geworden war, wollte sich Blair nicht aufdrängen.

Noch weniger verlockend war jedoch die Aussicht, Weihnachten allein im Wohnheim zu verbringen. Blairs Dad verbrachte Weihnachten und Silvester nämlich mit seiner neuen Freundin auf Barbados und Blairs Mom ...

Da Blair ihre Mom zum letzten Mal gesehen hatte, als sie zwölf Jahre alt gewesen war, konnte sie nicht einmal sagen, wo ihre Mom zurzeit war und was sie machte.

Verdammt!

Blair verzog den Mund, weil ihre verkorkste Familiengeschichte es schaffte, ihre ersten Weihnachtsferien auf dem College zu vermiesen.

„Ich hab dich lieb, Blair, aber wenn du nicht langsam packst, muss ich es für dich tun." Harpers ungeduldige Stimme riss sie aus ihren Gedanken heraus.

Weil sie nicht Gefahr laufen wollte, dass Harper das Geschenk entdeckte, das sie von ihr zu Weihnachten bekommen würde, sprang Blair vom Bett auf und beeilte sich, ihre Sachen selbst in den Koffer zu stopfen. Währenddessen machte Harper ihrem Ruf als Organisatorin alle Ehre, als sie Blair die Kopie einer Straßenkarte vorlegte, auf der sie alle Tankstellen mit annehmbaren Toiletten gekennzeichnet hatte – für die gesamten siebenhundert Meilen, die sie hinter sich bringen würden, um zu Harpers Eltern zu fahren.

Ihren Eltern hatte sie ebenfalls ein Geschenk besorgt und sogar für ihren Bruder etwas gekauft, obwohl sie ihn noch gar nicht kannte. Jedoch gebot es die Höflichkeit, der Familie ihrer Freundin eine Kleinigkeit zu schenken, wenn sie mit ihr Weihnachten feiern durfte. Blair hoffte, dass sich Harpers Eltern über das gerahmte Foto ihrer Tochter freuen würden, und was Harpers Bruder anging, glaubte sie, dass der

Ingenieursstudent das Buch über europäische Bauwerke sicherlich interessant finden würde.

Das Geschenk, das sie Harper geben würde, war persönlicher. Und vielleicht sogar etwas kitschig, aber das war Blair egal. Sie wusste, dass Harper die kleine Kette mit dem Anhänger lieben würde, in dem zwei Fotos steckten. Ein Foto von ihnen beiden und auf der anderen Seite ein Foto von allen vieren – Lucy, Mac, Harper und ihr, als sie zusammen auf einer Verbindungsparty gewesen waren. Auf die Rückseite des filigranen Medaillons hatte sie Harpers Namen eingravieren lassen und in die übrigen drei genau identischen Medaillons jeweils die anderen Namen, denn auch Mac und Lucy würden eines von ihr geschenkt bekommen. Und sich selbst hatte sie auch eines gekauft, schließlich hatte ihr Dad gesagt, sie solle sich von dem Geld etwas Schönes zu Weihnachten kaufen – sozusagen eine Entschädigung dafür, dass er mit seiner neuen und vermutlich viel zu jungen Freundin am Strand lag, während Blair allein blieb.

Nicht, dass es ihr viel ausmachte, immerhin, war es nicht das erste Mal, dass ihr Dad ihr eine Abfuhr erteilte und ihr einen Scheck gab, um sie über sein fehlendes Interesse hinwegzutrösten. Anstatt die tausend Kröten fürs Teleshopping auf den Kopf zu hauen, hatte sie die hübschen Medaillons und die Geschenke für Harpers Familie gekauft.

Außerdem würde sie sich an den Spritkosten beteiligen, da sie wusste, dass weder Harper noch ihr Bruder sehr flüssig waren. Im Gegensatz zu ihr, deren Dad die Studiengebühren vermutlich aus der Portokasse zahlte, war Harper dank ihrer ausgezeichneten Noten und eines Stipendiums nach Wellesley gekommen.

Und sie ging verdammt verantwortungsvoll mit dieser Möglichkeit und ihrem Stipendium um, was ein Blick auf den ordentlichen Schreibtisch an der gegenüberliegenden Ecke ihres gemeinsamen Zimmers offenbarte. Angesichts der farblich sortierten Ordner und der akkurat beschriebenen Blätter an den Wänden musste Blair lächeln. Während Harper detaillierte Lernpläne mit Uhrzeiten, Pausenzeiten und Themenkomplexen an ihre Wand gehängt hatte, klebte an ihrer Wand ein fast lebensgroßes Poster von Jim Morrison.

Es war kaum zu glauben, dass sie von Anfang an wie Pech und Schwefel gewesen waren und sich angefreundet hatten. Harper war ihre beste Freundin, auch wenn sie gerade darüber lamentierte, dass Blair ihre Schuhe imprägnieren musste, damit sie nicht nass wurden und ihr eine Erkältung bringen würden.

Lachend stopfte Blair ungebügelte Unterhosen in ihre Tasche und schätzte sich glücklich, eine Freundin zu haben, die sich um ihre nassen Füße Sorgen machte.

KAPITEL 1

ZWÖLF JAHRE SPÄTER

Montag

Mach dich nicht verrückt, Blair. Er wird nicht in der gleichen Maschine sitzen wie du. Entspann dich!

Blair Hamilton reckte den Kopf in die Höhe, um über die Sitzplätze vor sich hinweg zu spähen und den Eingang des Flugzeugs im Auge zu behalten. Ihr Verstand sagte ihr zwar, dass Jake ganz unmöglich mit diesem Flugzeug nach Schottland fliegen würde, aber ... nun ja ... was Jake betraf, konnte sie nie sicher sein. Er war meistens für eine Überraschung gut. Spätestens morgen würde sie ihn sowieso wiedersehen, jedoch wollte sie wenigstens die kommenden sieben Flugstunden allein sein. Das Schicksal wäre nicht so grausam, ihren Ex im gleichen Flieger zu platzieren.

Jedenfalls hoffte sie das.

Unruhig rutschte sie auf ihrem Sitz herum und zog den Anschnallgurt enger, bevor sie nach den Bordjournalen in der Sitztasche vor sich griff und diese hektisch durchblätterte. Dass ihre Finger zitterten und sie selbst ständig aufsah, um die anderen Passagiere in Augenschein zu nehmen, die mit ihren Trolleys durch den engen Flugzeugflur liefen und ihre Plätze suchten, sagte Blair, dass sie in den kommenden Tagen ein nervliches Wrack sein würde.

Verflucht! Warum hatte sie Harper nicht unauffällig gefragt, welchen Flug Jake nach Schottland nahm? Dann würde sie jetzt nicht hier sitzen und sich so nervös verhalten, dass man sie für eine Flugzeugentführerin halten könnte, wenn sie sich nicht langsam beruhigte. Nicht auszudenken, wie sehr Harper ausflippen würde, wenn Blair in New York verhaftet und daran gehindert werden würde, nach Schottland zu fliegen, weil Homeland Security sie für eine Terroristin hielt.

Blair ließ ihre Handknöchel knacken und seufzte innerlich.

Ein älteres Ehepaar betrat gerade das Flugzeug und wurde von einer lächelnden Stewardess begrüßt, während ein anderer Passagier sein Bestes tat, um seinen riesigen Trolley in das obere Gepäckfach zu wuchten, und dabei fast einen anderen Passagier am Kopf getroffen hätte.

Blair verdrehte die Augen und konnte sich ein winziges Grinsen nicht verkneifen. Sie flog nicht besonders gerne, vor allem dann nicht, wenn sie einen Platz am Gang hatte – so wie heute. Ständig wurde man angerempelt, lief Gefahr, von einem Gepäckstück erschlagen zu werden, oder wurde vom Servierwagen am Knie getroffen, sobald der Service durch den Gang lief.

Wenn sie zusammen mit Jake geflogen war, hatte er immer den Gangplatz genommen, weil er ganz genau wusste, wie ungern sie dort saß. Unwillkürlich musste sie lächeln, als sie daran dachte, dass er bei ihrem letzten gemeinsamen Flug die Flugmeilen seiner Firmenkreditkarte dazu benutzt hatte, um sie beide in die Businessclass upzugraden, weil es nur noch Plätze am Gang gegeben hatte. Dabei war es nicht einmal ein langer Flug gewesen! Sie waren nach Pittsburgh zur Hochzeit seiner Cousine geflogen und hatten nicht einmal zwei Stunden im Flieger gesessen. Aber Jake hatte ihr einen Fensterplatz besorgt.

Das war süß gewesen.

Weniger süß war gewesen, dass sich beide nach dem Wochenende und nach der Hochzeit seiner Cousine in die Haare bekommen hatten. Schon auf dem Rückflug war die Luft zwischen ihnen zum Schneiden dick gewesen.

Seufzend klappte sie das Journal zu und stopfte es zurück in die Sitztasche.

Im letzten Jahr ihrer Beziehung hatten sie beide mehr gestritten als in den Jahren zuvor. Jede noch so kleine Sache war zum Anlass geworden, sich gegenseitig anzublaffen und sich zu fetzen. Der Versöhnungssex war zwar jedes Mal der helle Wahnsinn gewesen, aber irgendwann kam der Punkt, an dem nicht einmal multiple Orgasmen etwas retten konnten.

„Entschuldigen Sie? Mein Mann und ich sitzen in Ihrer Reihe."

Blair schaute auf in das runzelige Gesicht der älteren Dame, die gerade zusammen mit ihrem Mann das Flugzeug bestiegen hatte, und fürchtete, dass man ihr ansehen konnte, dass sie soeben an den fantastischen Sex mit ihrem Ex gedacht hatte.

Sie fühlte sich ertappt, weil sie vor ihrem inneren Auge noch immer einen nackten Jake sehen konnte, der sie nach einem Streit auf den Küchentisch gehoben und zum Schreien gebracht hatte, was zu einem unangenehmen Gespräch mit zwei Streifenpolizisten geführt hatte, weil irgendein Nachbar die Cops alarmiert haben musste. New Yorker Wohnungen konnten dann und wann ziemlich hellhörig sein. Jake und sie hatten den beiden Officers erklären müssen, dass niemand bei ihnen gefoltert wurde, sondern dass sie mitten in ihrer Küche Versöhnung feierten und dabei etwas laut geworden waren. Gott, was hatten sie beide gelacht, als die zwei sichtlich amüsierten Polizisten gegangen waren und ihnen noch viel Spaß gewünscht hatten …

„Miss?"

Peinlich berührt nickte sie schweigend, öffnete den Gurt und erhob sich aus ihrem Sitz, wobei sie sich prompt den Kopf an der niedrigen Decke über sich stieß.

Höflich half sie den beiden mit ihren Gepäckstücken und blieb anschließend im Gang stehen, als das ältere Ehepaar auf ihre Sitzplätze kletterte, bevor sie sich ebenfalls wieder hinsetzte und sich ein weiteres Mal anschnallte. Der kleine Stoß gegen ihren Kopf hatte sie wenigstens wieder zur Besinnung gebracht, da sie nun mit aller Macht die Bilder aus ihrem Kopf verdrängte, die etwas mit heißem, verschwitztem Küchensex zu tun hatten.

Stattdessen spähte sie wieder über die Sitze vor sich und nagte an ihrer Unterlippe herum, während ihr siedend heiß einfiel, dass sie vergessen hatte, eine Strumpfhose einzupacken. Verdammt, das kam davon, dass sie gestern Abend lieber *The Biggest Loser* hatte schauen wollen, anstatt ihren Koffer zu packen. Nach einem anstrengenden Tag im Büro war es Blair ein Anliegen gewesen, ihre Favoritin Bethany dabei zu beobachten, wie sie sich beim Sport verausgabte und anschließend auf der Waage triumphierte. Der Koffer war eher nebensächlich gewesen. Ergebnis des gestrigen Abends, der in einer Orgie voller Schokokekse und einer Pizza mit Fleischbällchen sowie einer Folge *The Biggest Loser* geendet hatte, war die fehlende Strumpfhose, denn Blair hatte heute Morgen noch im Büro vorbeischauen müssen und anschließend gerade einmal zwanzig Minuten Zeit gehabt, ihren Koffer zu packen, bevor sie zum Flughafen gefahren war.

Blair konnte nur hoffen, dass Lucy zwei Strumpfhosen dabeihatte und dass Harper nichts davon erfuhr, denn ihre Freundin wirkte etwas gestresst – jedenfalls war das Blairs Eindruck bei ihrem letzten Telefonat gewesen. Obwohl ... wann war Harper nicht gestresst?

„Was tun Sie in Schottland, meine Liebe?"

Blairs Kopf fuhr nach links herum und sie begegnete dem Blick der alten Dame, die neben ihr saß und umständlich in ihrer Handtasche herumkramte, wobei sie mit ihrem Ellenbogen anscheinend mehrmals ihrem Mann in die Seite stach und es nicht einmal zu merken schien. Ob es dieser ebenfalls bemerkte, bezweifelte Blair, weil er gebannt aus dem Fenster sah. Männer waren alle gleich, wenn es um Technik ging. Sobald Jake die Betriebsanleitung irgendeines technischen Geräts in die Finger bekommen hatte, hätte neben seinem Ohr eine Granate explodieren können, er hätte sich nicht stören lassen.

„Eine Freundin heiratet dort“, entgegnete sie daher mit einem schwachen Lächeln.

Wie fast alle Frauen begann ihre Sitznachbarin träumerisch zu seufzen, und ihre Augen glänzten augenblicklich vor lauter Sehnsucht auf, sobald es ums Heiraten ging. „Eine Hochzeit! Wie wunderbar! Es gibt doch nichts Romantischeres als eine Hochzeit.“

„Mhm“, stimmte Blair zu, enthielt sich jedoch jeden weiteren Kommentars. Ihrer Erfahrung nach waren die meisten Hochzeiten stressig, zeitaufwendig und teuer – und die Romantik blieb auf der Strecke. Blair war in den letzten Jahren auf so vielen Trauungen gewesen, dass sie wusste, wovon sie sprach. Allein das Chaos, das sich um die richtige Sitzordnung drehte, konnte ein Paar an den Rand eines Nervenzusammenbruchs führen.

„Ich kann mich an meine Hochzeit noch erinnern, als wäre sie erst gestern gewesen, auch wenn sie schon ein paar Jährchen zurückliegt“, schwärmte die Frau träumerisch und presste ihre Hand gegen ihren wogenden Busen. „Es war ein unvergleichliches Erlebnis, am Arm meines Vaters durch die Kirche zu gehen und vorne meinen Bill zu sehen, der dort auf mich wartete. Er war so gerührt, dass ihm Tränen über die Wangen liefen. Glauben Sie mir, meine Liebe, Sie werden niemals den Blick Ihres Zukünftigen vergessen, mit dem er Sie ansieht, wenn Sie im Brautkleid auf ihn zu schweben.“

Zwar konnte sich Blair trotz einer blühenden Fantasie nicht vorstellen, wie ihre Sitznachbarin auf ihren Mann zugeschwebt war, und angesichts der Tatsache, dass Bill seiner Ehefrau nicht einmal den kleinsten Funken Aufmerksamkeit schenkte, war sie bei den euphorischen Erzählungen eher misstrauisch, nichtsdestotrotz erwiderte sie: „Mhm."

Die andere Frau bemerkte nicht, dass Blair im Gegensatz zu ihr nicht direkt vom Hochzeitsfieber gepackt war, denn sie plapperte einfach weiter.

„Kirchenmusik, Blumen, der Ringtausch und das Treuegelöbnis. Hach! Und dann das Kleid. Das Kleid! Weißer Satin, herrliche Spitze und ein duftiger Schleier. Ich wusste schon als kleines Mädchen, wie mein Kleid einmal aussehen sollte."

Während sich die Frau in verklärten Ausführungen über Hochzeitszeremonien im Allgemeinen und über Hochzeitskleider im Speziellen erging und diese mit genießerischen Seufzern untermalte, schwieg Blair. An Hochzeiten liebte sie eigentlich nur die Gratisdrinks.

„Ich liebe Hochzeiten", beteuerte ihre Sitznachbarin, während sich ihre Wangen röteten und sie so aufgeregt wirkte, als stünde sie selbst in ein paar Tagen vor dem Altar. „Als kleines Mädchen hatte ich dieses Büchlein, in das ich hineingeschrieben habe, wie ich mir meine Hochzeit vorstellte. Ich wollte eine Pferdekutsche, Tauben und eine riesige Torte mit weißem

Zuckerguss haben. Immerhin ist der Hochzeitstag der schönste Tag im Leben einer Frau."

Das Lächeln auf ihrem Gesicht musste grauenvoll gezwungen aussehen, sagte sich Blair und lächelte weiter. Sie würde die nächsten Stunden neben dieser Frau sitzen und wollte sie nicht bereits vor dem Start gegen sich aufbringen, indem sie ihr erklärte, dass fünfzig Prozent aller Bräute nach ein paar Jahren Ehe das Datum ihrer Scheidung als den schönsten Tag ihres Lebens feierten.

„Sind Sie mit der Braut sehr eng befreundet?"

„Sie ist seit dem College meine beste Freundin", erwiderte Blair und lächelte zum ersten Mal ehrlich, seit ihre Sitznachbarin zu plaudern begonnen hatte. „Im ersten Semester haben wir uns ein Zimmer im Studentenwohnheim geteilt und waren seither unzertrennlich. Sie wohnt zwar mittlerweile in Seattle und ich hier in New York, aber wir sind immer noch sehr eng befreundet."

„Hach, wie schön!"

Blair stimmte mit einem Nicken zu und verlegte sich darauf, die Sicherheitsbeschreibungen zu studieren, denn sie wollte nicht allzu intensiv darüber nachdenken, dass der Kontakt zu Harper im letzten Jahr ein wenig nachgelassen hatte. Daran konnte sie niemandem als sich selbst die Schuld geben. Auch daran, dass sie Harpers Verlobten Grant bisher nicht einmal kannte. Dabei sollte sie Brautjungfer sein!

Große Distanzen waren niemals ein Problem für sie beide gewesen, doch im letzten Jahr war es eine perfekte Ausrede für Blair gewesen, dass sie dreitausend Meilen entfernt lebte, um Telefonaten und Gesprächen mit ihrer besten Freundin aus dem Weg zu gehen.

Das schlechte Gewissen meldete sich wieder und ließ ihren Magen rumoren – jedenfalls hoffte sie, dass es ihr schlechtes Gewissen und nicht etwa die Pizza von gestern oder das Thunfischsandwich von heute Mittag war.

Vielleicht war es auch nur die Aussicht darauf, dass sie als Brautjungfer dem Trauzeugen am Altar gegenüberstehen würde, der niemand Geringeres als Jake sein würde.

Als Harper sie angerufen hatte, um ihr zu berichten, dass sie heiraten würde, hatte sie sie gefragt, ob es für sie in Ordnung wäre, erste Brautjungfer zu sein und damit von Jake begleitet zu werden. Blair hatte sich völlig gelassen gegeben und vor ihrer Freundin beteuert, dass es gar kein Problem sei, mit Jake vor dem Altar zu stehen, aber das war gelogen gewesen.

Natürlich war es ein Problem! Niemand sollte dazu gezwungen werden, mit dem eigenen Ex in unmittelbarem Sichtkontakt vor einem Altar zu stehen, während sich zwei Menschen Treue und ewige Liebe schworen. Aber anstatt Harper darüber aufzuklären, dass sie lieber frisch gepressten Zwiebelsaft getrunken hätte, als mit Jake vor einem Altar zu stehen, hatte sie die Zähne zusammengebissen. Egal, wie groß die Überwindung auch sein würde, für Harper würde sie sich zusammenreißen und niemandem zeigen, wie nervös sie war, zum ersten Mal seit fast einem Jahr ihren Ex zu treffen.

Seit einem Jahr tat sie ihr Bestes, um Jake aus dem Weg zu gehen und ihn aus ihren Gedanken zu verbannen. Um genau zu sein, waren es elf Monate, eine Woche und fünf Tage, seit sie ihn zum letzten Mal gesehen hatte und seit sie die Orte New Yorks mied, von denen sie wusste, dass Jake dort auftauchen konnte. Blair vermisste das kleine Café in Chelsea, in das Jake und sie jeden Sonntag zum Brunch gefahren waren und das sie nicht mehr besuchte, weil sie fürchtete, ihm dort zu begegnen. Sie joggte auch nicht mehr über die High Line, schließlich waren sie beide früher dort immer zusammen zum Laufen gegangen. Und ihre Wäsche brachte sie nicht mehr in den Waschsalon gleich um die Ecke, sondern hatte sich eine Waschmaschine gekauft.

Blair kam sich furchtbar albern vor, immerhin wusste sie nicht einmal, wo Jake wohnte, nachdem er aus ihrer gemeinsamen Wohnung ausgezogen war. All die Winkelzüge, die sie in den vergangenen Monaten durchgezogen hatte, um nicht auf ihn zu treffen, waren völlig unsinnig gewesen, denn morgen würde sie ihn eh wiedersehen.

Einen verlockenden und verführerischen Moment hatte Blair sogar darüber nachgedacht, die Hochzeit ihrer besten Freundin zu verpassen und eine Krankheit oder den Job vorzuschieben, um nicht nach Schottland fliegen zu müssen, aber Blair war kein Feigling. Jake würde sie nicht davon abhalten, an Harpers wichtigstem Tag im Leben dabei zu sein. Himmel, es war schließlich ihre Hochzeit! Blair würde es sich niemals verzeihen, diese Hochzeit zu verpassen, nur weil sie Muffensausen davor hatte, ihrem Ex zu begegnen.

Die nächsten sieben Stunden verbrachte sie damit, ein Stück ungenießbares Hühnchen mit kaltem Kartoffelstampf zu essen, las ein halbes Kapitel, bevor sie es aufgab, weil sie sich nicht auf die Handlung des Krimis konzentrieren konnte, schaute sich einen alten Liebesfilm mit Julia Roberts an und wurde von ihrer Sitznachbarin vollgesabbert, die im Gegensatz zu Blair kein Problem damit hatte, im Flugzeug zu schlafen.

Als die Maschine in Glasgow landete, war Blair übermüdet und stand ein wenig neben sich. Wie ihre Frisur aussah, wollte sie gar nicht wissen, denn es gab generell nicht viel, was sie mit dem unordentlichen Vogelnest auf ihrem Kopf tun konnte.

Und sie fragte sich, was sie sich dabei gedacht hatte, keinen Mietwagen reserviert zu haben, als sie das Terminal mit den Mietwagenfirmen betrat und bemerkte, dass Schottland ein ziemlich beliebtes

Urlaubsland zu sein schien, weil vor jeder Mietwagenstation eine ellenlange Schlange stand.

Sie schalt sich eine Idiotin, weil sie nicht daran gedacht hatte, sich vor ihrer Reise um einen Mietwagen zu kümmern, als die ersten drei Autovermietungen ihr nach einer fast endlosen Wartezeit mitteilten, dass es kein Auto gab, das sie für die nächsten Tage hätte mieten können. Während sie gestern Abend im Fernsehen und über einer Packung Kekse verfolgt hatte, wie Bobby – der unsympathische Texaner, der fast zweihundert Kilo wog – aus dem Camp geworfen wurde, weil er heimlich Nachos mit Käsedip gegessen hatte, hatte sich Blair noch gefragt, ob sie mit dem Linksverkehr in Schottland zurechtkommen würde. An die Dringlichkeit, ein Auto im Vorfeld zu mieten, hatte sie dummerweise nicht gedacht.

Glücklicherweise konnte ihr die vierte Mietwagenfirma aushelfen – mit einem winzigen Zweisitzer in der Signalfarbe Rot, mit Gangschaltung und einem nicht existenten Kofferraum. Blair blieb nichts anderes übrig, als das winzige Auto zu nehmen und ihren Koffer auf den Beifahrersitz zu hieven und anzuschnallen, nachdem der Angestellte der Mietwagenfirma alle bereits existierenden Kratzer und Dellen notiert hatte. Auch wenn Blair als New Yorkerin davon ausging, kein Problem mit dem schottischen Verkehr zu haben, obwohl sie seit Ewigkeiten nicht hinter einem Steuer gesessen hatte, hatte sie eine Vollkaskoversicherung ohne Selbstbeteiligung abgeschlossen.

Sicher war sicher.

Gähnend setzte sie sich auf den Fahrersitz und stellte fest, dass das winzige Auto nicht einmal ihr viel Platz bot, obwohl sie mit rund einem Meter fünfundsechzig nicht zu den besonders großen Menschen dieser Welt zählte. Als sie den Motor startete, war sie sich der amüsierten Gesichter der Mietwagenangestellten bewusst, die sie dabei beobachteten, wie sie ruckelnd über den Parkplatz fuhr.

Dieser Linksverkehr war komplizierter als gedacht, bemerkte Blair, als sie gleich hinter der Ausfahrt des Flughafens auf den ersten Kreisverkehr traf und froh sein konnte, dass sich ein anderes Auto direkt vor ihr befand. Sie wäre nämlich intuitiv in die falsche Richtung gefahren und wäre somit als Geisterfahrer geendet.

Schweißgebadet stieß sie ein Stöhnen aus, als sie wenig später auf der Autobahn war, der sie nun fast eine Stunde lang folgen sollte. Von der Landschaft um sich herum bekam sie nichts mit, weil sie sich darauf konzentrieren musste, keinen Unfall zu bauen, nicht versehentlich in den Rückwärtsgang zu schalten und ihr Auto auf der richtigen Spur zu lassen. Außerdem war sie müde, sie müffelte nach der langen Reise und sie brauchte einen Kaffee. Für eine Dusche, ein Bett und etwas Koffein hätte sie momentan morden können.

In Perth baute sie fast einen Auffahrunfall, anschließend überfuhr sie beinahe ein argloses, grasendes Schaf und auf einer entlegenen Landstraße schaffte sie es, sich hoffnungslos zu verfahren. Es schüttete wie aus Eimern, während Blair mutterseelenallein auf einem Parkplatz irgendwo im Glenshee Nationalpark stand – jedenfalls hoffte sie, dass es der Glenshee Nationalpark war – und kurz davorstand, ihr Handy aus dem Fenster zu werfen, weil es keinen Empfang hatte. Sie war sogar so verzweifelt, dass sie ausstieg und umherwanderte, weil sie hoffte, dadurch ihr Navi aktivieren zu können. Um eine Dusche musste sie sich auf diese Weise wenigstens keine Gedanken mehr machen, immerhin war sie pitschnass, als sie wieder ins Auto stieg.

Da sie noch immer nicht wusste, wo zum Teufel sie war und wie sie verdammt noch mal dorthin kommen konnte, wohin sie musste, durchsuchte sie das winzige Handschuhfach, in dem sie leider keine Straßenkarte, jedoch einen Schokoriegel fand, den ein früherer Mieter dort vergessen haben musste. Frustriert stopfte sie sich den weichen Schokoriegel in den Mund und startete wieder den Motor. Mit quietschenden Reifen fuhr sie zurück auf die Landstraße und wäre um ein Haar auf die falsche Straßenseite gefahren, als sie wendete, um den Weg zurückzufahren, den sie hergekommen war. Dabei bretterte sie durch eine riesige Schlammpfütze, dessen Wasser bis auf die Windschutzscheibe spritzte.

Nach ein paar Meilen entdeckte sie ein Straßenschild, das sie zuvor nicht entdeckt hatte. Anscheinend war sie tatsächlich auf dem richtigen Weg gewesen. Also wendete sie ein weiteres Mal und fuhr die gleiche Strecke ein zweites Mal.

Mittlerweile dämmerte es, als sie in eine halbwegs bewohnte Gegend kam und sogar Empfang auf ihrem Handy hatte. Zum Glück war es zu der Lodge, die Harper für die Hochzeit am kommenden Wochenende gemietet hatte, nicht mehr allzu weit.

Mit knurrendem Magen, müden Augen und leichten Kopfschmerzen fuhr Blair noch ein paar Meilen weiter, bis sie auf einen fast versteckten Weg einbiegen musste, dem sie ungefähr zehn Minuten lang folgte, bis sich vor ihr plötzlich eine breite Auffahrt erstreckte, die zu einer eleganten Lodge führte. Mitten in den schottischen Wäldern tauchte ein riesiger Komplex aus rustikal wirkenden Gebäuden auf, die aus alten Steinen und dicken Holzstämmen bestanden und vor denen sündhaft teure Autos parkten.

Mit ihrem schlammverschmierten winzigen Auto parkte sie direkt vor dem Haus. Mittlerweile war es ihr egal, ob sie hier richtig war, denn sie wollte einfach nur noch schlafen und aus diesem Auto herauskommen. Sogar mit einer Parkbank hätte sie vorliebgenommen, so müde war sie. Erschöpft blinzelte sie und schaute durch das Autofenster in Richtung Eingang des großen Gebäudes, von dem sie hoffte, dass es sich um die Hochzeitslocation ihrer besten Freundin handelte.

Abrupt hörte es auf zu regnen, und sogar ein paar letzte Sonnenstrahlen kämpften sich durch die Wolkendecke, als die breiten Doppeltüren der Lodge sich öffneten und Harper erschien.

Wie immer war Blairs beste Freundin eine Erscheinung. Das blonde Haar perfekt frisiert, keine einzige Falte war auf ihrer Bluse zu entdecken, die Jeans sogar gebügelt und geradezu obligatorisch war der Ordner in ihren Händen.

Stöhnend krabbelte Blair aus ihrem Mietwagen heraus und hob grüßend eine Hand, während sie um das Auto herumging und vor der untersten Treppenstufe stehen blieb. Vor lauter Erleichterung fühlten sich ihre Knie wie Wackelpudding an. „Harper, hey ..."

„Blair! Ich habe dich schon vor zwei Stunden erwartet", begrüßte Harper sie und schüttelte tadelnd den Kopf. „Der Zeitplan ist deinetwegen komplett durcheinandergeraten. Vor einer halben Stunde hättest du dein Kleid anprobieren sollen."

Blair musste grinsen, denn genau so eine Reaktion hatte sie von ihr erwartet. Anstatt zu antworten, brüllte sie ihrer Freundin entgegen: „Schottland? Hätte es nicht ein netter Countryclub irgendwo in der Zivilisation sein können, Harper? Auf dem Weg hierhin habe ich fast ein Schaf überfahren und wäre beinahe ..." Sie stockte, denn hinter Harper tauchte niemand Geringeres als Jake auf. Schlagartig versiegte ihr Grinsen.

„Hey, Blair", ertönte seine Stimme. „Interessante Autowahl." Er nickte ihr völlig unbeteiligt zu und verschränkte die Arme vor der Brust. In seinem Gesicht zeigte sich keine Regung, während er ihr zunickte. „Auf deinem Kinn klebt Schokolade."

O Gott, warum musste ihr Ex auch der Bruder ihrer besten Freundin sein!

KAPITEL 2

O Gott, danke, dass sie allein gekommen ist!

Jake Kincaid beobachtete, wie Blair die Augen aufriss und hastig mit einer Hand über ihr Kinn fuhr, um die Schokolade zu entfernen, auf die er sie soeben aufmerksam gemacht hatte. Nicht, dass es für ihn Neuland gewesen wäre, auf ihrem Gesicht Spuren ihrer letzten Mahlzeit zu entdecken. Blair wäre nicht Blair gewesen, wenn sie nicht gekleckert hätte.

Die Frau, mit der er fast elf Jahre zusammen gewesen war, besaß das ungewöhnliche Talent, nicht einmal einen Reiscracker zu essen, ohne sich dabei hoffnungslos vollzusauen. Zu gut erinnerte er sich an die Beerdigung seiner Grandma, auf der Blair in ein Kirschtörtchen gebissen und dabei eine nicht unerhebliche Menge Gelee auf ihrer Bluse verteilt hatte. Damals hatte er bei ihrem Anblick beinahe lauthals lachen müssen, und das, obwohl er tiefunglücklich über den Tod seiner Großmutter gewesen war. Er würde vermutlich niemals vergessen, wie dankbar er für ihre Anwesenheit gewesen war und dafür, dass sie ihn – wenn auch unfreiwillig – aufgemuntert hatte.

Ihr jetziger Anblick hatte eigentlich nichts Aufmunterndes an sich.

Einzig die Tatsache, dass sie anscheinend ohne Begleitung zur Hochzeit seiner Schwester gekommen war, ließ ihn erleichtert aufatmen. Ansonsten empfand er die widersprüchlichsten Gefühle bei Blairs Anblick. Aufmunterung war nicht dabei.

Gleichgültigkeit leider auch nicht.

Jake wollte es sich vielleicht nicht eingestehen, aber in den vergangenen Tagen hatte er nur wenig Schlaf gefunden, weil er sich permanent gefragt hatte, ob Blair mit einem Mann im Schlepptau Harpers Hochzeit besuchen würde. Der Gedanke, dass ein anderer sie begleiten würde, hatte ihn fast um den Verstand gebracht und dazu geführt, dass er kurz davorgestanden hatte, seine Schwester gnadenlos auszuquetschen. Allein sein Stolz hatte ihn zurückgehalten. Ja, sein verdammter Stolz war Teil des Problems und hatte ihn hierhin geführt.

Nach außen mochte er vermutlich gelassen wirken, aber innen fühlte es sich alles andere als gleichgültig an, während er Blair betrachtete, die gerade hektisch versuchte, die getrocknete Schokolade von ihrem

Kinn zu wischen. Angesichts ihrer zerzausten Mähne, der dunkelgrauen, leicht schrägen Augen, die in seine starrten, und der konzentrierten Miene, bei der sich ihre weichen Lippen zu einer winzigen Schnute zusammenzogen, erinnerte er sich schlagartig daran, warum er fast elf Jahre mit ihr zusammen gewesen war – und warum es letztendlich zwischen ihnen nicht geklappt hatte. Augenblicklich spürte er, wie Groll in ihm aufstieg. Der Groll, der sich im letzten Jahr ihrer Beziehung von Tag zu Tag gesteigert hatte und dafür verantwortlich gewesen war, dass Jake ständig gereizt gewesen war. Auch nach ihrer Trennung war diese Gereiztheit nicht verblasst und ein Grund, weshalb er sich in Arbeit vergrub und kaum noch das Büro verließ. Er hielt es für besser, sich mit Arbeit abzulenken, als durch die Stadt zu ziehen und Gefahr zu laufen, Blair zu begegnen. Irgendwann zwischen dem Tag, als er den Mietvertrag für eine winzige Wohnung im East Village unterschrieben hatte, und dem Anruf seiner Schwester, in dem sie ihm mitgeteilt hatte, dass sie heiraten wollte, war ihm klar geworden, dass er sich nicht zurückhalten könnte, wenn er jemals auf Blairs neuen Freund treffen würde.

Blair mochte ihn zur Weißglut bringen und ihr Anblick mochte in ihm die Erinnerung wecken, wie sie einander lauthals angebrüllt und miteinander gestritten hatten, aber das hieß nicht, dass Jake problemlos damit umgehen könnte, ihren neuen Freund kennenzulernen.

Die Vorstellung, dass sie mit einem anderen Typen auf Harpers Hochzeit antanzen könnte, hatte ihn in letzter Zeit kaum Schlaf finden lassen.

Dass sie nun hier in einem dreckverschmierten Winzlingsauto angekommen war, ein Shirt trug, das fast durchsichtig war, und allein war, erleichterte ihn dermaßen, dass er innerlich brodelte, weil es ihm egal sein wollte, was Blair tat.

Aber es war ihm nicht egal.

Verdammt!

Nachdem er fast ein Jahr lang sein Bestes getan hatte, um möglichst wenig über Blair und das Ende ihrer Beziehung nachzudenken, musste er jetzt feststellen, dass dieser Versuch sinnlos gewesen war, schließlich handelte es sich bei seiner Ex um die beste Freundin seiner Schwester. Als er sich an Weihnachten vor zwölf Jahren dazu bereit erklärt hatte, auf dem Heimweg am College seiner Schwester haltzumachen, um sie und ihre Mitbewohnerin mitzunehmen, wäre ihm nicht im Traum eingefallen, dass es nur siebenhundert Meilen brauchte, um sich hoffnungslos in ein chaotisches Mädchen mit dem lustigsten Lachen der Welt zu verlieben und als erwachsener Mann wie der letzte Vollidiot mitten in Schottland zu stehen und nicht zu wissen, wie er sich seiner Ex gegenüber benehmen sollte.

Bevor er sich jedoch weiterhin den Kopf darüber zerbrechen konnte, was er tun sollte, schritt seine Schwester zur Tat und stieß ein Quietschen aus, das nicht zu der knallharten Anlageberaterin passte, die sie war.

Blair brach den Blickkontakt zu ihm ab, sobald Harper die drei Stufen hinuntereilte und sie stürmisch umarmte. Die zwei Frauen begrüßten sich, als hätten sie sich seit einem Jahr nicht gesehen – was ja auch der Fall war. Während sie sich lang und fest umarmten und dabei Geräusche ausstießen, die bei manchen Hunderassen vermutlich für epileptische Anfälle sorgten, bemerkte er, dass sein zukünftiger Schwager neben ihn trat und ebenfalls das Schauspiel betrachtete, das gleich vor ihnen stattfand.

„Ich schätze, dass das Blair sein muss."

Jake antwortete mit einem Brummen und nickte bestätigend. Ansonsten sagte er nichts und beobachtete schweigend das Schauspiel vor sich, während er sich der Anwesenheit des anderen Mannes neben sich bewusst war – seines zukünftigen Schwagers, den er kaum kannte.

„Zum Glück ist sie endlich da", gab Grant von sich. „Harper fing schon an, sich Sorgen zu machen, als sich Blair verspätete."

„Blair verspätet sich immer", erwiderte Jake ruhig. „Man sollte sich erst dann Sorgen machen, wenn sie pünktlich kommt und keinen Hunger hat."

Der Verlobte seiner Schwester lachte leise auf, antwortete jedoch nicht.

Jake wusste noch nicht, wie er den teilweise nüchtern wirkenden Anwalt für Steuerrecht finden sollte. Er schien patent zu sein, hatte Erfolg in seinem Job und sah gut aus. Mehr konnte Jake zu ihm noch nicht sagen, auch wenn er mittlerweile herausgefunden hatte, dass er seinen Kaffee schwarz trank und Harper bei der Hochzeitsvorbereitung schalten und walten ließ, wie sie wollte.

Nach den letzten zwei Tagen, in denen Jake am eigenen Leib erfahren hatte, wie anstrengend Harper war, was ihre Hochzeit betraf, musste er jedoch anerkennen, wie ruhig und besonnen Grant angesichts seiner angespannten Braut war. Und dass Harper angespannt war, musste sogar ein Blinder mit Krückstock bemerken!

Seine Schwester war momentan wie ein wandelndes Klemmbrett, auf dem minutiös jede Minute des Tages durchgeplant war, und sie bekam bereits nervöse Zuckungen, wenn jemand nicht dann zur Toilette ging, wann sie es geplant hatte. Normalerweise konnte man Harpers Organisationsdrang ganz gut tolerieren und belustigt darüber hinwegsehen, aber das hier war ihre eigene Hochzeit, was bedeutete, dass sie einen Perfektionismus an den Tag legte, der einen normalsterblichen Mann in einen Amoklauf treiben konnte.

Umso erstaunlicher war, dass Grant das Theater bislang dermaßen gutmütig mitmachte.

Grant würde in ein paar Tagen sein Schwager sein, aber das bedeutete nicht, dass Jake besonders viel von ihm wusste. Seine Schwester hatte ihn und den Rest der Familie vor vollendete Tatsachen gestellt, als sie ihnen verkündet hatte, in Kürze einen Mann zu heiraten, den sie erst vor wenigen Monaten bei der Arbeit kennengelernt hatte. Jakes kleine Schwester war rigoros, wenn sie sich einmal etwas in den Kopf gesetzt hatte. Und da sie mit ihrem analytischen Sachverstand an diese Hochzeit zu gehen schien, mit dem sie auch in ihrem Job sehr erfolgreich war, musste Jake davon ausgehen, dass alles in Ordnung sein würde.

Aber verdammt! Harper war seine Schwester und sie kannte ihren Bräutigam noch nicht einmal ein ganzes Jahr. Er hatte also jedes Recht, misstrauisch zu sein und den anderen Mann unter die Lupe zu nehmen. Zwar machte sich Jake keine Illusionen, was Harper betraf, die nicht auf ihn hören würde, wenn er ihr davon abraten sollte, ihren Verlobten zu heiraten, aber Jake würde sich besser fühlen, wenn er sicher war, dass es sich bei Grant um keinen schizophrenen Massenmörder handelte, der aus der Haut seiner Verlobten ein Kleid schneidern wollte.

Harpers Stimme drang zu ihnen, als sie Blairs Schultern umschloss und eindringlich erklärte: „Lucy ist auch schon da, Blair. Wir haben bereits angefangen, über den Ablauf der Trauung zu reden, nachdem wir auf dich gewartet hatten. Du musst mir außerdem bei der Sitzordnung helfen. Das eilt, schließlich gibt es nur eine einzige Druckerei in der näheren Umgebung, um die Platzkarten noch rechtzeitig fertigzustellen."

„Könnte ich erst einmal etwas zu essen bekommen?"

„Hast du nichts im Flugzeug gegessen?"

Blair öffnete schon den Mund, um zu antworten, als sich Jake einschaltete und lässig erklärte: „Sie hasst Flugzeugessen, Harper. Außerdem wird das bereits ein paar Stunden her sein, was bedeutet, dass sie trotz des Schokoriegels wieder hungrig ist."

Aus den wenigen Metern Entfernung konnte Jake sehen, wie sie ihre dunkelgrauen Augen zusammenpresste und ihn streng fixierte. Fast hätte er gelacht, denn Blairs verfressenes Temperament war kein Geheimnis.

„Woher willst du bitte schön wissen, dass ich Flugzeugessen nicht leiden kann?"

Das fragte sie nicht ernsthaft, oder? „Ich bin mit dir mehr als einmal geflogen und habe nicht vergessen, wie oft du dich über das Essen in Flugzeugen beschwert hast." Jake stieg langsam die drei Stufen hinunter, um bei den beiden Frauen stehen zu bleiben. Dass sich ein drückendes Gefühl in seinem Magen ausbreitete, sobald er in ihrer unmittelbaren Nähe stand, versuchte er zu ignorieren. Er versuchte ebenfalls zu ignorieren, wie hübsch sie trotz der Augenringe, der hartnäckigen Schokoladenflecken an ihrem Kinn und ihrem zerzausten Haar war.

Sie hob das Kinn in die Höhe. „Nicht zu vergessen, dass die Portionen an Bord viel ..."

„Zu klein sind", beendete er ihren Satz.

„Das sind sie ja auch!"

„Hey." Er hob beide Hände in die Höhe, als müsse er sich verteidigen. „Klär das mit der Fluggesellschaft, Blair. Ich bin der falsche Ansprechpartner, wenn du mal wieder nicht satt geworden bist."

Blair sah aus, als wolle sie etwas entgegnen, doch Harper räusperte sich vernehmlich. „Bevor ihr über die Essensportionen in Flugzeugen streitet, sollte Blair vielleicht lieber Grant kennenlernen."

Wie aufs Stichwort trat der dunkelhaarige Grant zu ihnen und reichte Blair die Hand. Blair wäre jedoch nicht Blair gewesen, wenn sie den Handschlag erwidert hätte. Stattdessen schob sie die Hand beiseite und umarmte Grant, der einen kurzen Moment ziemlich verwirrt wirkte. Jake konnte es ihm nicht verübeln, denn Blair hatte etwas an sich, was einen sich ständig überrumpelt fühlen ließ.

„Du bist also Grant. Es ist wirklich schön, dich endlich kennenzulernen. Ich hatte schon Angst, dass mit dir etwas nicht stimmen würde, weil sich Harper so verschlossen benommen hat. Warum hat sie dich so lange vor mir versteckt gehalten?"

„Vermutlich wegen deiner Begabung, mitten in jedes Fettnäpfchen zu springen und peinliche Situationen zu schaffen", rätselte Jake und verdrehte die Augen.

Wenn Blicke töten könnten, hätte Jake genau jetzt um sein Leben gefürchtet. Anstatt ihn anzumotzen, erwiderte Blair jedoch an Grant gewandt: „Man darf Jakes Kommentare nicht allzu persönlich nehmen. Es ärgert ihn vermutlich nur maßlos, dass eure Hochzeit ihn davon abhält, zwanzig Stunden am Stück an seinem Schreibtisch zu sitzen und Überstunden zu machen. Er ist ein leidenschaftlicher Workaholic."

Er biss die Zähne zusammen. „Und das aus dem Mund der Frau, die sich an drei Abenden in der Woche mit Kunden auf Geschäftsessen trifft."

„Manche Jobs erfordern soziale Interaktionen ..."

„Du machst Werbung für ein Fußdeodorant, Blair ..."

„Und das sehr erfolgreich, schließlich konnte sich der Umsatz nur für dieses Produkt um fünfzehn Prozent steigern. Ganz abgesehen von all den dankbaren Menschen, deren Füße weder schwitzen noch stinken!"

Er würde hier nicht stehen und sich mit ihr wegen eines Fußdeos streiten, daher schnaubte er lediglich abfällig.

Geradezu kämpferisch fixierte sie seinen Blick. Er tat ihr den Gefallen und erwiderte ihren hitzigen Blick.

Die Stille zwischen ihnen vier war unangenehm und zerrte zumindest an Jakes Nerven. Manchmal hätte er Blair erwürgen können ...

Harper seufzte schwer. „Muss das denn sein, ihr zwei?"

„Sag das deinem Bruder."

„Was habe ich denn getan?" Stirnrunzelnd erlaubte er sich, sie zu erinnern: „Du hast schließlich ..."

„Wieso willst du nicht erst einmal reinkommen und dich ausruhen, Blair? Der Flug und die Fahrt müssen anstrengend gewesen sein." Das kam von Grant, der sich zu bemühen schien, die Stimmung aufzulockern.

Jake konnte genau sehen, welche Überwindung es Blair kostete, den Blick von ihm loszureißen und sich stattdessen auf Grant zu konzentrieren, dem sie ein schwaches Lächeln schenkte, das Jake jedoch nicht aufs Glatteis führen konnte. Sie war noch immer wütend auf ihn.

„Das klingt wunderbar. Danke, Grant."

„Nichts zu danken. Soll ich dein Gepäck nehmen?"

„Das mache ich schon", brummte Jake und setzte sich in Bewegung. Bevor ihn jemand daran hätte hindern können, hatte er den Kofferraum des Kleinwagens geöffnet, der jedoch leer war. „Reist du seit Neuestem mit leichtem Gepäck, Blair? Ich wusste gar nicht, dass man Fußdeo ins Handgepäck stecken darf."

Wieder funkelte sie ihn an. „Meine Tasche befindet sich auf dem Beifahrersitz, du Idiot."

Jake schloss den Kofferraum etwas ruppiger als beabsichtigt und wollte gerade die Beifahrertür öffnen, als Blair dies übernahm.

„Das ist meine Tasche. *Ich* nehme sie."

„Sei nicht albern", grollte er und schubste sie mit einer Bewegung seiner Hüften zur Seite. „Deine Tasche hat bestimmt wieder einmal Übergewicht ..."

„Ich wüsste nicht, was dich das anginge."

„Sei nicht zickig, schließlich will ich dich nur vor einem Leistenbruch bewahren." Jake packte die rechte Schlaufe der Tasche und wollte das Gepäckstück aus dem Auto heben, als Blair nach der linken griff und an dieser herumzerrte.

„Ich bin nicht zickig und ich kann sehr wohl meine eigene Tasche tragen."

„Nicht zickig? Dass ich nicht lache!" Vehement zog er an der Tasche und bemerkte mit einem Anflug von Befriedigung, dass Blair dank dieses Rucks ein wenig nach vorn taumelte.

„Um Himmels willen, Blair! Lass ihn bitte die doofe Tasche nehmen", erklang Harpers Stimme hinter ihnen.

„Bitte sehr! Bist du jetzt zufrieden?", herrschte sie ihn an, als sie die Tasche losließ.

„Ungemein", entgegnete er sarkastisch, auch wenn er tatsächlich zufrieden war, dass er diese Runde sozusagen für sich entschieden hatte.

„Ihr treibt mich noch in den Wahnsinn", schimpfte Harper und schüttelte strafend den Kopf. „Können wir jetzt bitte hineingehen, bevor ihr euch hier draußen an die Gurgel geht?"

„Gerne", erklärte Blair inbrünstig. „Kann ich das Auto hier einfach stehen lassen?"

Zuvorkommend streckte Grant die Hand aus. „Wenn du mir den Schlüssel gibst, stelle ich den Wagen auf einen der uns zugeteilten Parkplätze."

„Danke, Grant." Blair reichte dem dunkelhaarigen Mann den Autoschlüssel und erklärte gleichzeitig etwas spitz: „Wie nett, dass es noch richtige Gentlemen gibt ..."

„Hallo? Ich habe mich gerade angeboten, deine Tasche zu tragen."

Ihr Unschuldsblick täuschte ihn keinen Moment lang. „Wieso denkst du, dass ich dich meine? Anscheinend passt dir der Schuh, Jake."

Er spürte, wie er den Unterkiefer automatisch nach vorn schob. „Entschuldige, Blair. Ich bin noch immer etwas aus der Fassung, seit du hier angekommen bist. Ich meine: du und ein Auto." Er schnalzte ungläubig mit der Zunge. „Bist du wirklich mit einem Mietwagen gefahren?"

„Nein, ich bin mit dem Auto geschwommen!" Ihre Augen blitzten.

„So sieht es auf jeden Fall aus." Bedeutungsvoll betrachtete er die nicht unerheblichen Schlammspritzer, die die Karosserie zierten.

„Ich kann nichts dafür, dass es in Schottland

regnet."

„Seit wann regnet es Schlamm?"

„Wenn Regen auf Erde trifft, bildet sich Schlamm", belehrte sie ihn spöttisch. „Daher auch die Schlammspritzer. Zufrieden, der Herr?"

Er antwortete nicht, sondern musterte sie neugierig und wusste, dass sein nächster Kommentar sie auf die Palme bringen würde: „Ich hoffe, du hast eine Vollkaskoversicherung abgeschlossen, Blair. Das letzte Mietauto, das du ..."

„Ich weiß", blökte sie ihn an. „Könntest du bitte endlich die Klappe halten?"

Jake deutete eine Verbeugung an.

„Es ist meine Hochzeit – keine Streitereien zwischen euch", seufzte Harper und sah von einem zum anderen. „Ihr seid ja schlimmer als zwei Politiker beim Wahlkampf!"

„Du heiratest am Samstag. Heute ist Montag", informierte er Harper nachlässig. „Außerdem sind Blair und ich uns zumindest in Sachen Politik einig und wählen beide die Demokraten."

„Jake, wenn du nicht willst, dass ich einen Schreikrampf bekomme, dann ..." Harper ließ den Satz unvollendet.

„Soll das heißen, dass du plötzlich zum republikanischen Lager gehörst?"

„Nein", zischte sie ihn an. „Das soll heißen, dass du mir den letzten Nerv kostest, Bruderherz!" Nun funkelte sie ihn ebenso an, wie es zuvor Blair getan hatte, nahm diese bei der Hand und zog sie in Richtung Eingang der sicherlich sauteuren Location, von der Jake nicht wissen wollte, wie viel Grant und seine Schwester hinblättern mussten, um hier zu heiraten. Vermutlich war es für sein Seelenheil besser, wenn er es nicht wusste.

„Ich gebe mir auch große Mühe, Schwesterherz", rief er ihr hinterher, während beide Frauen in der Lodge verschwanden und er noch immer mit Blairs Tasche an ihrem Auto stand.

Grant räusperte sich. „Deine Schwester ist seit ein paar Tagen ziemlich reizbar."

Jake betrachtete einen kurzen Moment lang die Tür, hinter der Blair und Harper verschwunden waren, bevor er sich zu seinem Schwager in spe umdrehte. „Harper ist seit dem Tag reizbar, an dem sie begonnen hat, sich auf ihre Collegebewerbung vorzubereiten – also seit ihrer Einschulung."

Die Mundwinkel des anderen Mannes zuckten amüsiert, während er sich gegen Blairs Mietauto lehnte. Die Tatsache, dass Grant sich keine Gedanken darum machte, dass sein akkurat gebügeltes Poloshirt oder die ordentlichen Jeans durch die Berührung mit Blairs Auto Schmutzflecken abbekommen könnten, machte ihn in Jakes Augen sofort sympathisch.

„Du kennst deine Schwester sehr viel länger und besser, als ich es tue, aber vielleicht wäre es gar keine schlechte Idee, sie in den nächsten Tagen einfach machen zu lassen, ohne sie zu reizen."

„Einfach machen lassen?" Jake legte den Kopf schief. „Das Motto scheinst du ja schon verinnerlicht zu haben."

„Was?"

Nachlässig zuckte er mit der Schulter. „Harper geht in dieser Hochzeitsvorbereitung total auf, aber du ..." Er brach ab. „Dir scheint es nicht wichtig zu sein, wer neben wem sitzt oder welche Farben die Blumenarrangements haben sollen."

„Mir ist wichtig, dass Harper glücklich und zufrieden ist. Und sie ist glücklich und zufrieden, wenn sie das Zepter in der Hand hält. Außerdem ist es mir ehrlich gesagt scheißegal, wie die Blumen aussehen oder wer neben der nervigen Tante sitzen muss – solange ich es nicht bin."

Langsam nickte Jake. „Okay, schon verstanden." Grant mochte wie ein spießiger Anwalt aussehen, aber dumm war er wenigstens nicht. Zudem hatte er einen entscheidenden Punkt im Umgang mit Jakes Schwester bereits gelernt – man stellte sich ihr besser nicht in den Weg, wenn man Wert auf Ruhe und Ordnung legte. „Ich bring mal lieber die Tasche rein, bevor Harper oder Blair Amok laufen."

„Besser ist das."

Als er die Tasche schulterte und den beiden Frauen zur Rezeption der Lodge folgte, fragte er sich, wie Blair es immer wieder schaffte, ihre Reisetasche so sehr zu beladen, dass das Ding jeden Moment zu platzen drohte.

An der Rezeption angekommen, an der Harper dabei war, Blair anzumelden, bemerkte er, dass seine Ex urplötzlich nervös wirkte, sobald er neben sie trat und die Tasche vor sie abstellte. Normalerweise war Blair nie sonderlich nervös, aber die hastigen Seitenblicke, die sie ihm zuwarf, zeugten davon, wie unwohl sie sich fühlte, in seiner unmittelbaren Nähe zu stehen.

Und ihm ging es irgendwie nicht anders. Er mochte vielleicht darüber hinwegtäuschen, wie merkwürdig es für ihn war, Blair nach einem Jahr wieder gegenüberzustehen, indem er sich mit ihr stritt und zankte, aber sich selbst konnte er nicht aufs Glatteis führen. Diese Trennung war einfach noch nicht lange genug her, um hier und jetzt mit ihr Small Talk betreiben zu können.

Also ließ er sie und ihre Tasche einfach stehen, murmelte einen Gruß und begab sich zurück nach draußen, um seinen zukünftigen Schwager auf ein Bier einzuladen.

KAPITEL 3

Die anderen Gäste trudeln in den kommenden Tagen ein. Bis dahin haben wir noch wahnsinnig viel zu erledigen."

„Erst in den kommenden Tagen?" Blair runzelte die Stirn und nahm gleichzeitig den Salzstreuer an, den Lucy ihr reichte. Ihr warf sie ein dankbares Lächeln und einen imaginären Kuss zu, was sie bei Harper unterließ. Diese saß ihr nämlich mit einem Aktenordner gegenüber und präsentierte eine mehrseitige Liste mit Dingen, die sie vor ihrer Trauung noch organisieren wollte. Blair hatte nicht einmal Zeit gehabt, in ihr Hotelzimmer zu entwischen, weil ihre Freundin sie sogleich mit sich geschleppt hatte, während sie sie auf den neuesten Stand brachte, was die Hochzeitsorganisation betraf.

Nach der langen Reise und dem Zusammentreffen

mit Jake stand Blair nicht der Sinn danach, ausgerechnet jetzt über Harpers Hochzeit zu reden. Sie wollte eine heiße Dusche nehmen, etwas essen und sich dann aufs Ohr legen, um nicht länger darüber nachdenken zu müssen, wie wütend Jake sie gemacht hatte. Am liebsten hätte sie die nächsten Tage verschlafen und wäre erst am Samstag aufgewacht, damit sie ihn so wenig wie nur möglich zu sehen bekam. Das, was Harper für ihre Gäste geplant zu haben schien, bedeutete nämlich, dass Blair ihn ständig zu sehen bekam.

Auf diese Vorstellung konnte sie gut und gerne verzichten. Das kurze Treffen vorhin war der beste Beweis dafür, dass sie sich nicht in der Nähe des anderen aufhalten konnten, ohne sich gegenseitig an die Gurgel zu gehen.

„Die meisten Gäste kommen im Laufe des Freitags hier an. Nicht jeder konnte sich eine ganze Woche freinehmen."

Ihr Kopf zuckte in die Höhe. „Dann hätte ich auch erst in ein paar Tagen kommen müssen? Eigentlich habe ich ein neues Projekt und ..."

„Nein, du musstest heute schon kommen", beschied ihre beste Freundin autoritär. „Du bist meine Brautjungfer und hast ein paar Aufgaben zu erledigen."

Argwöhnisch musterte sie Harper. „Was für Aufgaben?"

„Sie macht dir nur Angst. So viele Aufgaben sind es

gar nicht", mischte sich Lucy ein, die ihr gegenüber am Tisch des gemütlichen Restaurants saß.

Diese zwinkerte ihr verschwörerisch zu und verströmte blendende Laune, auch wenn sie ziemlich geschafft aussah – was kein Wunder war. Lucy hatte schließlich einen noch weiteren Weg als Blair hinter sich, da sie erst heute aus San Francisco gekommen war, um an Harpers Hochzeit teilzunehmen. Dementsprechend müde sah Lucy aus, deren rötliches Haar zu einem lockeren Dutt gebunden war und die seit ihrem letzten Treffen vor ein paar Monaten etwas abgenommen hatte. Da die zierliche Lucy, die in einem gehobenen Brautmodengeschäft in San Francisco arbeitete, sowieso ein Fliegengewicht war, fragte sich Blair, was ihre Freundin damit bezwecken wollte.

Während sie sich einen Löffel des deftigen Kartoffeleintopfs in den Mund schob, scannte sie Lucy und Harper, die ihr beide gegenübersaßen, mit einem raschen Blick ab.

Lucy war unter den vier Freundinnen schon immer das Küken gewesen – introvertiert, ausgeglichen, romantisch und eher schüchtern. Ihre Zurückhaltung war auch der Grund gewesen, warum sie als Kleinste und Jüngste bei allen anderen einen Schutzinstinkt geweckt hatte. Sie war ein Schatz, aber leider besaß sie das Talent, sich viel zu häufig herumschubsen zu lassen. Als Josh McKenna im dritten Collegejahr zweigleisig gefahren war und neben Lucy mit einer anderen Studentin ausging, hatte sich Lucy still und leise zurückgezogen, anstatt ihm kräftig in die Eier zu treten. Das hatte Mac übernommen, die eher vom aufbrausenden Schlag war. Die analytische und rationale Harper hatte Lucy von ihrem Liebeskummer kurieren wollen, indem sie ihr in einer Power-Point-Präsentation all die Vorteile aufgezählt hatte, die die Trennung von Josh mit sich brachte. Und Blair hatte das Gerücht gestreut, dass Josh McKenna einen winzigen Schwanz hatte.

Sie verbuchte es noch immer als ihren Erfolg, dass der abtrünnige Josh kein Date mehr gefunden hatte, nachdem man über ihn munkelte, dass er es im Bett nicht brachte und außerdem grauenvollen Mundgeruch hatte.

„Harper macht mir keine Angst", erklärte sie schmatzend. „Ich kenne sie schließlich lange und gut genug. Deshalb schlafe ich morgen auch aus."

Obwohl sie die Einzige war, die etwas aß, ließ sie sich davon nicht den Appetit verderben. Sollten sich Harper und Lucy doch an ihren Tee klammern und das köstlich aussehende Gebäck verschmähen, das ihnen zusätzlich serviert worden war. Wenn sie es nicht aßen, würde sie es gleich einpacken und mit auf ihr Zimmer nehmen. Leider war sie anfällig für Jetlags und würde zu einer katastrophalen Zeit wach werden und Hunger haben.

„Ausgeschlossen! Morgen früh musst du um acht Uhr fertig sein, weil die Schneiderin kommt."

„Um acht Uhr *morgens*?!" Beinahe hätte sie sich an dem deftigen Eintopf verschluckt. „Willst du mich auf den Arm nehmen?"

„Sicherlich nicht. Du warst heute schließlich nicht pünktlich zur Anprobe hier."

„Weil ich fast ein Schaf überfahren habe!"

Grimmig runzelte Harper die Stirn. „Die Schneiderin springt sowieso schon im Dreieck, Blair. Jetzt stell dich nicht so an."

Sie tippte sich an die Stirn. „Du befiehlst mir, um acht Uhr morgens zu einer Kleideranprobe zu kommen, und sagst mir, dass ich mich nicht anstellen soll? Ha! Im Urlaub stehe ich nie um acht Uhr auf."

„Das ist hier kein Urlaub."

„Den Eindruck bekomme ich langsam auch." Sie streckte Harper die Zunge heraus.

Angriffslustig schob ihre Freundin das Kinn nach vorn. „Wenn es sein muss, zwinge ich dich, bei mir zu schlafen, damit ich dafür sorgen kann, dass du um Punkt acht Uhr fertig bist."

Blair verdrehte die Augen und tunkte gleichzeitig ein Stück Brot in den Eintopf. „Ich habe Grant gerade erst kennengelernt, Harper, und werde sicherlich nicht zwischen euch in der Besucherritze schlafen."

Kichernd fiel Lucy ihr ins Wort. „Harper und Grant schlafen in getrennten Zimmern."

„Was?“ Ungläubig richtete Blair ihren Blick auf Harper. „Ihr tut *was*?“

Als wäre es das Normalste auf der Welt, wiederholte Harper völlig abgeklärt: „Grant und ich schlafen vor der Hochzeit nicht in einem Zimmer.“

„Aber ... warum?!“

„Weil es Tradition ist“, belehrte Harper sie und spitzte die Lippen auf eine Art und Weise, die Blair noch nie hatte leiden können, weil Harper sie damit immer an Mrs. Stanton, ihre ehemalige Schulleiterin, erinnerte. Das alte Schrapnell!

„Tradition? Du meinst, wie es eigentlich Tradition ist, dass die Braut Jungfrau ist? Der Zug ist bei dir doch schon lange abgefahren und ...“ Erschrocken hielt sie inne und flehte: „Sag mir bitte, dass Grant und du schon Sex hattet!“

„Natürlich hatten wir schon Sex!“ Die knallharte Harper, die Gerüchten zufolge gestandene Männer am Verhandlungstisch zum Weinen brachte, wurde knallrot. „Was denkst denn du? Dass ich einen Mann heirate, den ich noch nie nackt gesehen habe?“

„Was ich denke, sage ich lieber nicht.“ Sie nickte ihr zu und schob den Teller beiseite. Dieses Gespräch war weitaus besser als der Eintopf. „Das ist doch bestimmt nicht auf Grants Mist gewachsen, oder?“

„Grant akzeptiert das.“

„Er akzeptiert, dass ihr keinen Sex habt?“

„Wir haben Sex – nur eben nicht jetzt. Diese Hochzeit soll perfekt sein."

Blair räusperte sich. „Zu einer perfekten Hochzeit gehört auch Sex."

„Ja, in der Hochzeitsnacht. Vorher nicht."

Fassungslos sah Blair ihre Freundin an. Dass Harper schon immer ganz eigene Vorstellungen von Dingen besessen und diese rigoros durchgesetzt hatte, wusste sie zwar, aber momentan übertrieb sie gewaltig. Und aus Grant wurde sie nicht schlau, auch wenn sie ihn gerade erst kennengelernt hatte. Welcher Mann machte diesen übertriebenen Firlefanz mit, den Harper hier veranstaltete, und verzichtete dann auch noch freiwillig auf Sex?

Da sie in dem gemütlichen Kaminzimmer, in dem sie drei gerade saßen und das von vollen Bücherregalen sowie stilvollen Ledersesseln geprägt war, nicht allein waren, schließlich saßen zwei ältere Herren nur ein paar Meter entfernt und unterhielten sich bei einem Glas Whiskey miteinander, wusste Blair, dass sie das Gespräch über Sex abbrechen mussten.

„Warum vertagen wir nicht die Diskussion um die Hochzeitsnacht und konzentrieren uns auf Harpers Liste?" Wie ein perfekter Streitschlichter mischte sich Lucy ein und tippte auf die Liste, die Harper wie ein scharfer Hund bewachte. „Was ist denn nun am wichtigsten?"

„Es ist alles wichtig! Der Termin mit der Schneiderin, das Telefonat mit der Harfenistin, die extra aus Newcastle kommen wird, die Schriftprobe des Kalligrafen für die Tischkarten, das Vorgespräch mit der Visagistin und den Fotografen nicht zu vergessen, auf dessen Zeitplan ich noch warte." Harper stöhnte.

Blair linste über den Tisch und versuchte, die dicht beschriebenen Zeilen zu entziffern. Bereits bei der Harfenistin war sie ausgestiegen. „Gib Lucy und mir einfach irgendetwas ab."

„Einfach etwas abgeben?" Harper klang entsetzt. „Ich kann nicht einfach irgendetwas abgeben, Blair. Alles muss exakt aufeinander abgestimmt und miteinander koordiniert werden."

Anscheinend plante Harper einen zweiten Desert Storm, denn es fehlte nicht mehr viel und Blair käme sich wie bei der Armee vor.

„Harper möchte alle Abläufe genauestens kontrollieren." Lucy grinste schwach.

„Das ist ja etwas ganz Neues." Blair schnaubte und verdrehte ihrerseits die Augen. „Sie ist ein Kontrollfreak!"

„Ich bin kein Kontrollfreak, sondern will, dass meine Hochzeit perfekt ist. So einfach ist das. Es gibt unglaublich viel zu beachten und ich will nichts übersehen." Harper schüttelte strafend den Kopf und redete sich völlig in Rage. „Ich habe ganz genaue Vorstellungen und möchte mich immer daran erinnern können, wie perfekt alles war. In zwanzig

Jahren will ich mir nicht Fotos meiner Hochzeit ansehen und mich darüber ärgern, dass die Tischdekoration nicht zu den Blumen passte, dass die Gäste in ungemütlichen Zimmern untergebracht waren oder dass mein Kleid nicht mit Grants Anzug harmoniert hat. Ich will mir gar nicht vorstellen, was passiert, wenn das Essen nicht schmeckt oder die Torte zu spät geliefert wird!"

„Alles wird perfekt sein, Harper", tröstete Lucy sie begütigend und bewies, dass sie sehr viel Erfahrung im Umgang mit hypernervösen Bräuten hatte. „Mach dir nicht zu viele Sorgen. Blair und ich sind doch da und helfen dir. Wenn du in deinem wunderschönen Kleid durch die Kirche zum Altar schreitest, vergisst du den ganzen Stress und weißt, dass sich alles gelohnt hat."

„Apropos Kleid." Blair schaute zu Lucy. „War sie sehr anstrengend, als sie in San Francisco war, um sich bei dir ein Kleid auszusuchen?"

Bevor Lucy etwas erwidern konnte, erklärte Harper: „Ich war nicht bei Lucy, sondern habe mir ein Kleid schneidern lassen."

Blairs Augenbrauen zuckten in die Höhe. „So weit ist San Francisco nun auch wieder nicht von Seattle entfernt."

Harper machte eine kurze Handbewegung und räusperte sich. „Darum ging es doch nicht. Grants Eltern sind bereits tot, und als ich ein Foto von ihnen auf ihrer Hochzeit entdeckt habe, wollte ich, dass mein

Kleid wie das seiner Mutter aussieht. Damit möchte ich Grant überraschen."

Das war süß und sehr perfektionistisch – so wie Harper nun einmal war.

„Wann bekommen wir das Kleid zu sehen?"

„Bei der Trauung. Vorher nicht", entgegnete Harper entschieden. „Und jetzt besprechen wir deine Aufgaben."

Harpers entschlossener Blick und die Vehemenz in ihrer Stimme sagten Blair alles, was sie wissen musste. Wenn sich ihre Freundin etwas in den Kopf gesetzt hatte, war es besser, ihr einfach aus dem Weg zu gehen, bevor es Verletzte gab.

„Okay", seufzte sie gottergeben. „In den nächsten Tagen bin ich deine Sklavin und werde daran denken, dich nicht permanent Brautzilla zu nennen."

„Zu gütig", spottete Harper. „Du wirst vor allem für das Rahmenprogramm zuständig sein, an dem ich nicht immer teilnehmen kann, weil ich Termine habe."

„Rahmenprogramm?"

„Für die Gäste, die schon hier sind und noch kommen werden. Ein Schlossbesuch, eine Fahrt mit dem Ranger durch das Naturschutzgebiet, ein ..."

„Du meinst, ich diene der Bespaßung", unterbrach Blair ihre Freundin.

„So ungefähr. Und bei der Tischordnung kannst du mir helfen."

Während Harper einen Plan aus ihrem Ordner zog,

suchte Blair den Blickkontakt zu Lucy, die unmerklich mit der Schulter zuckte. Wie es aussah, blieb ihnen nichts übrig, als sich Harper zu fügen, die ansonsten noch nervöse Zuckungen entwickelt hätte.

„In letzter Minute ergeben sich immer wieder Änderungen, auf die wir gefasst sein müssen. Es bleibt doch dabei, dass du ohne Begleitung kommst, oder?"

„Ja, es bleibt dabei", erwiderte sie gottergeben.

Harper hob den Blick und wirkte neugierig. „Gibt es niemanden, den du in letzter Zeit getroffen hast?"

Stoisch erwiderte sie den Blick. „Wieso fragst du?"

„Ich bin neugierig."

„Hat Jake gesagt, dass du mich das fragen sollst?"

Harper rümpfte die Nase und schien ihre nächsten Worte mit Bedacht zu wählen. „Mein Bruder redet nicht viel über dich."

„Aha."

„Eigentlich redet er kaum über etwas anderes als über seine Arbeit."

Obwohl sich Blair vorgenommen hatte, Harper gegenüber nicht über Jake oder über ihre Trennung zu reden, weil sie ihr die Hochzeit nicht vermiesen wollte, kam sie nicht umhin, abfällig zu schnauben. „Das ist ja etwas ganz Neues! Du kannst ihm sagen ..."

„Ich werde ihm gar nichts sagen", unterbrach Harper sie milde. „Was zwischen Jake und dir läuft, geht mich nichts an. Ich mische mich nicht in eure Angelegenheiten ein. Aber vielleicht könnt ihr euch wenigstens in den nächsten Tagen zurückhalten und euch nicht zerfleischen, schließlich wünsche ich mir hübsche Hochzeitsfotos."

Blair wusste nicht, warum sie ihrer besten Freundin einen finsteren Blick schenkte. „Dann sorge dafür, dass wir uns nicht allzu häufig über den Weg laufen."

Harper verzog den Mund. „Er ist mein Bruder und unser Trauzeuge. Und du bist meine beste Freundin und meine Brautjungfer. Ihr *werdet* euch ständig über den Weg laufen, also reißt euch bitte zusammen. Mir zuliebe."

„Amen." Lucy beugte sich vor und tätschelte Blairs Hand. „Warte nur ab, Blair. Wir machen uns ein paar richtig schöne Tage, und Jake und du werdet schon miteinander klarkommen."

„Dein Wort in Gottes Ohr", murmelte sie und war gleichzeitig weniger zuversichtlich als Lucy, denn allein die kurze Begegnung mit ihrem Ex hatte ihr gezeigt, dass er es auch nach fast einem Jahr Trennung innerhalb kürzester Zeit schaffte, sie auf die Palme zu bringen. „Kommen wir zu etwas viel Wichtigerem", merkte sie an und hoffte, sich und die beiden etwas abzulenken. „Wann veranstalten wir Harpers Junggesellinnenabschied?"

Wie aufs Kommando zog Harper einen säuberlich gebundenen Stapel Papiere hervor und schob ihn über den Tisch. „Am Donnerstagabend, wenn auch Mac da ist. Es ist schon alles organisiert und ..."

„Was?“

„Es ist schon alles organisiert“, erwiderte Harper ruhig.

Fassungslos starrte Blair auf den Papierordner, ohne ihn zu öffnen. „Du hast nicht deinen eigenen Junggesellinnenabschied organisiert“, krächzte sie.

„Doch, schließlich weiß ich am besten, was ich gerne habe.“ Sehr pragmatisch zuckte Harper mit der Schulter. „Ich habe von Seattle aus recherchiert, was man hier in der Nähe unternehmen kann, und etwas sehr Stilvolles gefunden. Euch wird es gefallen.“

„Stilvoll? Wir reden über einen Junggesellinnenabschied. Der soll nicht stilvoll sein. Und du als Braut sollst peinliche Dinge machen. Das ist sozusagen Gesetz.“

„Es ist meine Hochzeit“, betonte Harper förmlich. „Ich will keinen Stripper und kein Alkoholgelage.“

Blair schnappte nach Luft und ließ ihren Blick zu Lucy schweifen, als wolle sie von ihr wissen, ob Harper scherzte.

„Mach mich nicht dafür verantwortlich“, wehrte Lucy sofort ab. „Damit habe ich nichts zu tun.“

Ungläubig rieb sich Blair über das Gesicht und griff schließlich nach den Papieren. „Okay, Brautzilla, du bist mir echt etwas schuldig. Kein Stripper ... gibt es sonst noch irgendwelche Hiobsbotschaften?“

„Das Bier ist warm."

„Ich glaube, das muss in England so sein."

„England? Ich dachte, wir wären in Schottland."

„Ist das nicht das Gleiche?"

Jake schnaubte und warf seinem zukünftigen Schwager einen kurzen Seitenblick zu. „In meinem Reiseführer steht, dass man Schotten gegenüber niemals erwähnen sollte, dass man sie für Engländer hält."

„Wie gut, dass ich keinen Reiseführer besitze", erwiderte Grant ruhig und nahm einen Schluck seines Bieres.

Jakes zukünftiger Schwager saß neben ihm an der hölzernen Theke eines einheimischen Pubs, starrte auf den Fernseher über ihnen und verfolgte das Fußballspiel, das dort gezeigt wurde. Jake nahm einen weiteren Schluck und schauderte ein wenig. Er war großer Fan von Bieren – kalten Bieren, aber das warme Gesöff, das ihnen hier serviert wurde, war wirklich zum Abgewöhnen. Besser als die völlig überteuerten Getränke, die man in Manor's Hill, der luxuriösen Lodge, in der sie alle für die Hochzeit untergebracht waren, bekam, war es allemal.

Wenn er abends einen Drink zu sich nehmen wollte, musste es nicht ein Schluck Scotch für dreißig Pfund sein. Er verdiente nicht schlecht, aber das hieß nicht, dass er Geld zum Fenster hinauswerfen musste.

Im letzten Jahr war er vielleicht etwas geizig

geworden und achtete mehr auf sein Geld, was kein Wunder war, wenn man einen Kredit abbezahlen musste, dessen Zinsen jenseits von Gut und Böse waren.

„Hast du eine Ahnung von Fußballregeln?"

„Hm? Was?" Er folgte Grants Blick zum Fernseher und betrachtete die undeutlich zu erkennenden Figuren, die alle einen Ball jagten. Auch wenn er nicht gerade an diesen verdammten Kredit gedacht hätte, hätte er Grant die Frage nicht beantworten können, weil er keinen blassen Schimmer von Fußball hatte. Seiner Meinung nach waren erwachsene Männer albern, die in kurzen Hosen über einen Rasen rannten und einen Ball verfolgten. Beim Football trugen sie wenigstens lange Hosen.

„Kennst du dich mit Fußball aus?"

„Ein Ball muss ins Tor – frag mich nicht, in welches", erklärte er lässig.

Grant wandte sich ihm zu und stützte einen Ellenbogen auf den Tresen ab. Für einen Anwalt, der sich mit Steuerrecht beschäftigte und in Jakes Vorstellung das Paradebeispiel eines Spießers gewesen sein musste, machte er einen recht patenten Eindruck, wie er hier lässig an der Theke saß, Bier trank und Fußball schaute. Außerdem trug er keinen maßgeschneiderten Anzug, sondern Jeans und einen Pullover. Auch wenn die Jeans gebügelt zu sein schienen und unter dem Halsausschnitt des Pullovers der

Kragen eines Poloshirts zu sehen war, schien Grant cool drauf zu sein. Jake konnte sich mit ihm als Schwager bisher ganz gut anfreunden. Nur ärgerte er sich ein wenig über sich selbst. Anstatt ständig an die Begegnung mit Blair zu denken, sollte er sich lieber darum kümmern, seinem Schwager in spe auf den Zahn zu fühlen. Immerhin hatte er ihn vorgestern erst kennengelernt.

Er sollte mehr über den Mann wissen, der in wenigen Tagen seine Schwester heiraten würde. War das nicht seine brüderliche Pflicht? Harper regelte ihre eigenen Angelegenheiten zwar seit der ersten Klasse, aber erstens wollte Jake ihr den Herzschmerz ersparen, den er selbst durchgemacht hatte, und zweitens brauchte er eine Ablenkung von der Tatsache, dass Blair in den nächsten Tagen ständig in der Nähe sein würde.

„Kein großer Sportfan?"

Schulterzuckend entgegnete Jake, während er sein Bierglas auf dem Bierdeckel hin und her schob: „Ich fahre ganz gerne Ski und gehe joggen. Das war es auch schon. Und du?"

„Basketball auf der Highschool und heute etwas rudern, um fit zu bleiben." Grant seufzte schwer. „Harper will mich schon seit einiger Zeit zum Yoga überreden, aber ich sehe mich nicht bei komischen Verrenkungen auf einer Matte herumturnen, während um mich herum Duftstäbchen angezündet werden. Ehe ich michs versehe, bin ich Veganer und trinke Weizengrasssaft anstelle eines Kaffees."

Genau in diesem Moment wusste Jake, dass sein zukünftiger Schwager das Herz am richtigen Fleck hatte und kein Snob war. Wenigstens diese Baustelle löste sich somit in Rauch auf. „Harper will dich überreden? Na, dann viel Spaß mit den Räucherstäbchen und Positionen wie dem hechelnden Hund. Meiner Erfahrung nach setzt sie meistens ihren Kopf durch."

Der andere Mann gluckste auf. „Kommt mir bekannt vor. Deine Schwester kann sehr ..." Er brach ab und schien nicht zu wissen, was er sagen sollte.

Jake schnaubte. „Du meinst, Harper kann sehr stur, ehrgeizig, autoritär, hartnäckig und eigensinnig sein?"

Grant grinste und fuhr sich durch sein dunkles Haar. „Eigentlich wollte ich sagen, dass sie sehr willensstark ist."

„Wenn du es so ausdrücken willst."

Grant zuckte lediglich mit der Schulter. „Ich mag ihre Durchsetzungsfähigkeit und ihr strukturiertes Denken. Sie ist auf alles vorbereitet und plant vorausschauend. Es hat etwas für sich, mit keinem Chaos rechnen zu müssen, schließlich hat Harper immer alles im Griff."

„Mich würde sie verrückt machen", gab Jake unumwunden zu. „Sie setzt immer ihren Kopf durch und ist erst dann glücklich, wenn sie den gesamten Tagesablauf durchorganisiert hat."

Grant klang belustigt. „Du bist ja auch ihr Bruder. Es ist ihr Job, dich verrückt zu machen."

„Auch wieder wahr."

„Und dein Job ist es, auf deine kleine Schwester aufzupassen." Der neugierige Blick, den Grant ihm zuwarf, sagte Jake, dass der andere Mann ziemlich erfolgreich als Anwalt sein musste, denn das Pokerface beherrschte er bis zur Perfektion. „Dazu gehört es auch, den Zukünftigen deiner Schwester bei einem Glas Bier auszuquetschen."

„Ist es so offensichtlich?"

„Na, für Fußball scheinst du dich nicht sonderlich zu interessieren. Und vom Bier fange ich gar nicht an."

Jake schnitt eine Grimasse. „Erwischt. Dabei dachte ich, dass ich besonders subtil vorgehen würde."

Grants Grinsen sprach für sich. „Was willst du denn wissen?"

„Keine Ahnung. Was sollte man seinen zukünftigen Schwager denn fragen, wenn man ihm ein paar Tage vor der Hochzeit auf den Zahn fühlen will?"

„Das fragst du mich? Ich habe keine Schwester und war deshalb selbst noch nie in so einer Situation."

„Gut zu wissen." Jake runzelte die Stirn und fuhr sich durch sein Haar, während er den Mann neben sich musterte. „Von Harper habe ich nicht besonders viel über euch beide zu hören bekommen, schließlich hat sie momentan nicht mal fünf Minuten für ihren Bruder übrig, sondern kümmert sich lieber um

Blumengestecke und veranstaltet Castings, um den perfekten Gaul zu küren, der die Kutsche ziehen darf."

Grant lachte. „Keine Kutsche, mein Freund. Harper hat sich die Wetterstatistiken der letzten Jahre angeschaut und herausgefunden, dass es im September eine Regenwahrscheinlichkeit von vierunddreißig Prozent gibt."

Mit einem Schnauben antwortete Jake: „Wenn die Regenwahrscheinlichkeit so hoch ist, verstehe ich sowieso nicht, warum es ausgerechnet Schottland sein musste. In Seattle regnet es zwar auch permanent, aber es hätten neunundvierzig andere Bundesstaaten zur Auswahl gestanden. Hawaii hätte mir persönlich gefallen." Er deutete auf sein Bier. „Dort ist das Wetter besser *und* das Bier auch."

„Abgesehen vom Bier gefällt mir Schottland besser als Hawaii. Keine albernen Blumenketten um den Hals, keine Haie im Wasser und kein Sand an Körperstellen, von denen du gar nicht wusstest, dass sie existieren. Dafür der beste Whiskey der Welt."

„Harper trinkt doch gar keinen Whiskey."

„Aber ich."

Jake verdrehte die Augen. „Vielleicht werde ich meine Schwester bei Gelegenheit fragen, warum es ausgerechnet Schottland sein musste."

„Mach das."

„Dann kann ich sie auch fragen, warum ihr es mit dieser Hochzeit so eilig habt." Jake runzelte die Stirn.

„Kann ich mich darauf einstellen, bald Onkel Jake zu sein?"

Da Grant gerade einen Schluck seines Bieres genommen hatte, sah er jetzt so aus, als würde er sich nur mit Müh und Not davon abhalten, das Bier quer über die Theke zu spucken. Hustend schüttelte er den Kopf. „Du glaubst, dass Harper schwanger ist? Nein, ist sie nicht."

„Aha."

„Du klingst zufrieden", konstatierte Grant, während er eine weitere Runde für sie beide bestellte.

„Zufrieden ist nicht das richtige Wort." Jake verzog den Mund und lehnte sich ein Stück zurück auf seinem Barhocker. „Viel eher bin ich erleichtert, dass Harper nicht vor den Traualtar tritt, weil sie sich dazu gezwungen sieht."

Grant lachte heiser. „Du kennst doch deine Schwester. Glaubst du, sie würde jemals etwas tun, weil sie sich dazu gezwungen fühlt?"

Jake zuckte mit der Schulter. „Bisher hätte ich auch nicht geglaubt, dass sie jemanden heiratet, den sie seit gefühlten fünf Minuten kennt."

„Touché. Zu deiner Beruhigung: Es sind sogar mehr als fünf Monate."

„Ich war elf Jahre in einer Beziehung und am Ende hat es nicht geklappt. Vielleicht macht ihr beide es ja besser." Warum er das gesagt hatte, wusste Jake nicht, schließlich hatte er wirklich keine Lust, über die Trennung von Blair zu reden.

„Elf Jahre?" Das klang geradezu ungläubig.

„Mhm. Im zweiten Jahr am College musste ich Harper in Wellesley abholen, um sie an Weihnachten mit nach Hause zu nehmen, und lernte bei Gelegenheit ihre beste Freundin und Mitbewohnerin kennen."

„Blair."

„Ganz genau. Blair." Er verzog das Gesicht bei der Erinnerung an die mehrstündige Fahrt, auf der Harper auf dem Rücksitz gesessen und gequengelt hatte, dass sie nicht in Ruhe lernen könne, weil Blair und er nicht zu reden aufgehört hatten. Jedes Mal, wenn Blair gelacht hatte, was häufig der Fall gewesen war, hatte sein Herz einen Salto gemacht. Und ihr erster Kuss unter einem Mistelzweig hatte ihn vollständig den Verstand verlieren lassen. „Auf dem College eine Fernbeziehung, dann die gleiche Uni, wieder ein Jahr eine Fernbeziehung für die Jobs und zum Schluss eine gemeinsame Wohnung in New York. Vor einem Jahr die Trennung", spulte er beinahe mechanisch runter.

„Elf Jahre sind eine verdammt lange Zeit."

„Jep." Er nickte stoisch und würde einen Teufel tun und Grant mehr erzählen.

Dieser murmelte etwas Undeutliches und rutschte auf seinem Barhocker hin und her. „Ich habe Harper bei der Arbeit kennengelernt. Da sitze ich in einem grauenvoll langweiligen Meeting und plötzlich kommt diese umwerfende Anlageberaterin zur Tür herein und referiert über Hedgefonds und staatliche Konjunkturprogramme. Eine Stunde lang überlege ich mir, wie ich es anstellen soll, sie zum Abendessen einzuladen, als sie mich nach dem Meeting anspricht. Einen Tag später sitze ich mit ihr bei Gennaro's, einen Monat später zieht sie bei mir ein und noch ein paar Monate später reden wir übers Heiraten. Und hier sitzen wir nun."

Weil Grant ziemlich verwundert klang, kam Jake nicht umhin, in sein Bierglas zu grinsen. „Harper nimmt die Dinge gerne selbst in die Hand. So war sie schon in der Grundschule."

„Bei dir klingt das, als sei das etwas Schlechtes."

„Überhaupt nicht." Er stieß mit seinem Bierglas gegen Grants. „Auf die Frauen, die die Dinge selbst in die Hand nehmen."

Ihr weiteres Gespräch drehte sich um unverfängliche Themen wie die Frage, ob sie beim morgigen Frühstück doch etwas vom Haggis probieren sollten, bevor sie beide die Kurve kratzten und glücklicherweise jemanden fanden, der sie mit dem Auto zur Lodge fuhr. Den Hinweg hatten sie mit dem Bus hinter sich gebracht, der hier jedoch nur alle paar Stunden fuhr. In dieser gottverlassenen Gegend konnte man froh über jede Mitfahrgelegenheit sein. In der Lobby verabschiedete sich Jake von Grant und lief in Richtung Südflügel, wo er untergebracht war.

Seine Schwester schien einen siebten Sinn oder

aber Fledermausohren zu haben, denn als er an ihrer Tür vorbeigehen wollte, öffnete sich diese wie von Zauberhand und Harper stand ihm mit einem Kleidersack über dem Arm gegenüber. Dafür, dass sie mit einem Jetlag und einer Zeitverschiebung von acht Stunden zu kämpfen haben musste, sah sie in ihrem weißen Morgenmantel und dem perfekt frisierten Haar geradezu majestätisch aus.

„Jake, warte mal. Du musst mir einen Gefallen tun."

Gähnend fuhr er sich über das Gesicht. „Schwesterherz, kann das bitte bis morgen warten? Ich habe in den vergangenen zwei Stunden warmes Bier mit deinem Verlobten getrunken und will nur noch ins Bett."

„Grant hat mit dir Bier getrunken? Wir haben morgen früh den Termin mit unserem Pfarrer."

Ihr Stirnrunzeln und das alarmierte Luftholen animierten ihn dazu, sie ein bisschen zu piesacken. „Kompliment, Harper. Dein Zukünftiger ist ziemlich trinkfest. Wer hätte geglaubt, dass ein Anwalt für Steuerrecht waschechte Highlander unter den Tisch trinken und dann auch noch eine Kneipenschlägerei als Sieger verlassen kann. Mann, ich hätte nicht gedacht …"

„Ich bin nicht in der Stimmung für deine Scherze, Jake. Hat er nun Bier getrunken oder nicht?"

Jake lehnte sich gegen den Türrahmen und verdrehte die Augen. „Schalt einen Gang runter. Wir hatten nur ein paar Biere und sind weder betrunken noch haben wir eine Kneipenschlägerei verursacht."

„Ich finde das nicht besonders komisch, Jake", erwiderte sie mit diesem verkniffenen Ausdruck im Gesicht, der ihm in den letzten Stunden häufig aufgefallen war. Harper war zwar nie ein besonders großer Spaßvogel gewesen, aber mittlerweile übertrieb sie es gewaltig mit ihrer Anspannung und Humorlosigkeit. „Wegen der Hochzeit stehe ich wirklich unter Stress und brauche deine Unterstützung – keine blöden Scherze."

„Dann nimm meine Unterstützung und meinen Rat an: Stress dich nicht so und stress vor allem deinen Bräutigam nicht zu sehr. Du hast den armen Kerl nicht nur in ein anderes Zimmer einquartiert, sondern planst diese Hochzeit so durch, als würdest du in ein fremdes Land einfallen wollen. Hab doch mal ein bisschen Spaß, Harper, und genieß die Hochzeit."

„Du klingst schon wie Blair", meckerte seine jüngere Schwester verdrossen. „Wenn deine Stimme etwas höher wäre und du schmatzen würdest, müsste ich nur die Augen schließen und würde nicht zwischen euch beiden unterscheiden können."

Ganz automatisch schob er das Kinn nach vorn und grollte: „Sehr komisch. Hast du deine Laune nun lang genug an mir ausgelassen? Ich würde nämlich gerne ins Bett gehen."

Rigoros hielt sie ihm den Kleidersack entgegen. „Sei ein netter Bruder und gib das bei Blair ab."

„Was?" Ungläubig starrte er den Kleidersack an, bevor er den Blick hob und Harper ansah. „Vergiss es!"

Harper überging seine Weigerung und hielt ihm weiterhin den Kleidersack entgegen. „Um acht Uhr kommt die Schneiderin für die letzten Änderungen. Ich möchte, dass Blair morgen früh nicht trödelt und das Kleid bereits bei sich im Zimmer hat, da ich kurz vorher noch ein Telefonat führen muss und vielleicht ein paar Minuten später komme."

„Warum erzählst du mir das?"

„Weil du ihr das Kleid bringen musst."

„Muss ich das?" Jake schüttelte den Kopf. „Du kannst von mir verlangen, was du willst, aber ich werde sicherlich nicht an Blairs Tür klopfen, Harper! Sie ist deine Freundin ..."

„Und sie ist die Frau, mit der du elf Jahre zusammen warst, also stell dich nicht so an." Entschlossen schürzte sie die Lippen. „Da wir schon beim Thema sind, Jake: In den nächsten Tagen solltest du aufhören, Blair ständig den Fehdehandschuh hinzuwerfen. Du weißt, sie hebt ihn immer auf."

„Muss ich das verstehen oder soll ich mir ein Lexikon besorgen?", wollte er wissen und wusste, wie unfreundlich er dabei klang. Außerdem war ihm klar, was seine Schwester sagen wollte.

Sie drückte ihm den Kleidersack in den Arm und

funkelte ihn an. „Du hast sie bei der Begrüßung ständig provoziert und doch nur darauf gelauert, dass sie zurückschießt. Mir ist es egal, dass ihr euch anscheinend nicht im gleichen Raum aufhalten könnt, ohne euch mit dem anderen in die Haare zu bekommen, aber auf meiner Hochzeit wünsche ich mir Harmonie – keine Streitereien."

„Ich habe sie nicht provoziert."

Harper schnaubte auf. „Blair wohnt in Zimmer einhundertfünfzehn. Bring ihr das Kleid und versuche, dich nicht wie ein Vollidiot aufzuführen."

„Ich habe dich auch lieb", antwortete er mit einem Grollen, als Harper ihn einfach stehen ließ und wieder in ihrem Zimmer verschwand. Wo waren die Zeiten geblieben, in denen er seiner kleinen Schwester am Zopf ziehen und ihre Puppen verstecken konnte, um sich an ihr zu rächen?

Einen Augenblick starrte er den Kleidersack in seinem Arm an, bevor er sich – wenn auch widerstrebend – auf den Weg zu Blairs Zimmer machte, das genau gegenüber von seinem lag. Der Drang, Harper den Hals umzudrehen, wurde von Sekunde zu Sekunde größer. Vielleicht war das ihre Vergeltung dafür, dass er sich im letzten Jahr rundheraus geweigert hatte, über die Trennung zu reden. Sie zwang ihn nicht nur dazu, sozusagen gleich neben Blair am Traualtar zu stehen, während seine Schwester heiratete, sondern quartierte ihn in unmittelbare Nähe von seiner Ex ein.

Vor ihrer Zimmertür angekommen, holte er tief Luft, atmete aus und klopfte an, während er einen Gesichtsausdruck aufsetzte, von dem er hoffte, dass er möglichst lässig aussah. Gepolter erklang aus dem Inneren des Zimmers, das sich anhörte, als würden Möbel verschoben, bevor er ihre Stimme hörte und die Tür aufgerissen wurde.

Blair öffnete verwundert den Mund, blinzelte vor Müdigkeit und runzelte anschließend unfreundlich die Stirn. „Was willst du denn hier?"

„Machst du allen Menschen in diesem Aufzug die Tür auf?", beantwortete er ihre Frage mit einer Gegenfrage und unterzog ihrem völlig zerzausten Haar sowie den Augenringen und dem übergroßen Shirt und den winzigen Pantys einer Musterung.

„Was stimmt denn nicht mit meinem Aufzug?", wollte sie spitz wissen.

Weil Jake wusste, dass es sie auf die Palme bringen würde, zuckte er mit der Schulter und ignorierte ihre Frage. „Harper hat mich gebeten, dir dein Kleid vorbeizubringen." Ohne eine weitere Reaktion abzuwarten, drängte er sie einfach zur Seite und betrat ihr Zimmer.

„Komm doch rein", erklärte Blair sarkastisch. Allein das Geräusch, das erklang, als sie die Tür zuwarf, sagte Jake, dass sie mit seiner Anwesenheit in ihrem Zimmer nicht einverstanden war. Innerlich grinste er zufrieden. Äußerlich war er ungerührt und legte den Kleidersack über einen Stuhl, bevor er sich einen der Kekse vom Tisch schnappte, sich diesen in den Mund schob und sich auf die Bettkante setzte. Kauend schaute er zum Fernseher, auf dem gerade *Britain got talent* lief.

„Wenn du dich für Castingshows interessierst, solltest du vielleicht den Ton anschalten, damit du hören kannst, wie sie singen“, riet er ihr gutmütig und griff nach der Fernbedienung, die neben ihm auf dem Bett lag, dessen Bettdecke bereits völlig zerwühlt aussah. „Dein Bild ist viel klarer als meines. Vielleicht sollten wir die Zimmer tauschen.“

Wortlos riss Blair ihm die Fernbedienung aus der Hand und baute sich vor ihm auf.

Nachlässig ließ er seinen Blick über ihre nackten Beine wandern.

„Was willst du hier, Jake? Ich bin müde und will schlafen. Das habe ich sogar schon, bevor du mich geweckt hast.“

Er zog eine Augenbraue in die Höhe und richtete seinen Blick wieder auf ihr Gesicht. „Du hast schon geschlafen? Es hat sich eher angehört, als hättest du Möbel verrückt, während ich angeklopft habe.“

Ihr herzförmiges Gesicht errötete. Gleichzeitig verirrte sich ihre Hand in das Haarnest auf ihrem Kopf. „Nein, ich bin aus dem Bett gefallen, als du angeklopft hast.“

„Wilde Träume gehabt?“

Wortlos zeigte sie zur Tür.

Er dachte gar nicht daran, jetzt zu gehen, sondern

lehnte sich zurück und machte es sich bequem, während Blair noch immer vor dem Bett stand und ihn bedeutungsvoll ansah.

„Was macht der Job?"

„Der läuft super." Genervt legte sie den Kopf schief.

„Haben sie dir einen Auftrag für Hämorrhoidensalbe gegeben, nachdem es mit dem Fußdeo so gut geklappt hat?"

Ihre Augenbrauen berührten sich beinahe über der Nasenwurzel. „Ja, haben sie. Wenn du willst, kann ich dir gerne ein paar Packungen zuschicken lassen, damit es dir nicht immer so peinlich sein muss, die Salbe in der Apotheke zu kaufen."

Jake wedelte mit der Hand vor dem Gesicht herum. „Ach, mach dir keine Mühe, Blair. Ich bestelle die Salbe im Internet, um der Peinlichkeit in der Apotheke zu entgehen."

Auch wenn sie es anscheinend nicht wollte, zuckten ihre Mundwinkel. Nichtsdestotrotz forderte sie ihn ein weiteres Mal auf, aus ihrem Zimmer zu verschwinden. „Das hier wird langsam lächerlich, Jake. Willst du nicht endlich gehen?"

„Willst du dir nicht endlich das Kleid ansehen?"

Der Laut, den sie ausstieß, hätte jeden anderen Mann vermutlich in die Flucht geschlagen, aber er kannte Blair – sie mochte nach dem Verzehr von Chicken Wings zwar wie eine Massenmörderin aussehen, die gerade eine zwanzigköpfige Amischfamilie in

Ohio abgeschlachtet hatte, aber tatsächlich konnte sie keiner Fliege etwas zuleide tun.

Mit steifen Bewegungen stampfte sie zum Stuhl, über den er den Kleidersack gelegt hatte, öffnete diesen abrupt und zog das Brautjungfernkleid heraus, das ...

„Was ist das?", wollte sie mit entsetzter Stimme wissen.

Obwohl Jake nicht minder entsetzt über das bodenlange Kleid war, das Blair gerade hochhielt, ließ er sich lachend aufs Bett zurückfallen. „Das, Baby, scheint dein Brautjungfernkleid zu sein."

KAPITEL 4

Dienstag

Blair wusste nicht, wie sie es geschafft hatte, um Punkt acht Uhr bereits ansprechbar zu sein und sich die Zähne geputzt zu haben, als die Schneiderin an ihre Tür klopfte und sie dazu zwang, dieses scheußliche Kleid anzuziehen, damit sie es abstecken konnte. Sie wusste auch nicht, wie sie es geschafft hatte, die schlecht gelaunte Schneiderin vor lauter Hunger nicht anzufallen oder aber sie anzublaffen, dass sie sich beeilen sollte, damit sie es noch rechtzeitig zum Frühstück schaffte.

Aber hier war sie nun.

Müde.

Hungrig.

Und schlecht gelaunt, weil Harper ihren guten

Geschmack anscheinend verloren hatte, als sie das Brautjungfernkleid ausgesucht hatte. Wenn sie ihr noch vor dem ersten Bissen über den Weg lief, konnte Blair für nichts garantieren.

Mit derart guter Laune schlich sie um kurz nach neun in den Frühstücksraum und war dankbar für den Duft nach Kaffee, der ihr in die Nase stieg. Genau das brauchte sie jetzt: eine Gallone heißen Kaffee und dazu ein ordentliches Frühstück, bevor sie sich wieder aufs Ohr legte und vergessen konnte, dass sie sich in diesem Kleid vor der gesamten Hochzeitsgesellschaft lächerlich machen würde – und vor Jake. Sein gestriges Lachen, als sie das Kleid ausgepackt hatte, zerrte noch immer an ihren Nerven und war zum Teil auch verantwortlich für ihre schlechte Laune.

Mistkerl.

Sie schlurfte gerade in den Frühstücksraum hinein, als ein lächelnder Kellner vorbeieilen wollte und sie fragend ansah.

Blair konnte ihm die Verwirrung ansehen und nahm ihm diese Reaktion nicht einmal übel, denn im besten Fall glich sie einem Landstreicher. Vermutlich musste er sie für einen Obdachlosen halten, der einen geklauten Einkaufswagen durch halb Schottland schob. Blair trug an diesem Morgen nämlich ihre ältesten Jeans, ein blau kariertes Hemd, das jedem kanadischen Holzfäller alle Ehre gemacht hätte, und hatte ihr langes braunes Haar zu einem unordentlichen Dutt geknotet.

Und um dem Ganzen die Krone aufzusetzen, trug sie ein paar Hausschuhe und hatte sich nicht einmal die Mühe gemacht, einen Abdeckstift zu benutzen, um die dunklen Augenringe oder den Pickel an ihrer Stirn zu kaschieren.

„Äh ... guten Morgen, Miss", begrüßte er sie und blieb zögernd vor ihr stehen.

„Guten Morgen", erwiderte sie mit einem Lächeln und beherrschte sich gerade eben, angesichts des Tellers in seiner Hand nicht in laute Schmatzgeräusche auszubrechen. Ein verlockend aussehendes Türmchen Pancakes, die einen buttrigen Duft verströmten, lachten sie an. „Zimmer einhundertfünfzehn, auf den Namen Hamilton. Könnten Sie mir bitte einen Kaffee bringen? Einen großen? Und ich hätte gerne auch ein paar Pancakes wie diese. Gerne mit Sirup und Bacon. Viel Bacon. Und bitte noch zwei Spiegeleier mit Würstchen und Bohnen. Die Eier von beiden Seiten gebraten. Danke sehr."

Der junge Kellner blinzelte verblüfft, sagte aber nichts mehr, sondern starrte sie in stummer Faszination an.

Himmel, dachte sich Blair irritiert, aßen Frauen in Schottland nichts oder was war sein Problem?

„Äh ... natürlich, Miss. Setzen Sie sich bitte. Ich bringe Ihnen gleich das Frühstück", entgegnete er schwach und eilte hastig an ihr vorbei.

Blair grinste und lief um die Ecke, um sich einen

freien Tisch zu suchen, als sie mitten im Schritt stehen blieb. Das hatte ihr gerade noch gefehlt.

Jonathan und Mary Kincaid saßen an einem der Tische und frühstückten miteinander. So früh am Morgen war Blair noch nicht dazu bereit, Harpers und Jakes Eltern zu treffen. Bevor sie jedoch zurück auf ihr Zimmer verschwinden konnte, um dort das Frühstück in Form von sauteuren Erdnüssen aus der Minibar zu verzehren, hatte Jonathan sie entdeckt, hob die Hand und winkte ihr fröhlich zu.

Wohl oder übel blieb ihr nichts anderes übrig, als zurückzuwinken und um die restlichen Tische herumzulaufen, um zu den beiden Menschen zu kommen, die in den letzten Jahren ihre Ersatzeltern gewesen waren.

Mit jedem Schritt wurde der Knoten in ihrem Magen größer, als sie daran dachte, wie sehr sie die beiden in den vergangenen Monaten vermisst hatte, es aber nicht über sich gebracht hatte, sie anzurufen. Jake und sie hatten sich getrennt, also wäre es doch komisch gewesen, mit Jonathan und Mary zu telefonieren. Schließlich hätte Jake auch nicht ihren Dad angerufen.

Bei dem Gedanken hätte Blair beinahe gelacht, denn es war kein Geheimnis, dass Jake ihren Dad nicht leiden konnte, was sie ihm nicht einmal verübelte. Ihr Vater war ein aufgeblasenes Arschloch – da gab es nichts zu beschönigen. Und Jake hätte einen Teufel getan und ihn freiwillig angerufen. Aber da lag auch der Unterschied zwischen ihnen, denn während Jake ihren Vater nicht ausstehen konnte, liebte Blair seine Eltern.

„Hallo, Schätzchen", begrüßte Mary sie, sobald sie den Tisch erreicht hatte, und stand auf, um sie zu umarmen.

„Hallo, Mary." Blair erwiderte die Umarmung. „Wie schön, euch zu sehen."

„Das finden wir auch", gab Jonathan lachend von sich und umarmte sie anschließend, bevor er sie auf den freien Stuhl schob. „Harper hat uns erzählt, dass du gestern mit einem Mietwagen hergekommen bist. Wir haben uns schon gefragt, wann du zum Frühstück auftauchst."

Blair lächelte beiden zu, während Mary so lieb war, ihr eine Tasse Kaffee aus der Kanne einzuschenken.

Im vergangenen Jahr hatten sich Jakes Eltern äußerlich kein bisschen verändert. Das dunkelblonde Haar seines Dads wurde an den Schläfen zwar deutlich grauer und die Falten um seine Augen waren etwas tiefer als zuvor, aber Jonathan Kincaid sah noch immer so aus wie beim letzten Mal, als sie zu Besuch in Ohio gewesen war. Jake ähnelte seinem Dad sehr mit dem gleichen dunkelblonden Haar und der gleichen hochgewachsenen Statur, aber von seiner Mom hatte er die strahlend blauen Augen geerbt. Harper dagegen kam ganz nach ihrer Mom mit dem weizenblonden Haar, den feinen Gesichtszügen und den gleichen Augen.

„Vermutlich würde ich noch immer schlafen, wenn

Harper nicht eine Schneiderin bestellt hätte, die um Punkt acht Uhr an meine Zimmertür geklopft hat", entgegnete sie und nahm dankbar die Tasse Kaffee entgegen, die Mary ihr reichte. Genussvoll nahm sie einen großen Schluck und hätte beinahe laut gestöhnt, als sie den köstlichen Kaffee schmeckte.

„Passt das Kleid, Liebes? Harper war wegen der Größe ziemlich besorgt."

Es hätte nicht viel gefehlt und der Kaffee wäre ihr durch die Nase wieder hochgekommen. „Äh, ja ... es passt", antwortete sie ausweichend auf Marys Frage, weil sie den beiden nicht verraten wollte, wie furchtbar hässlich sie dieses Kleid fand. „Nur ein paar kleine Anpassungen meinte die Schneiderin."

„Da wird Harper erleichtert sein. Du weißt ja, wie perfektionistisch sie sein kann."

„Sie kann es vor allen anderen Dingen übertreiben", warf Jonathan ein und verdrehte die Augen, während er Blair die Frühstückskarte hinschob. „Gestern Morgen hat sie mir eine Auswahl Manschettenknöpfe gezeigt, unter denen ich auswählen sollte. Passend zu dem Anzug, den sie für mich hat fertigen lassen. Unsere Tochter übertreibt gewaltig."

„Es ist ihre Hochzeit, Jonathan", widersprach seine Frau ruhig und senkte dabei die Stimme.

„Na und? Unsere Hochzeit haben wir im Wohnzimmer deiner Eltern gefeiert und hatten nicht einmal eine richtige Torte, sondern einen Kuchen vom Vortag aus dem Supermarkt. Trotzdem kann ich sagen, dass es mit Ausnahme der Geburten unserer Kinder der schönste Tag meines Lebens war – auch ohne Einladungskarten mit Goldrand und ohne Stoffservietten, auf denen unsere Initialen gestickt wurden. Was kommt als Nächstes? Eigens für die Hochzeit hergestelltes Klopapier, auf dem das Verlobungsfoto der beiden zu sehen ist? Also ich werde es nicht benutzen, wenn ich auf dem Topf sitze, Mary."

„Jonathan!"

Blair lachte prustend auf und wusste wieder einmal, warum sie Jonathan Kincaid so sehr mochte. Sein Humor hatte ihr gefehlt.

„Geht es vielleicht etwas leiser", wehrte Mary mahnend ab. „Nicht jeder will in einem Frühstücksraum etwas über Toilettenpapier hören."

Jonathan verzog lediglich den Mund. „Genug von der Hochzeit. Erzähl uns lieber, wie es dir geht, Blair."

„Mir geht's gut", erwiderte sie ruhig und stellte die Tasse zurück auf den Tisch, während sie hoffte, dass ihr Magen nicht zu knurren begann. Wann kamen endlich die Pancakes? „Alles bestens."

„Was macht der Job?"

„Da betreue ich zurzeit ein paar spannende Projekte."

„Das Fußdeo?"

Angesichts des breiten Grinsens verdrehte sie belustigt die Augen. Jake und sein vorlautes Mundwerk mal wieder. „Nein, eine Hämorrhoidensalbe", erwiderte sie voller Ernst, auch wenn sie Jonathan damit nicht aufs Glatteis führen konnte, weil er herzhaft lachte.

„Und sonst?"

Neugierig sah sie auf. „Sonst? Was meinst du mit *und sonst?*"

„Nun ..." Der ältere Mann wirkte verdächtig beiläufig. „Was gibt es sonst Neues bei dir? Also ... privat?"

Blair wusste genau, was er sie fragen wollte, zog es jedoch vor, noch ein bisschen Verstecken zu spielen. Mary musste ihren Mann ebenfalls durchschaut haben, weil sie Blair amüsiert zuzwinkerte.

„Ich habe jetzt eine Waschmaschine", verkündete sie fröhlich. „Eintausendvierhundert Umdrehungen pro Minute und energiesparend. Ein richtiges Schnäppchen. Der Waschsalon ist damit passé."

„Schön, schön", erwiderte Jonathan abwesend und nagte auf seiner Unterlippe herum. „Das freut mich."

„Mich auch. Außerdem hat ein neuer Koreaner nur zwei Blocks entfernt eröffnet, der ein großartiges Kimchi macht. Wenn ihr mal wieder in New York seid, solltet ihr unbedingt dorthin gehen. Du isst doch gerne Koreanisch, oder, Mary?"

„Sogar sehr gerne", bestätigte Mary mit einem Lachen in der Stimme.

„Ja, klingt gut. Wenn wir das nächste Mal zu Besuch bei Jake sind, können wir den Koreaner probieren.

Apropos Jake …" Jonathan räusperte sich. „Habt ihr euch schon gesehen?"

Sogar zweimal, wenn man bedachte, dass er gestern Abend unangemeldet vor ihrer Tür gestanden und es sich auf ihrem Bett gemütlich gemacht hatte, bis er endlich verschwunden war, nachdem er seinen Lachanfall wegen ihres Kleides überwunden hatte. Das konnte sie seinen Eltern jedoch nicht erzählen, weil sie mit Sicherheit wütend geklungen hätte, also nickte sie und entgegnete leichthin: „Haben wir. Zwischen uns ist alles okay."

„Das ist gut." Jakes Dad kratzte sich unschlüssig an der Schläfe. „Und wie sieht es sonst so aus? Hast du einen neuen Freund?"

Sofort schnappte Mary Kincaid nach Luft. „Jonathan, das geht uns nichts an!"

Jonathan runzelte die Stirn und hob die Schultern in die Höhe. „Was denn? Ich war nur etwas neugierig, schließlich ist Blair nicht irgendein Mädchen, das Jake auf der Highschool angeschleppt hat, sondern unsere Blair."

Sein Satz versetzte ihr einen schmerzhaften Stich. Aber auch das wollte sie den beiden nicht zeigen, also schüttelte sie den Kopf. „Nein, es gibt keinen neuen Freund." Dass sie gerne gewusst hätte, ob sich Jake mit jemandem traf, verschwieg sie.

„Hast du auch so ein schönes Zimmer wie wir?", fragte Mary im sichtlichen Bemühen, das Thema zu wechseln. „Von unserem Balkon aus können wir direkt auf ein Heidefeld schauen und Tiere beobachten. Gestern Abend haben wir sogar einen Hirsch gesehen."

„Das Zimmer ist ein Traum. Ich schaue direkt in den Wald hinein." Sie räusperte sich und fragte bemüht heiter: „Was sagt ihr überhaupt dazu, dass eure Tochter heiraten wird? Gefällt euch Grant?"

Mary legte lächelnd den Kopf schief. „Wir haben uns sehr gefreut, auch wenn wir überrascht waren, schließlich kannten wir Grant überhaupt nicht. Er ist jedoch ein netter junger Mann ..."

„Mit vierunddreißig ist man kein junger Mann mehr", widersprach Jonathan seiner Frau.

„Von mir aus, du alter Stinkstiefel", seufzte sie und entlockte Blair ein Kichern.

„Und mit einundsechzig ist man noch lange kein alter Stinkstiefel, Weib."

„Du bist ein alter Stinkstiefel, weil du ständig etwas zu meckern hast. Nicht wegen deines Alters", korrigierte seine Frau ihn. „Auf jeden Fall ist Grant sehr nett, höflich und sieht gut aus. Was will eine Mutter mehr?"

„Ich fand ihn auch sehr sympathisch, als ich ihn gestern getroffen habe", stimmte Blair ihr zu. „Und da Harper ihn durch den Job kennengelernt hat, haben die beiden auch gemeinsame Interessen."

„Schätzchen, Geld zu verdienen ist kein Interesse", erwiderte Jonathan gutmütig. „Sondern ein Job."

„Nicht schon wieder", erklärte Mary mit einem Stöhnen. „Dein zukünftiger Schwiegersohn hat einen tollen Job und verdient sehr gutes Geld. Anstatt darüber zu nörgeln, solltest du froh sein, dass deine Tochter abgesichert ist."

„Unsere Tochter ist abgesichert, weil sie selbst einen tollen Job hat und sehr gutes Geld verdient", widersprach er gelassen. „Harper braucht keinen Versorger."

„Ich denke nicht, dass Harper ihn heiraten wird, weil sie in ihm einen Versorger sieht."

Blair beobachtete das ältere Ehepaar neugierig und verfolgte das Gespräch um ihren zukünftigen Schwiegersohn, während gleichzeitig der Kellner an den Tisch trat und ihr Frühstück brachte. Sie bedankte sich mit einem Lächeln bei dem Mann, der zwei volle Teller vor ihr ablud, schnappte sich ein Stück gebutterten Toast und schob ihn sich in den Mund.

„Mich würde interessieren, was Harper in ihm sieht. Findest du ihn nicht etwas ... langweilig, Mary?"

Interessiert blickte Blair auf, während sie ihre Spiegeleier klein schnitt.

„Grant mag von der ruhigeren Sorte sein, aber das heißt nicht, dass er langweilig ist. Du kennst ihn seit ein paar Tagen, Jonathan. Lass ihm ein bisschen Zeit, um aufzutauen. Vielleicht ist es für einen Mann einschüchternd, den Schwiegervater in spe kennenzulernen."

Jonathan zeigte auf Blair. „Blair war neunzehn, als wir sie kennengelernt haben, und sie brauchte keine Zeit, um aufzutauen. Nach einem Tag war sie mit mir angeln und kurz darauf knutschte sie mit Jake im Wohnzimmer herum. Eingeschüchtert wirkte sie nicht."

Mary fasste sich an die Stirn. „Das war doch etwas völlig anderes." Sie schüttelte den Kopf und wandte sich an Blair. „Soll ich den alten Stinkstiefel nach draußen bringen, damit du in Ruhe frühstücken kannst?"

„Nein, bitte nicht. Macht einfach weiter, während ich esse. Ich lausche euch andächtig", winkte sie ab. „So gut habe ich mich nicht mehr amüsiert, seit Donald Trumps Haarteil im Fernsehen davongeflogen ist."

Mary lächelte ihr zu, bevor sie sich auf ihrem Stuhl zurücklehnte und an ihren Mann gewandt fortfuhr: „Männer und ihre Töchter – du bestätigst das Klischee, Jonathan."

„Ich bin ein besorgter Dad und frage mich nur, ob die beiden zueinanderpassen." Grübelnd sah er seine Frau an. „Wenn ich mich recht erinnere, gab es damals diesen langweiligen Typen, dessen Dad mehrere Firmen besaß und stinkreich war. Wollte der nicht mit dir ausgehen, Mary? Stattdessen hast du mich geheiratet – einen armen Schlucker. Und wir sind immerhin seit über dreißig Jahren glücklich miteinander. Mit mir war dir noch nie langweilig", triumphierte er.

„Das mag schon stimmen“, erwiderte Mary mit einem Lachen in der Stimme. „Aber mein Dad erinnert mich noch heute daran, dass ich einen BMW fahren könnte, wenn ich seinen Rat angenommen und den reichen Langweiler genommen hätte.“

Blair stimmte in das Lachen der anderen Frau ein und beobachtete, wie Jonathan grimmig die Stirn runzelte.

„Was gibt es denn hier zu lachen?“ Plötzlich stand Jake neben ihnen, legte eine zusammengefaltete Straßenkarte auf den Tisch und zog sich wie selbstverständlich einen Stuhl heran, auf den er sich setzte.

Blair blieb der Bissen fast im Hals stecken. So hatte sie sich ihr Frühstück ganz sicherlich nicht vorgestellt.

„Die beiden machen sich über deinen alten Herrn lustig.“

„Das ist doch nichts Neues.“ Jake zuckte mit der Schulter und streckte die Beine entspannt von sich. Dabei hätte er um ein Haar Blairs Oberschenkel berührt. Während sie innerlich zusammenzuckte, machte er nicht einmal den Anschein, es bemerkt zu haben. „Der Concierge hat die besten Wanderwege markiert, Dad. Ihr könnt zwischen mehreren wählen. Ansonsten besteht auch die Möglichkeit, einen Ranger zu buchen, der mit euch eine Wanderung unternimmt.“

„Das klingt nicht schlecht, aber deine Mutter und ich wären lieber allein.“ Bedeutungsvoll wackelte Jakes

Dad mit den Augenbrauen. „Es sei denn, ihr beide wollt mitkommen?"

„Nein, vielen Dank, Dad", erwiderte Jake und verzog das Gesicht. „Noch ein traumatisches Erlebnis, bei dem ich Zeuge werde, wie Mom und du auf Tuchfühlung geht, würde mir eine auf einer Psychoanalyse basierenden Therapie bescheren."

„Du benimmst dich wie ein Spießer", klagte sein Dad.

„Nein, ich benehme mich wie ein Sohn, der Mommy und Daddy nicht zusammen nackt erwischen will. Wie war dein Termin bei der Schneiderin?", wollte er unvermittelt von Blair wissen, während er ihr ein Stück Bacon vom Teller klaute.

Sie hielt seinen Themenwechsel für ein geschicktes Ablenkungsmanöver, um an ihr Frühstück zu kommen. Wenn seine Eltern nämlich nicht dabei gewesen wären, hätte sie mit der Gabel nach seiner Hand gestochen.

„Gut", entgegnete sie kurz angebunden und beobachtete verdrossen, wie er auf ihrem Bacon herumkaute.

„Hat sie euch schon erzählt, wie scheußlich ihr Kleid aussieht?", fragte er seine Eltern so unbekümmert, als würde er über das Wetter reden.

„Jake", zischte sie ihm zu. „Das Kleid ist nicht ..."

„Scheußlich? Doch, das ist es." Er nickte nachdrücklich. „Ich habe keine Ahnung, was sich Harper dabei gedacht hat, ausgerechnet für dich so ein Kleid auszusuchen."

„Ausgerechnet für mich?" Blair vergaß Mary und Jonathan, die mit ihnen am Tisch saßen, und fixierte Jake, der wie die Ruhe selbst wirkte. „Was willst du denn damit sagen?"

Schulterzuckend entgegnete er: „Komm schon, Blair. Du bist kein Kleidertyp und das wissen wir beide."

„Wie bitte?"

„Kurze Miniröcke oder lange Kleider mit hohen Schlitzen am Bein sowie tiefen Ausschnitten gehen ja noch, aber diese hochgeschlossenen Dinger lassen dich verkleidet aussehen. Erinnerst du dich nicht an das rosafarbene Kleid, das du auf der Hochzeit deines Dads anziehen musstest, weil du Brautjungfer warst? Du hast selbst gesagt, dass du dich wie ein Zirkusclown gefühlt hast."

Natürlich erinnerte sie sich an die Hochzeit, immerhin hatten sie sich auf der Rückfahrt einen Streit epischen Ausmaßes geliefert, weil ihr Dad sich Jake gegenüber wie ein Idiot benommen hatte und weil Blair von Jakes zweitägigem beleidigtem Schweigen genervt gewesen war. Und sie erinnerte sich an diese Scheußlichkeit von Kleid, die Blairs Stiefmutter ausgesucht hatte – lange Ärmel, vorn hochgeschlossen und eine Reihe von winzigen Perlmuttknöpfen am Rücken. Dazu ein rosafarbener Stoff aus Satin und ein Schnitt, der ab der Hüfte ausgestellt war. Blair hatte sich nicht nur wie ein Clown gefühlt, sondern wie ein Trampeltier, denn ihr hatte der Schnitt nicht geschmeichelt. Zwar war sie nicht dick, aber solche Kleider standen nur Frauen, deren körperliche Entwicklung im vierzehnten Lebensjahr zum Stillstand gekommen war. Blair besaß Brüste und Hüften und war eher der sportliche Typ. Rosafarbene Mädchenkleider ließen sie gedrungen wirken.

Das wusste zwar auch Jake, immerhin hatte sie ihm damit in den Ohren gelegen, aber sie fand es dennoch unangebracht, es am Frühstückstisch im Beisein seiner Eltern zu thematisieren.

„Seit wann bist du eigentlich ein Modeexperte?“, feuerte sie daher zurück. „Ich erinnere mich schwach an den einen Urlaub, in dem du ein Bowlingshirt zu deinen Bermudas und Socken in den Schuhen angezogen hast. Alle hielten dich für einen Fan von Charlie Harper.“

Seine Miene verfinsterte sich augenblicklich. „Falls du dich nicht an das Kleid erinnern kannst, wirf einen Blick aufs Facebookprofil deiner Stiefmutter. Dort müsstest du irgendwo ein Foto von dir in diesem Kleid finden. Du bist sogar verlinkt.“

Blair öffnete bereits den Mund, um ihn zu fragen, warum er mit ihrer Stiefmutter befreundet war und deren Profil allem Anschein nach stalkte, als sich Jonathan räusperte: „Mein Sohn, dieses Feingefühl im

Umgang mit Frauen hast du aber nicht von mir geerbt."

Abrupt schwiegen sie beide.

Ausgerechnet vor Mary und Jonathan wollte Blair nicht streiten. Die beiden sollten nicht mitbekommen, wie Jake und sie sich an die Gurgel gingen. Und Jake sollte nicht merken, dass es ihr auf den Magen schlug, wenn sie sich mit ihm stritt, weshalb sie nach dem Teller mit den Pancakes griff und ein in Sirup getränktes Stück abschnitt, das sie sich in den Mund stopfte.

Währenddessen unterhielt sich Jake ruhig mit seinen Eltern und wechselte geschickt das Thema, bevor sein Dad ihm die Ohren hätte langziehen können, weil er sich gerade wie ein Idiot aufgeführt hatte. Blair hoffte, dass er endlich aufstand und unter einer fadenscheinigen Erklärung verschwand, jedoch waren es Mary und Jonathan, die kurz darauf die Stühle zurückschoben und sich erhoben.

„Wenn wir unsere Wanderung noch vor dem Ausflug nach Perth schaffen wollen, sollten wir uns langsam auf den Weg machen." Jakes Dad sah ihn auffordernd an. „Kommst du mit und lässt Blair in Ruhe frühstücken?"

„Geht ihr ruhig allein, Dad. Ich habe noch etwas mit ihr zu besprechen."

„Du hast etwas mit mir zu besprechen?", fragte sie nachlässig, nachdem Mary und Jonathan verschwunden waren, und tunkte ein Stück Pancakes in den Sirup.

„Nein, eigentlich nicht. Ich wollte nur vermeiden, von meinem alten Herrn eine Standpauke zu bekommen oder aber mit ansehen zu müssen, wie die beiden miteinander herumalbern."

„Das Herumalbern der beiden ist doch süß."

„Natürlich findest du das süß. Du bist schließlich eine Frau. Frauen finden es süß, wenn ältere Paare sich in aller Öffentlichkeit wie turtelnde Teenager benehmen", erwiderte er mit einem Seufzen und lehnte sich auf seinem Stuhl zurück.

Als er seine Hände auf seine Oberschenkel legte, fiel Blair wieder einmal der kleine linke Finger auf, der ein wenig abstand, weil er sich ihn mit zwölf Jahren beim Sportunterricht gebrochen hatte, wie Jake ihr vor Ewigkeiten erzählt hatte. Seine Hände hatte sie schon immer an ihm gemocht. Schlanke, lange Finger, mit denen er diese unglaublich präzisen Zeichnungen anfertigen konnte und die gleichzeitig fest zupacken konnten – ob beim Möbelaufbau oder beim Sex.

Blair schluckte und schaute weg, weil sie nicht dabei erwischt werden wollte, wie sie lechzend auf seine Hände oder seine Oberschenkel starrte. Als hätte es nicht gereicht, dass er sich gestern Abend auf ihrem Hotelbett gerekelt hatte, als wäre er ein Callgirl und sie ein sexuell frustrierter Bankangestellter, der sich in ein Stundenhotel eingemietet hatte.

„Wir hatten noch gar keine Zeit, miteinander zu plaudern."

„Du willst plaudern?" Sie biss von einem Stück Bacon ab und kaute langsam. „Worüber denn?"

„Keine Ahnung." Er griff nach ihrer Kaffeetasse und nahm völlig ungezwungen einen Schluck. „Gibt es irgendwelche Neuigkeiten?"

„Du meinst abgesehen vom Erfolg des Fußdeos?"

„Ganz genau", entgegnete er mit einem Schmunzeln. „Abgesehen davon."

Mit einem sarkastischen Jake kam Blair klar, weil sie zurückschießen konnte und meistens wütend genug war, um auf Konfrontationskurs zu gehen, aber ein umgänglicher Jake machte sie nervös. Wenn er plaudernd mit ihr am Frühstückstisch saß, musste er irgendetwas im Sinn haben. Und das gefiel ihr nicht.

„Der alte Blumenhändler auf der Hudson Street hat zugemacht. Stattdessen hat dort ein Koreaner eröffnet und bietet richtig gutes Kimchi an."

„Aha. Klingt gut."

„Ist es auch." Sie nahm ihm die Kaffeetasse ab und schenkte nach. „Was macht das Sullivanprojekt?"

„Da läuft noch die Ausschreibungsphase, aber es sieht gut aus."

„Das freut mich."

Fassungslos darüber, wie zivilisiert sie sich unterhalten konnten, nippte sie an ihrem Kaffee.

„Isst du den letzten Pancake noch?"

„Nein, ich bin satt", antwortete sie und schob ihm den Teller hin. „Hast du noch nicht gefrühstückt?"

„Doch, aber Harper war dabei und redete pausenlos über die Hochzeit. Da habe ich schnell Reißaus genommen und nicht viel gegessen."

„Na, dann bediene dich", forderte sie ihn auf.

Während er den letzten Pancake in sich hineinschaufelte, nippte Blair immer wieder an der Kaffeetasse, um ihre Hände beschäftigt zu halten. Es war nämlich ein merkwürdiges Gefühl, sich nach einem Jahr Trennung mit Jake an einem Frühstückstisch wiederzufinden und ihn beim Essen zu beobachten. Die Stille wurde immer lauter, bis sie es nicht mehr aushielt und sich räusperte.

„Ich wusste gar nicht, dass du mit Clarice befreundet bist."

„Was?" Jake blickte irritiert auf und wischte sich mit einer Serviette über den Mund. „Wie kommst du denn plötzlich darauf?"

„*Du* hast gerade angefangen, über Clarice zu reden", erinnerte sie ihn. „Ich dachte, du könntest meine Stiefmutter nicht leiden. Deshalb bin ich verwundert, dass du Kontakt zu ihr hast."

„Ich habe keinen Kontakt zu Clarice. Und wer sagt, dass ich sie nicht leiden kann?"

Ungläubig zog sie eine Augenbraue in die Höhe. „Meinst du das ernst? Ich erinnere mich nur allzu gut an dein Gezeter, als wir auf ihrer und Dads Hochzeit waren."

„Ich habe nicht wegen Clarice gezetert, sondern wegen deines Dads, weil der sich wie ein Vollidiot aufgeführt hat – wieder einmal. Und weil du nichts dazu gesagt hast."

Auch wenn Blair wusste, dass Jake die Wahrheit sprach, was ihren Vater betraf, spürte sie, dass sie wütend wurde. Seine Vorwürfe kannte sie schließlich zur Genüge. „Es war seine Hochzeit ..."

„Ach so! Und deshalb durfte er sich mir gegenüber wie ein Idiot benehmen, während du neben mir stehst und kein Wort dazu sagst?"

„Du weißt, dass mein Vater ein Idiot sein kann. Und du weißt, dass er es darauf anlegt, dich zu provozieren. Jedes Mal bist du voll eingestiegen, anstatt ihn zu ignorieren. Was soll ich da bitte zu sagen?"

„Du hättest für mich Partei ergreifen können", wetterte Jake nun. „Aber nein, du hast lieber vor Daddy gekuscht."

Die Kaffeetasse schepperte, als Blair sie abrupt auf der Untertasse absetzte. So viel dazu, friedlich mit Jake am Frühstückstisch zu sitzen. „Ich habe nicht vor ihm gekuscht, sondern hatte keine Lust auf eine lautstarke Auseinandersetzung mit zwei männlichen Dickschädeln mitten auf einer Hochzeit, während ich dieses grauenvolle Kleid anhatte und gute Miene zum bösen

Spiel machen musste, weil meine Stiefmutter gerade einmal vier Jahre älter ist als ich, Jacob Kincaid!"

„*Zwei* männliche Dickschädel? Meinst du etwa mich ...?!"

„Natürlich meine ich damit dich!" Blair warf ihre Serviette auf den Tisch und stand auf. „Und jetzt entschuldige mich, aber es ist besser, wenn ich gehe, schließlich liebe ich deine Eltern und will ihnen nicht erklären müssen, warum ich es für nötig hielt, dir ein Buttermesser ins Auge zu rammen!"

KAPITEL 5

Als Jake nach draußen trat und dabei in seine Jacke schlüpfte, fiel sein Blick sofort auf Blair, die bereits neben Lucy stand und ebenfalls auf den Bus zu warten schien, den Harper gemietet hatte und der die bisher anwesende Hochzeitsgesellschaft nach Perth fahren sollte, damit sie sich den Scone Palace ansehen konnten.

Besonders viel Lust hatte er weder auf die anderthalbstündige Fahrt noch darauf, den halben Tag in Anwesenheit seiner Ex zu verbringen, die ihn beim Frühstück dickschädelig genannt hatte. Innerlich schnaubte er wütend auf. Wenn jemand dickschädelig war, dann war sie es! Blair war so grauenvoll stur und unnachgiebig, dass nicht einmal eine Abrissbirne sie hätte umstimmen können.

Ihre Sturheit verdarb ihm noch den Tag, denn eigentlich hatte er sich auf den Ausflug gefreut, immerhin war er Ingenieur und interessierte sich für Gebäude aller Art. Europäische Schlösser und Burgen bekam er nicht allzu häufig zu Gesicht. Womöglich sollte er Blair einfach ignorieren und nicht darauf achten, was sie tat.

Das war jedoch leichter gesagt als getan, wenn sie mit rosigen Wangen, einem Pferdeschwanz, engen Jeans, die ihre phänomenalen Beine betonten, und einem Lachen auf den Lippen nur wenige Meter entfernt stand. Nach dem Frühstück musste sie sich die Haare gekämmt haben, denn morgens hatte sie sich in ihrem verschlafenen Landstreicher-Look präsentiert, den er immer gerne an ihr gesehen hatte. Genauso hatte sie nämlich nach einer durchgevögelten Nacht ausgesehen.

Entschlossen straffte er die Schultern, rieb sich übers Gesicht und schlenderte auf die beiden Frauen zu, die sich fabelhaft zu amüsieren schienen, weil sie gemeinsam lachten. Verdammt, Blairs Lachen war noch immer ansteckend und fuhr ihm bis in die Magengegend. Was der Anblick ihres Hinterns in den engen Jeans mit seinem Schwanz anstellte, wollte er nicht näher ergründen.

„Seid ihr etwa auch pünktlich, weil ihr Harpers Zorn fürchtet?", unterbrach er das Gelächter und trat zu ihnen. „Wo ist eigentlich Brautzilla?"

„Hey, Jake", begrüßte Lucy ihn lächelnd. „Komisch, dass du deine Schwester Brautzilla nennst. Blair hat gestern Abend genau das Gleiche zu Harper gesagt."

„Ist das so?" Während er die Arme vor der Brust verschränkte, musterte er Blair.

Sie antwortete auf seine Frage nicht, sondern wollte von ihm wissen: „Du kommst auch mit?" Ihr Gesicht hatte den gleichen Ausdruck, als hätte sie in eine Zitrone gebissen.

„Was dagegen?", verlangte er gelassen zu wissen.

„Das sage ich lieber nicht in Gegenwart unschuldiger Zivilisten", erwiderte sie ernst.

Jake lachte kurz auf. „Wieso bist du eigentlich nicht Komikerin geworden?"

„Hey, ihr beiden", seufzte Lucy laut auf. „Seid friedlich, ja?"

„Oh, ich bin immer friedlich", beteuerte er. „Solange Blair keine Messer wetzt, tue ich das auch nicht."

Blairs Schnauben sollte anscheinend etwas anderes signalisieren.

„Also ich wünsche mir für heute einen *entspannten* Ausflug mit meinen Freunden", trällerte Lucy bedeutungsvoll. „Bringt euch bitte nicht um. Wie soll ich Harper erklären, dass ihre Hochzeit ins Wasser fällt, weil Trauzeuge und Brautjungfer sich gegenseitig massakriert haben?"

„Keine Sorge, Lucy. So nah lasse ich ihn sowieso nicht an mich heran."

Jake kniff die Augen zusammen, während Lucy vernehmlich seufzte, bevor sie geradezu erleichtert den Kopf hob. „Zum Glück kommen gerade die anderen. Vielleicht schafft ihr beiden es ja, ein paar Stunden lang die Krallen einzufahren."

Die rothaarige Lucy ließ sie beide stehen, um die anderen Gäste zu begrüßen, die mit ihnen fahren würden, was bedeutete, dass Jake nun allein mit Blair hier stand, die ihn feindselig musterte.

„Für mich ist es kein Problem, ein paar Stunden lang die Krallen einzufahren", erklärte er ihr gelassen. „Wie sieht es bei dir aus?"

Sie hob ihre Nase in die Höhe. „Mach dir um mich mal keine Sorgen."

Damit drehte sie sich um und folgte Lucy, deren Lachen man bereits hören konnte.

Jake knirschte mit den Zähnen, ballte die Hände zu Fäusten und sammelte sich einen Moment, bevor er sich den übrigen Gästen anschloss, die lediglich aus seinem Dad, vier Tanten seiner Mom, Lucy, Blair und einem Typen bestanden, der Blair gerade die Hand gab. Die Männer waren deutlich in der Unterzahl.

„Zac reicht völlig. Lediglich meine Mom nennt mich Zachary, und das auch nur dann, wenn ich irgendetwas ausgefressen habe", erklärte der Kerl namens Zac, der schätzungsweise im gleichen Alter war wie er und einen unbekümmerten Eindruck machte. Der arme Tropf wusste noch nicht, was ihm bevorstand, wenn er einen Ausflug mit Jakes Großtanten und einer biestigen Blair Hamilton unternehmen musste.

Die biestige Blair Hamilton schenkte Zac, dessen dunkles Haar zu einem kurzen Zopf gebunden war und der ein Augenbrauenpiercing trug, ein umwerfendes Lächeln. „Vermutlich bin ich nicht die Einzige, die wissen will, was du ausgefressen haben musst, damit dich deine Mom beim vollen Namen nennt."

„Das verrate ich erst nach mindestens fünf Bieren."

„Dann verträgst du nicht sonderlich viel, was?"

„O nein, es ist elf Uhr", erwiderte der Typ mit einem breiten Lachen. „Trinkherausforderungen nehme ich nicht vor vier Uhr nachmittags an."

Lucy und Blair lachten fröhlich auf, anscheinend völlig umgarnt von einem Kerl, der mehr Schmuck trug als Elizabeth Taylor.

„Hey", brummte Jake, nicht sonderlich angetan von der Vorstellung, die ihm gerade geboten wurde, als er zu ihnen trat.

„Hey", erwiderte der andere seinen Gruß unbefangen und schaute ihn neugierig an.

„Zac, das ist Jake Kincaid – Harpers Bruder", stellte Lucy sie vor. „Jake, das ist Zac Mitchell – Grants Freund und Arbeitskollege."

„Arbeitskollege?" Verwundert starrte er den Pferdeschwanz, den Augenbrauenring, die abgewetzte Lederjacke und die dünnen Lederschnüre mit den silbernen

Anhängern um Zacs Hals an, während er seinen Handschlag erwiderte und dabei Ringe an den Fingern des Mannes spürte. „Du bist Anwalt für Steuerrecht?"

Er musste wohl ziemlich ungläubig geklungen haben, weil Zac den Kopf zurücklegte und laut lachte. „Ja, aber nur in der Woche. Am Wochenende bin ich Juror bei Misswahlen."

„Zac ist vor zwei Stunden angekommen", informierte Lucy ihn.

„Aus Seattle? Und dann willst du jetzt mit nach Perth kommen?"

„Ich habe im Flieger geschlafen", antwortete er mit einem Schulterzucken. „Ein Ausflug klingt doch nett. Meinen ersten Urlaub seit Ewigkeiten will ich nicht in meinem Hotelzimmer verbringen. Außerdem hoffe ich auf einen netten Pub, wenn wir in Perth sind."

„Ich dachte, du trinkst nicht vor vier Uhr?", warf Blair ein.

Zac zwinkerte ihr zu. „Nein, da musst du etwas missverstanden haben. Keine Trinkherausforderungen vor vier. Aber das heißt nicht, dass ich vorher nichts trinke."

Als Blair schon wieder lachte, knirschte Jake mit den Zähnen und war dankbar, Harpers Stimme zu hören. Vielleicht würde sie Blair davon abhalten, sich komplett lächerlich zu machen. Während seine Schwester aus der Lodge trat und zu ihnen lief, fuhr auch der Kleinbus heran und parkte direkt vor ihnen.

„Ah, gut, dass ich euch noch treffe." Eilig verteilte Harper unter den neun Ausflüglern Zettel und wirkte wieder einmal schwer beschäftigt. „Hier habt ihr den Zeitplan. Der Fahrer weiß bereits Bescheid, wann er spätestens in Perth losfahren soll."

Fassungslos starrte Jake auf den Zettel in der Hand. „Ein Zeitplan für einen Ausflug?"

„Natürlich", erwiderte sie wie selbstverständlich. „Für den Nachmittag habe ich eine Teestunde organisiert, zu der ihr wieder hier sein müsst."

Jake schüttelte den Kopf. „Du hast sogar Pinkelpausen eingetragen!"

„*Optionale* Pinkelpausen", belehrte sie ihn, nickte zufrieden in die Runde und gab ihrem Dad einen Kuss. „Habt viel Spaß und macht ein paar Fotos fürs Hochzeitsalbum."

„Kommt ihr nicht mit?", wollte Zac von ihr wissen, der den Zettel in seiner Hand bislang lässig ignorierte.

„Nein." Mit einem bedauernden Kopfschütteln, das Jake seiner Schwester nicht für eine Sekunde abnahm, erklärte Harper: „Grant und ich haben ein Gespräch mit dem Pfarrer und anschließend statten wir zusammen mit meiner Mom der Konditorei einen Besuch ab. Wir können uns euch leider nicht anschließen."

Und so wie es aussah, verging Jake von Sekunde zu Sekunde die Lust, ebenfalls mitzukommen, weshalb er forsch einwarf: „Will Mom nicht mitfahren und ich bleibe hier, um dir zu helfen? Sie will sich doch ganz bestimmt den Palast ansehen."

Harper sah ihn an, als wäre ihm ein drittes Auge gewachsen. „Sie hat sich freiwillig angeboten. Und was verstehst du schon von Konditoreien?"

„Ich esse gerne Kuchen."

Sie schnalzte einfach nur mit der Zunge und wollte sich umdrehen, um zu gehen, als sich Blair räusperte und damit anscheinend Harpers Aufmerksamkeit erregen wollte. „Wir müssen über das Kleid reden, Harper."

„Es ist hübsch, nicht wahr? So schön traditionell", entgegnete sie angelegentlich.

„Ja, aber ..."

„Passt es etwa nicht?"

„Doch, aber darum geht es mir nicht, weil ..."

„Oh, entschuldige", unterbrach Harper sie und schaute bedeutungsvoll auf die Uhr. „Ich bin schon viel zu spät dran. Wir reden später, ja?"

Verdrossen sah Blair ihr hinterher und kniff die Lippen zusammen.

„Los, alle Mann! Ab in den Bus, damit wir den Zeitplan einhalten", brüllte sein Dad über den gesamten Vorplatz. „Wir wollen die Braut nicht verärgern. Lucy, Schätzchen, du sitzt bei mir. Wir müssen etwas besprechen."

Während alle nach und nach in den Minibus einstiegen, schlenderte Jake zu Blair, die noch immer in

Richtung Lodge sah, in der Harper verschwunden war. „Tja, du solltest dir schnellstmöglich etwas einfallen lassen“, ließ er sie amüsiert wissen. „Ansonsten kann ich die Hochzeitsfotos von dir in diesem Kleid kaum erwarten.“

Blair schnappte nach Luft und rümpfte die Nase. „Ich dachte, du hättest Lucy gerade eben noch gesagt, dass du deine Krallen für ein paar Stunden einziehen könntest, Jake.“

„Ja, das habe ich und kann ich. Aber wer sagt, dass ich es will?“

Während sie ihm einen mordlustigen Blick schenkte, neigte er den Kopf und stieg in den Bus hinein, um sich auf die einzig freie Bank zu setzen. Blair folgte ihm in den Bus hinein, blieb dann jedoch zögernd stehen. Jake hob den Kopf und erkannte ihre Zwickmühle. Es gab nur noch zwei leere Plätze – neben ihm oder neben Zac, der auf der Bank vor ihm saß. Selbstverständlich entschied sie sich für den Platz neben Zac.

„Ist hier noch frei?“

„Klar, setz dich“, bot Grants Freund höflich an und rückte automatisch zur Seite, um ihr Platz zu machen.

Jake konnte die beiden Hinterköpfe betrachten, als Blair neben Zac saß, und verfolgte deren Gespräch, während der Bus anfuhr und sein Dad den hinteren Teil des Minibusses unterhielt. Am liebsten hätte er ihm deutlich zu verstehen gegeben, dass er die Klappe halten sollte, weil er mitkriegen wollte, was die beiden direkt vor ihm zu sagen hatten. So blieb ihm nichts anderes übrig, als die Ohren zu spitzen und das Gelächter seiner Großtanten sowie das brummige Lachen seines alten Herrn zu ignorieren. Einzig Lucy tat ihm leid, die neben seinem Dad saß und sich dessen Geschichten anhören musste, die sie sicherlich bereits hunderte Male gehört hatte.

„Woher kennst du Harper?"

„Vom College. Wir waren im ersten Jahr Mitbewohnerinnen und sind seither befreundet."

„Wow. Das ist wirklich eine lange Zeit."

„Soll das heißen, dass ich alt aussehe?" Blair lachte und zupfte dabei an ihrem Pferdeschwanz herum.

„Das habe ich nicht gesagt, aber ich weiß nun einmal, wie alt Harper ist, und kann ein bisschen rechnen." Zac zwinkerte ihr zu, wie Jake von seinem Beobachtungsposten verfolgen konnte. Die vorbeiziehende Landschaft, die aus dichten Wäldern und einem breiten Fluss direkt neben der Straße bestand, registrierte er kaum.

„Und wie lange kennst du Grant?"

„Nicht annähernd so lange, wie du Harper kennst. Mittlerweile müssten es drei Jahre sein. Wir wurden dem gleichen Projekt zugeteilt, saßen abends bis spät in die Nacht im Büro und waren irgendwann zusammen Bier trinken. Seither werde ich ihn nicht los."

„Ihr müsst sehr gut befreundet sein, wenn du von Seattle bis nach Schottland fliegst, um an seiner Hochzeit teilzunehmen."

„Vielleicht brauchte ich auch einfach nur Urlaub und fand, dass so eine Hochzeit ein toller Vorwand wäre."

Blair kicherte auf eine Art und Weise, die Jake auf den Sack fiel.

Ebenso fiel ihm die Fahrweise des Busfahrers auf den Sack, der jede Kurve nahm, als gäbe es kein Morgen. Der Minivan schlingerte geradezu von Kurve zu Kurve, was sich insbesondere in seinem Magen bemerkbar machte. Großartig! Ausgerechnet jetzt erinnerte sich sein Körper daran, dass holprige Fahrten nicht sein Ding waren. Tief atmete er durch die Nase ein und hoffte, dass er dieses Mal von einem Anfall von Reiseübelkeit verschont blieb.

Als Jake aus dem Fenster sah, um sich vom Rumoren in seinem Magen abzulenken, bemerkte er, dass sich die Landschaft verändert hatte. Dort, wo kurz zuvor noch dichte Wälder zu sehen gewesen waren, fand sich nun karge Landschaft wieder. Hohe mit Moos bedeckte Bergketten türmten sich rechts und links von der Straße auf. Die Berggipfel verschwanden hinter grauen Wolkendecken, während Regentropfen wie Bindfäden an den Fenstern des Busses abperlten. Ein paar Schafe standen völlig unbeteiligt direkt am Straßenrand und grasten friedlich.

Auch Blair schien die Schafe bemerkt zu haben. „Himmel! Diese Schafe stehen anscheinend auf Kamikaze. Gestern hätte ich ein paar von denen fast über den Haufen gefahren. Warum stehen sie denn immer noch hier herum? Kann nicht irgendjemand einen Zaun für sie bauen, damit sie nicht von Touristen überfahren werden?“

Zac drehte den Kopf in Blairs Richtung, was bedeutete, dass Jake sein Profil studieren konnte, kurz bevor der Bus über eine Bodenwelle raste und für eine Sekunde in der Luft zu schweben schien. Im hinteren Teil des Busses kreischten die Passagiere vor Vergnügen. Jake dagegen schluckte schwer. Wenn er jetzt ausstieg und zu Fuß zurückging, würde er vermutlich gute zwei Stunden unterwegs sein, aber wenigstens würde er seinem Vordermann nicht in den Nacken kotzen.

Apropos Vordermann: „Vermutlich passiert es ziemlich selten, dass Schafe von Touristen überfahren werden. Sonst hätten sie längst einen Zaun gezogen.“

Jake konnte hören, wie Blair laut und vernehmlich seufzte. „Dann kennen die Einheimischen noch nicht meine Fahrweise.“

„So schlecht wirst du schon nicht Auto fahren.“

„Doch, tut sie“, mischte er sich ein, während er sich auf Blairs Ohrläppchen konzentrierte und hoffte, dass er dadurch das heftige Schlingern des Busses vergessen konnte. „Blair ist durch ihre erste Führerscheinprüfung gerasselt, weil sie durch den Gartenzaun der Kirche gebrettert ist."

Sowohl Zac als auch Blair drehten ihre Köpfe nach hinten. Zac wirkte überrascht. Blair dagegen ziemlich wütend.

„Lauschst du etwa unserem Gespräch?"

„Tut mir leid, aber deine Stimme ist nun einmal nicht zu überhören", beklagte er sich stoisch, auch wenn sein Mageninhalt weniger ruhig war, sondern gerade eine wilde Party zu feiern schien.

„Du bist durch den Gartenzaun einer Kirche gefahren?" Zacs Mundwinkel zuckten, als würde er jeden Moment in Gelächter ausbrechen.

„Das ist fast sechzehn Jahre her", verteidigte sich Blair. „Seither ist mir so etwas nicht mehr passiert und ..."

Jake unterbrach sie mit einem bedeutungsvollen Räuspern. „Und was war mit dem Mietwagen in Kanada?"

„Jake", zischte sie ihm zu. „Halt die Klappe."

„Was war in Kanada?"

Jake zuckte mit der Schulter und beachtete Blair überhaupt nicht. Stattdessen beobachtete er die Reaktion des anderen Mannes, als er ruhig erklärte: „Blair schaffte es, beim Einparken einen Hydranten zu erwischen und den Kotflügel unseres Mietwagens unbrauchbar zu machen. Anschließend wollte die Mietwagenfirma meine Kreditkarte einbehalten. Dabei gelten Kanadier immer als besonders höflich. Davon habe ich nicht viel gemerkt, als wir ihnen das Auto zurückbrachten."

Jake erkannte ganz genau den Moment, in dem Zac zwei Dinge klar wurden – erstens, dass Blair eine miserable Autofahrerin sein musste. Und zweitens, dass sie beide eine Vorgeschichte hatten.

Blair dagegen schien die männliche nonverbale Kommunikation nicht begriffen zu haben, da sie zeterte: „Ich habe den Hydranten nur deshalb nicht gesehen, weil du mich mit dieser Straßenkarte völlig verrückt gemacht hast, Jake. Hast du nie gelernt, dass man Autofahrer nicht ablenken soll?"

Es wäre müßig gewesen, ihr zu erklären, dass sie selbst dann den Hydranten angefahren hätte, wenn er stumm zur Welt gekommen wäre. Außerdem spürte er, dass ihm von Sekunde zu Sekunde übler wurde, weshalb er ihr einen leeren Blick schenkte und aus dem Fenster schaute. Aus dem Augenwinkel sah er, wie sich Zac und Blair wieder nach vorn wendeten. Ein leiseres Gespräch folgte. Jake bemühte sich nicht einmal, den Inhalt des Gesprächs aufzuschnappen, da er sich voll und ganz auf seine Übelkeit konzentrierte und die Zähne zusammenbiss. Es war eine miese Idee gewesen, in diesen Bus zu steigen, schließlich war es nicht das erste Mal, dass ihm ...

„Ist dir schlecht?"

Plötzlich saß Blair neben ihm und hatte den Kopf

zu ihm gebeugt, um ihre Frage fast schon flüsternd vorzubringen.

Verwirrt sah Jake in ihre Richtung, da er weder mitbekommen hatte, dass sie aufgestanden war, noch, dass sie sich neben ihn gesetzt hatte.

„Was ...?“

„Reiseübelkeit?“

Er nickte abgehackt.

„Mist“, murmelte Blair und begann, in ihrer Tasche herumzukramen. „Vielleicht fliegt hier noch irgendwo eine Tablette herum.“

Vermutlich hätte er angesichts seiner Ex, die auf der Suche nach einer Tablette gegen Übelkeit in ihrer Tasche herumwühlte, keinen spontanen Anfall von Dankbarkeit und Hoffnung empfinden sollen. Er tat es dennoch.

„Woher wusstest du ...?“

Blair unterbrach ihn mit einem Schnauben, während sie weiterhin ihre Tasche durchwühlte. „Wie oft sind wir verreist? Dir ist noch bei jeder Busreise schlecht geworden. Außerdem ist dein Gesicht so grün, dass man dich für eine Figur aus *Star Wars* halten könnte.“

„Vielen Dank“, ächzte er und legte eine Hand auf seinen Magen. Dass Blair ihn in dieser Verfassung sah, machte ihm nichts aus, schließlich hatte sie ihn bei seiner legendären Noroviruserkrankung von zweitausendneun erlebt. Ein bisschen Reiseübelkeit war nichts dagegen.

„Ha!“ Triumphierend hob sie eine bereits angebrochene Tablettenverpackung in die Höhe. „Vomex. Ich wusste, ich habe noch welche dabei.“

„Danke.“ Hastig schnappte er sich die Tabletten und nahm gleich zwei auf einmal. Zwar musste er sie regelrecht hinunterwürgen, weil er kein Wasser bei sich hatte, aber das war ihm egal, solange diese widerwärtige Übelkeit endlich nachließ.

„Nichts zu danken.“ Blair seufzte kurz und erhob sich schließlich. „Ich handele völlig eigennützig, schließlich will ich nicht, dass du mir in den Nacken kotzt wie diesem armen Kerl damals in Guatemala.“

Jake kniff bei der Erinnerung an die schlimmsten Stunden seines Lebens die Augen zusammen. „Musstest du mich ausgerechnet daran erinnern?“

„Hey! Wenn jemand gelitten hat, dann war ich das. Dein Kopf lag immerhin in *meinem* Schoß, während du Gott angefleht hast, dich sterben zu lassen, der Mann vor uns auf Spanisch herumbrüllte und ich deine Kotze aufwischen musste. Ich finde, du bist mir dafür noch immer etwas schuldig.“

„Setz es auf deine Liste“, schlug er ihr vor und lehnte den Kopf zurück, während er die Augen schloss und hörte, dass sie sich wieder auf den anderen Platz setzte.

Als sie in Perth ankamen, war die Übelkeit glücklicherweise vorbei.

Selten war Jake so froh gewesen, aus einem Bus herauszukommen und sich die Beine zu vertreten. Die Fahrt hatte zwar nur anderthalb Stunden gedauert, aber ihm hatte es gereicht.

Anderthalb Stunden schienen auch ausreichend zu sein, um von einem mit Wolken verhangenen, regnerischen Tal in strahlenden Sonnenschein zu kommen. Als sie den Scone Palace erreichten, präsentierte sich dieser nämlich vor einem blauen Himmel ohne auch nur eine einzige Wolke. Sobald Jake aus dem Bus ausstieg, konnte er die klare Architektur des imposanten Gebäudes mit der roten Fassade bewundern. Umgeben war der Palast von gepflegten Rasenflächen, auf denen sich ein paar Pfaue herumtrieben. Als wäre das nicht das Kurioseste, weideten direkt neben dem Parkplatz aus Kies und Schotter ein paar Highlandrinder, die gerade für Fotos von japanischen Touristen herhalten mussten.

Wie nicht anders zu erwarten, begab sich auch seine Truppe zuerst zu den zotteligen Rindern, die in aller Ruhe grasten und sich nicht von fotografierenden, kichernden Menschen beeindrucken oder gar stören ließen.

Langsam folgte er seiner Meute und verdrehte die Augen, als sein Dad darauf bestand, dass Lucy ein Foto von ihm neben dem Bullen machte. Die Geräusche, die er dabei ausstieß, imponierten dem Tier zwar nicht, aber sie trugen zur allgemeinen Belustigung bei. Auch Blair lachte, während sie das Kälbchen am Kopf streichelte, das vorwitzig zu sein schien und dicht an den Zaun getreten war.

Er konnte nicht sagen, woran es lag, aber der Anblick einer lächelnden Blair, die ein zotteliges Kälbchen streichelte, setzte ihm irgendwie zu. Er wollte nicht unbedingt länger als nötig hier stehen bleiben und dem Treiben zusehen. Deshalb schnappte er sich eines der Tickets, die sein Dad verteilte, und machte sich allein auf den Weg in den Palast, ohne auf die anderen zu warten.

Nachdem er mit der blutjungen Empfangsdame am Eingang des Palastes geflirtet hatte, die ihm mit geröteten Wangen erklärt hatte, was er bei der Tour durch das Gebäude nicht verpassen sollte, fühlte er sich ein bisschen besser.

Beeindruckt sah er sich die hohen Räume und die edlen Möbelstücke an, bewunderte unzählige Fotos, auf denen die Königin von England bei ihrem Besuch in ebendiesem Palast abgebildet war, und las sich gewissenhaft die Erklärungstafeln in jedem Raum durch. Jake interessierte sich vor allem für die Architektur der ausladenden Räume und nahm den Stuck an den Decken in Augenschein. Dass der alte Holzfußboden unter seinen Füßen knarrte, als er durch eine lange Galerie schlenderte, an deren Wänden antike

Gemälde der ehemaligen Hausbesitzer hingen, fühlte sich toll an. Jake liebte Häuser mit Geschichte.

Den an die Tour angeschlossenen Shop ignorierte er und vertrat sich stattdessen draußen im gepflegten Palastgarten ein wenig die Beine, bevor er zurückkehrte und eine der optionalen Pinkelpausen in Anspruch nehmen wollte. Auf dem Rückweg von der Toilette kam er an einer Teestube vorbei, in der es vor Gästen nur so wimmelte. Weil der Duft nach Kaffee und frischem Gebäck überwältigend war und weil sein Magen knurrte, folgte er dem Duft und holte sich eine Tasse Kaffee sowie einen frischen Scone mit Erdbeerkonfitüre. Wo sollte man auch Scones essen, wenn nicht im Scone Palace?

Sobald er mit der Tasse und dem kleinen Teller in den Händen Ausschau nach einem Platz hielt, fiel sein Blick auf einen dunkelbraunen und einen roten Haarschopf. Anscheinend hatten auch Blair und Lucy Lust auf einen Kaffee bekommen. Und wie es schien, hatte Lucy ihn bereits entdeckt, weil sie die Hand hob.

„Hey, Jake, setz dich zu uns."

Er folgte Lucys Aufforderung und zog sich einen Stuhl an den kleinen, quadratischen Tisch heran.

„Die Reiseübelkeit scheinst du überwunden zu haben", kommentierte Blair bedächtig, als er den Scone aufschnitt und diesen mit der Konfitüre bestrich.

„War dir etwa schlecht?", fragte Lucy besorgt nach und sah ihn mit ihren großen grünen Augen an. Dass die liebenswerte Lucy, die schon immer Harpers ruhigste und schüchternste Freundin gewesen war, ziemlich dünn geworden war und seit ihrer gestrigen Ankunft eine aufgesetzte Fröhlichkeit an den Tag legte, die er ihr nicht abkaufte, besorgte hingegen ihn.

„Ein bisschen. Blair hatte zum Glück ein paar Vomex dabei."

„Alte Gewohnheiten lassen sich nicht ablegen, schließlich hatte ich deinetwegen immer irgendwelche Magenpillen dabei." Sie deutete auf den Scone, in den er gerade hineinbiss. „Solltest du den wirklich essen?"

Kauend beruhigte er sie: „Keine Sorge, ich kotze ihn schon nicht aus."

„Eigentlich denke ich an Harpers Teestunde. Sobald wir zurück in der Lodge sind, veranstaltet sie eine typisch englische Tea Time und wird sauer sein, wenn du keinen Hunger hast."

Jake schluckte das zerkaute Gebäck in seinem Mund hinunter. „Erstens macht mich ein Scone nicht satt und zweitens kann sich Harper auf den Kopf stellen, aber ich werde nicht an ihrer Teestunde teilnehmen", empörte er sich. „Es reicht, dass ich optionale Pinkelpausen in meinen Tagesablauf integrieren muss, aber ich werde nicht mit einer Teetasse in der Hand auf einem Kanapee sitzen und Harfenmusik lauschen."

Blairs Mundwinkel zuckten. „Sag mir Bescheid, wenn du Harper das sagst. Ich will dabei sein."

Jake schnaubte und zeigte ihr einen Vogel. „Denkst

du, dass ich mich von meiner Schwester einschüchtern lasse?“

„Nein, ich denke es nicht. Ich *weiß* es.“ Belustigt erhob sie sich und griff nach ihrer Jacke. „Apropos optionale Pinkelpausen – ich gehe mal für kleine Mädchen. Wir sehen uns im Bus.“

„Bis gleich“, flötete Lucy fröhlich und begann irgendetwas zu erzählen, dem Jake jedoch nicht zuhörte. Seine Augen verfolgten nämlich, wie Blairs Po hin und her schwang, als sie die Teestube verließ.

„… Blair meint, dass ich spinne, aber ich sage dir, dass ich ihn irgendwo schon einmal gesehen habe.“

Verwirrt richtete er seine Aufmerksamkeit zurück auf Lucy. „Wen meinst du?“

„Zac.“ Lucy verzog nachdenklich den Mund. „Kommt er dir nicht auch so bekannt vor? Ich zerbreche mir den Kopf, woher ich ihn kennen könnte.“

Weil er keine Lust hatte, über Zac zu reden, zuckte er lediglich mit der Schulter, schaute Lucy dabei jedoch nachdenklich an. „Wir hatten noch gar keine Zeit, miteinander zu reden. Ist alles okay bei dir?“

Die winzige Lucy zwinkerte ein paar Sekunden lang, bevor sie den Blick senkte und mit dem Löffel in ihrer fast leeren Kaffeetasse herumzurühren begann. Dass sich der schmale Streifen Sommersprossen auf ihrer Nase rötete, war ein untrügliches Zeichen dafür, dass ihr seine Frage unangenehm war. Dennoch zwitscherte sie: „Natürlich ist alles okay bei mir. Bei dir auch?“

„Abgesehen von der Tatsache, dass ich mir im Bus beinahe die Seele aus dem Leib gekotzt hätte, meine Schwester zu Brautzilla mutiert und meine Ex alles tut, um mich auf die Palme zu bringen, geht's mir ziemlich gut.“

„Ihr beide solltet euch nicht ständig streiten“, seufzte Lucy leise.

„Ich weiß.“

„Was ist überhaupt passiert, dass ihr Schluss gemacht habt?“

Weil das eine längere Geschichte war, erwiderte er lediglich: „Das hingegen weiß ich nicht. Irgendwann hat es einfach nicht mehr funktioniert.“

„Jake ...“

„Lass uns lieber darüber reden, warum ich den Eindruck nicht loswerde, dass du die ganze Zeit gute Miene zum bösen Spiel machst, Lucy. Muss ich irgendjemandem den Arsch aufreißen?“

„Nein, musst du nicht.“ Unsicher nagte sie auf ihrer Unterlippe herum und wich seinem Blick aus.

„Irgendwie glaube ich dir nicht. Weiß Harper Bescheid?“

„Harper hat genug zu tun ...“

„Harper hat nicht so viel zu tun, dass du nicht mit ihr reden könntest, wenn es dir nicht gut geht.“

„Mir geht es gut, Jake", betonte sie. „Es ist keine große Sache und nicht der Rede wert."

„Falls du nicht mit Harper reden willst, ich bin ein fabelhafter Zuhörer."

Sie lächelte leicht. „Das ist lieb, aber unnötig."

„Vielleicht später? Wenn wir zurück in der Lodge sind?", fragte er hartnäckig nach.

Ihn wunderte es nicht, dass sie sich zögerlich erhob und gespielt fröhlich plapperte: „Bevor der Bus abfährt, sollte ich auch eine dieser Pinkelpausen nutzen. Bis gleich, Jake. Und verdirb dir nicht den Appetit."

KAPITEL 6

Es war noch nicht so dämmrig, dass sie die zwei Personen nicht erkannt hätte, die auf eine Mitfahrgelegenheit warteten und gleich neben dem Eingang der Destillerie standen.

Blair bremste augenblicklich ab und tuckerte langsam weiter, während sie innerlich brodelte und darüber nachdachte, was sie jetzt tun solltc. Am liebsten hätte sie einfach kehrtgemacht und wäre zurück zur Lodge gefahren. Aber das hätte auch bedeutet, Lucy buchstäblich im Regen stehen zu lassen.

Lucy würde sie das niemals antun.

Bei Jake lagen die Dinge ganz anders.

Ihn hätte sie einfach stehen gelassen, ohne mit der Wimper zu zucken. Sollte er doch schauen, wie er zurück in die Lodge kam! Seinetwegen war Harper auf einhundertachtzig gewesen und wer hatte das ausbaden dürfen? Natürlich sie!

Harper hatte gerade so getan, als sei Blair dafür verantwortlich, was ihr Ex tat oder nicht tat. Als weder Lucy noch Jake zu der dusseligen Teestunde aufgekreuzt waren, hatte Blair ihre Freundin beruhigt und erklärt, dass Jake sicherlich die Zeit vergessen hatte und dass Lucy vermutlich wegen ihres Jetlags ein Nickerchen machte. Für Lucy hatte Harper Verständnis gehabt, jedoch nicht für ihren Bruder. Wenn sie allerdings wüsste, dass beide in einer Destillerie gelandet waren, anstatt an der Teestunde teilzunehmen, würde Harper im Dreieck springen.

Während sie im Schneckentempo neben dem lachenden Paar anhielt, atmete sie tief durch und ließ das Seitenfenster hinunter. Gleichzeitig musterte sie Jake scharf, denn als Lucy sie gebeten hatte, sie hier abzuholen, war nicht die Rede davon gewesen, dass Jake bei ihr war. Dieses Spiel war ganz sicher nicht auf Lucys Mist gewachsen!

Als sie anhielt, suchte sie daher Jakes Blick und wollte angriffslustig wissen: „Was tust du denn hier?"

„Es ist auch nett, dich hier zu sehen, Blair."

„Jake." Sie knirschte mit den Zähnen.

Er hatte beste Laune und grinste sie an, während er eine Hand auf das Dach des Mietwagens legte und sich dann hinunterbeugte, wobei er beinahe seinen Kopf durch das offene Fenster gesteckt hätte. Als sei es das Normalste auf der Welt, erklärte er: „Lucy und ich haben Whiskey probiert."

Obwohl sie keinen Alkohol roch, wedelte sie mit einer Hand demonstrativ vor ihrer Nase herum. „Das riecht man."

Sein Grinsen sagte ihr, dass er ihr kein Wort glaubte und dass er wusste, dass er keine Fahne hatte.

„Ihr habt die Teestunde verpasst."

„Na, das tut uns von Herzen leid", beteuerte er voller Sarkasmus. Lucy quietschte im Hintergrund vor Lachen.

„Harper ist stocksauer", informierte sie die beiden.

„Oje." Lucy kicherte, während sie sich die Hand gegen den Mund presste.

„Danke, dass du uns abholst, Blair."

„Euch?" Sie zog eine Augenbraue in die Höhe. „Ich bin davon ausgegangen, dass ich Lucy hier abholen soll. Von dir war keine Rede."

„Ich hatte so eine Ahnung, dass du nicht kommen würdest, wenn Lucy mich erwähnt hätte." Beim Lächeln wurden die winzigen Knitterfalten um seine strahlend blauen Augen sichtbar, und seine Mundwinkel kräuselten sich auf eine Art und Weise, die früher für Schmetterlinge in ihrem Bauch gesorgt hatten. Auch jetzt bekam sie ein mulmiges Gefühl im Magen und rutschte unruhig auf ihrem Sitz herum. Das träge Lächeln sagte ihr, dass er angeheitert war.

„Da könntest du recht haben", brummte sie und krallte beide Hände um das Lenkrad. Sie würde sich unter keinen Umständen von ihm einlullen lassen, nur weil er sie anlächelte. Blair war längst über den Punkt hinaus, an dem er ihr nur ein charmantes Lächeln hatte schenken müssen, um sie zu besänftigen.

Sie wollte gerade den Mund öffnen, um ihm rigoros zu sagen, dass er zu Fuß zum Hotel laufen sollte, als Lucy auf das Auto zugetorkelt kam. Im Gegensatz zu Jake sah man ihr sofort an, dass sie getrunken hatte. Sie war ziemlich wackelig auf den Beinen, winkte unkoordiniert und grinste fröhlich. Keine Frage – Lucy war voll wie eine Haubitze, was in ihrem Fall nicht viel zu sagen hatte, da sie bereits nach einer einzigen Praline mit Alkoholfüllung betrunken war.

Lucy stolperte vorwärts und blieb schwankend neben dem Auto stehen. Ihre Wangen waren gerötet und ihre Augen glänzten aufgeregt. „Blair, du hättest mitkommen sollen! Jake und ich hatten so viel Spaß und durften alle Sorten probieren, die sie hier haben. War das vielleicht schön." Ihr begeistertes Seufzen zerrte an Blairs Nerven.

„Ich war ja nicht eingeladen", konterte sie und konnte den eigenen Groll aus ihrer Stimme heraushören.

Jake ebenso, weil er in einem viel zu vertraulichen Ton erwiderte: „Ach Baby, ein Wort von dir und wir hätten dich mit Vergnügen mitgenommen."

Gerne wäre sie ihm über den Mund gefahren, ignorierte ihn jedoch stattdessen, auch wenn das nicht so einfach war, schließlich war er mit seinen eins fünfundachtzig und den breiten Schultern nicht zu übersehen. „Alles okay, Lucy?"

„Ja, alles okay." Sie hickste, kicherte und hickste ein weiteres Mal.

Zähneknirschend beobachtete sie, wie er Lucy fürsorglich eine Hand auf den Rücken legte und sie näher an sich zog, als sie wie ein gerade gefällter Baum schwankte. Beide lachten, als würden sie einen Witz teilen, den nur sie verstanden.

Die Situation gefiel Blair ganz und gar nicht. Seit wann verbrachte Jake Zeit mit Lucy? Und seit wann benahm er sich dermaßen vertraut ihr gegenüber? Da konnte doch irgendetwas nicht stimmen! Die beiden waren immer nur Freunde gewesen – eher gute Bekannte. Die Art von Bekannten, die nicht zusammen Alkohol tranken und sich anschließend kichernd aneinander festhielten.

Ganz eindeutig flirtete er mit Lucy. Vor *ihren* Augen!

„Können wir los?", fragte er munter.

„Ich habe nur einen Zweisitzer, Jake", entgegnete sie grollend.

Er reagierte auf ihren Einwand, indem er eine nachlässige Handbewegung machte und gleichzeitig mit der Zunge schnalzte. „Lucy kann auf meinem Schoß sitzen."

Sie hörte wohl nicht recht! „Nein, das kann sie sicherlich nicht!"

„Warum nicht?"

Fassungslos sah sie ihm ins Gesicht und erkannte neugieriges Interesse in seinem Blick. Die gelassene Abgeklärtheit, die sie seit ihrer Ankunft an den Tag gelegt hatte, geriet ins Wanken, als sie zu stottern begann: „Weil ... nun, weil ... es nun einmal nicht ... nicht geht!"

„Aha, klingt sehr plausibel", spottete er belustigt. „Lucy, du sitzt auf meinem Schoß."

Als er die Autotür öffnete, protestierte Blair aufgebracht: „Wenn uns die Polizei anhält, dann ..."

„Wir sind hier in Schottland", belehrte Jake sie. „Am Rande eines Nationalparks. Welche Polizei soll dich bitte schön anhalten? Scotland Yard?"

„Scotland Yard ist die Londoner Kriminalpolizei, du Spinner!"

„Danke für die Info, Blair", schnaubte er und setzte sich einfach neben sie. „Selbst wenn sie dich anhalten – hast du etwa Angst, dass du ins Führerscheingefängnis kommen könntest?"

„Nein, Jake, aber sie könnten mir den Führerschein abnehmen!"

„Du ohne Führerschein? Die Vorstellung würde mich nachts besser schlafen lassen." Jake klopfte sich einladend auf den Oberschenkel und griff mit der anderen Hand nach Lucy, die kichernd ins Auto kletterte und sich auf seinen Schoß setzte.

Während Blair zusah, wie sich die beiden in das kleine Auto quetschten und dabei diverse Gliedmaßen entwirren mussten, fauchte sie ihn an: „Du vergisst anscheinend, dass ich euch fahren soll. Oder willst du laufen?"

„Nein, vielen Dank. Mir tun die Füße schon weh", antwortete er abgelenkt und war damit beschäftigt, Lucy auf seinen Schoß zu befördern und dabei einen Arm um ihre Taille zu schlingen.

Blair spürte, wie ihr Hals anschwoll und dass sie kurz vor einer Explosion stand. Obwohl Lucy eine ihrer liebsten Freundinnen war, konnte Blair den Anblick von ihr auf Jakes Schoß kaum ertragen. „Habt ihr es endlich, verdammt noch mal?"

„Himmel, bist du zickig, Blair", stöhnte Jake und warf unter Schwierigkeiten die Autotür zu. „Für einen PMS-Schub ist es doch etwas früh, oder?"

Ihr standen buchstäblich die Haare zu Berge. „Mein Zyklus geht dich gar nichts an, Jake! Halt die Klappe."

„Oho, anscheinend habe ich mich verrechnet. Na ja, nach einem Jahr bin ich nicht mehr auf dem Laufenden, wann es besser ist, etwas Abstand zwischen dir und allen spitzen Gegenständen zu schaffen."

Lucy kicherte.

Anstatt zu antworten, fuhr Blair einfach los – und

das nicht gerade sanft. Das Auto schoss nach vorn, als sie Gas gab und dann vom ersten in den zweiten Gang schaltete. Wieder preschte der Wagen abrupt nach vorn.

Jake und Lucy stöhnten unisono auf.

„Verdammt, Blair! Was soll das denn? Lucy und ich sind mit den Köpfen zusammengeschlagen“, beschwerte sich Jake lautstark.

„Autsch“, klagte auch Lucy. „Jake, du hast einen furchtbaren Dickschädel!“

„Erzähl mir was Neues“, schnaubte Blair und fuhr ziemlich holprig in eine Kurve. „Ich weiß seit Jahren, wie dickschädelig er sein kann.“

Jake antwortete mit einem Schnauben und sah sie böse an. „Himmel, Blair! Mach mal langsam und rase nicht so durch die Gegend.“

Sie ignorierte ihn und konzentrierte sich ganz darauf, auf der engen Straße zu bleiben und nicht den Seitenspiegel an der steinernen Mauer links von ihr abzufahren. „Das ist Teil meines Charmes.“

„Dazu sage ich lieber nichts, schließlich will ich nicht in diesem Auto sterben.“

„Ich auch nicht“, hickste Lucy. „Bin ich nicht zu schwer, Jake?“

„Natürlich nicht“, erwiderte Jake charmant an Lucy gewandt und fuhr wie der letzte Rüpel fort: „Blair wiegt einiges mehr und sie saß auch ständig auf meinem Schoß. Wenn ich ihretwegen noch nicht zum

Krüppel wurde, dann macht es auch nichts aus, dass du auf meinem Schoß sitzt. Da vorne kommt ein Stoppschild, Blair, also solltest du langsam vom Gas gehen."

Blair warf ihm einen mörderischen Blick zu und widerstand dem Drang, eine Vollbremsung hinzulegen, weil sie nicht wollte, dass Lucy sich wehtat. Stattdessen rollte sie gemächlich auf das Stoppschild zu und starrte Jake wütend in die Augen. Er erwiderte ihren Blick unbeeindruckt und fragte unschuldig: „Ach, hätte ich das nicht sagen sollen, Blair?"

Sie schwieg und unterbrach den Blickkontakt, indem sie aus der Windschutzscheibe nach vorn sah, sich vergewisserte, dass niemand von rechts oder links kam, und weiterfuhr. Während sie den Wagen über eine altertümlich aussehende Steinbrücke lenkte, sagte sie sich, dass es auch schöne Momente mit Jake gegeben hatte. An diesen Gedanken klammerte sie sich, weil sie ihn ansonsten sehr wahrscheinlich in dem Fluss ertränkt hätte, über den sie gerade fuhren.

Die Stille im Inneren des Autos hätte unangenehm werden können, wenn Lucy und Jake nicht irgendein schottisches Lied angestimmt hätten, das sie zusammen sangen. Nun ja, Jake sang, wenn auch schief und schlecht, während Lucy lallte. Die Fröhlichkeit der beiden ging Blair gehörig auf die Nerven – nicht, weil sie es Lucy missgönnte, sondern weil sie den Verdacht nicht loswurde, dass Jake sie vorführte. Diesen ganzen Ausflug mit Lucy in eine Whiskeydestillerie hatte er doch nur deshalb angeleiert, um ihr eines auszuwischen.

Sobald die beiden verstummten und anschließend darüber rätselten, wie das Lied weiterging, räusperte sich Blair. „Wie seid ihr zwei überhaupt ohne Auto zu der Destillerie gekommen? Es müssten ungefähr fünf Meilen sein."

„Lucy und ich habe einen kleinen Spaziergang gemacht", erwiderte Jake gelassen, ohne mehr zu verraten.

„Jake schuldet mir ein neues Paar Schuhe." Lucy kicherte und wand sich auf Jakes Schoß. Ihre Stimme war noch immer ein Lallen. „Seinetwegen ging es über Stock und Stein. Mit einer Wanderung durch einen Wald hatte ich nicht gerechnet, als er einen Spaziergang vorschlug."

„Ja, ja, das ist Jake. Immer für eine Überraschung gut", murmelte Blair und runzelte die Stirn, während sie weiter über die Landstraße fuhr, die zurück zur Lodge führte. Sie wollte die beiden einfach nur noch absetzen und weder mit ansehen, wie sie so eng beieinandersaßen, noch hören, wie vertraut sie miteinander waren und welchen Spaß sie heute zusammen gehabt hatten. Ihre Ausführungen machten sie einfach zu wütend.

Geradezu erleichtert fuhr sie den Weg entlang, der direkt zur Lodge führte, und hielt ruckartig vor dem Haupteingang an.

„Danke, dass du uns gefahren hast", bedankte sich Lucy hicksend, als sie aus dem Auto krabbelte.

„Nichts zu danken", murmelte Blair und zwang sich zu einem Lächeln, weil sie sich sagte, dass Lucy nichts dafürkonnte, dass Jake ein Idiot war.

Ihre Freundin schwankte kurz nach rechts, suchte ihren Blick und lächelte zurück. „Und danke, Jake, für ... du weißt schon."

„Nichts zu danken, Lucy."

„Wenn ihr mich jetzt entschuldigen würdet, ich muss nötig für kleine Mädchen."

„Bis später", verabschiedete sich Jake, machte jedoch keine Anstalten, ebenfalls auszusteigen.

Ungeduldig trommelte Blair mit den Fingern gegen das Lenkrad. „Raus hier, Jake."

Er zog die Tür wieder zu. „Ich riskiere die Fahrt bis zum Parkplatz."

Sie war es müde, ständig mit ihm zu streiten, auch wenn sie ihn gerne hochkant aus dem Auto geworfen hätte, also fuhr sie kommentarlos an und folgte der Schlcifc um das Hauptgebäude und visierte den Parkplatz an, auf dem sie das Auto abstellen konnte. Dass er neben ihr saß, ohne Lucy auf dem Schoß zu haben, und dass es im Auto unnatürlich still war, machte sie so nervös, dass sie sich ganz aufs Fahren konzentrieren musste.

„Wie kommt es eigentlich, dass sie dir ein Auto vermietet haben?"

Anstatt ihm zu antworten, fragte sie nach: „Wofür hat sich Lucy gerade bei dir bedanken wollen?"

„Das geht dich nichts an", entgegnete er leichthin. „Links vorne ist eine große Parklücke frei. Da solltest du problemlos einparken können."

Ihr platzte die Hutschnur. „Verdammt noch mal! Ich habe keine Ahnung, was mit dir los ist, aber mir reicht es langsam, dass du dich mir gegenüber wie das letzte Arschloch benimmst! Vielleicht kann ich nicht besonders gut Auto fahren und bin kein Fliegengewicht wie Lucy, aber das musst du mir nicht ständig aufs Brot schmieren." Mit purer Absicht quetschte sie das Auto in eine winzige Parklücke hinein, kam mit einem Ruck zum Stehen und zog aufgebracht die Handbremse. Während sie aus dem Auto kletterte, schimpfte sie weiter: „Ich habe dir nichts getan, und ganz sicher habe ich es nicht verdient, dass du mich andauernd runtermachst. Und wenn wir schon einmal beim Thema sind ..." Blair funkelte ihn über das Autodach hinweg an und warf die Tür zu. Jake war mittlerweile ebenfalls aus dem Auto gestiegen und sah sie mit so viel Desinteresse an, dass sie am liebsten etwas nach ihm geworfen hätte. „Wenn du glaubst, dass du mir eins auswischen kannst, indem du mit Lucy flirtest, bist du auf dem Holzweg!"

Aus dem Desinteresse wurde flugs Belustigung, weil er mit einem Mal von einem Ohr zum anderen grinste. „Du denkst, ich flirte mit Lucy?"

„Das denke ich nicht – ich sehe es!“ Blair zeigte mit dem Finger auf ihn. „Du gehst mit ihr spazieren, machst sie mit Whiskey betrunken und lässt sie auf deinem Schoß sitzen!“

„Ha! Was kann ich dafür, dass du nur einen Zweisitzer gemietet hast? Hätte sie auf dem Dach sitzen sollen?“

Blair kniff die Augen zusammen. „Du weißt, dass Lucy nichts verträgt, also warum hast du sie betrunken gemacht?“

„Sah sie für dich betrunken aus?“

„Sie hat gelallt!“

Jake gluckste auf. „Weißt du, was ich denke?“

„Das will ich gar nicht wissen.“ Blair schnaubte und war über den Laut selbst erstaunt. „Ich bin nicht blöd und weiß genau, was du vorhast!“

„Was habe ich denn vor?“ Er verschränkte die Arme vor der Brust.

„Ist das nicht offensichtlich?“

„Nein.“

„Du benutzt Lucy, um ... um ... mich eifersüchtig zu machen!“

In dem Moment, in dem der Begriff *eifersüchtig* über ihre Lippen kam, hätte sich Blair am liebsten selbst geohrfeigt, weil sie Jake eine Steillage bot, die er selbstverständlich sofort ergriff.

„Bist du etwa eifersüchtig, Blair?“ Er lachte fröhlich. „Auf Lucy?“

„Ich bin ganz und gar nicht eifersüchtig!"

„Aber du hast gesagt ..."

„Ich habe gesagt, dass du mich eifersüchtig machen willst! Ich habe nicht gesagt, dass ich eifersüchtig bin!"

„Wenn du nicht eifersüchtig bist, verstehe ich diesen Terror nicht, den du hier veranstaltest."

„Terror?!"

„Wie würdest du es denn nennen, wenn du mitten auf einem schottischen Parkplatz angekeift wirst?"

„Ich keife nicht", fauchte sie ihm entgegen und stand kurz davor, ihn zu ohrfeigen. „Du benimmst dich unmöglich!"

„Ja, sicher", spottete er und kam um das Auto herum. „Ich benehme mich unmöglich, während du die Rationalität in Person bist!"

Auch Blair setzte sich in Bewegung und stand fast vor ihm, als sie den Kopf in den Nacken warf. „Gib es doch zu, Jake, du flirtest mit Lucy, weil du denkst, mir eines auswischen zu können. Ausgerechnet mit Lucy, die nicht verdient hat, dass du ..."

„Blair, krieg dich mal wieder ein." Direkt vor ihr blieb er stehen und runzelte finster die Stirn. „Ich flirte nicht mit Lucy. Sie ist eine Freundin und so etwas wie eine kleine Schwester für mich."

Abfällig schnalzte sie mit der Zunge. „Natürlich! Seit wann gehst du mit ihr spazieren und ...?"

„Falls es dir noch nicht aufgefallen ist, aber Lucy sieht aus, als würde sie nicht viel schlafen, und wirkt ziemlich verloren. Deshalb wollte ich ihr auf den Zahn fühlen. Mehr nicht!"

Mit einem Mal stockte Blair und holte erschrocken Luft. „Ist sie krank?"

„Nein, ist sie nicht."

„Was hat sie dann?"

„Das erzähle ich dir nicht", wies er sie ab.

Empört schnappte sie nach Luft. „Jake!"

„Du erwartest doch nicht, dass ich dir erzähle, was sie mir im Vertrauen gesagt hat, oder?"

„Natürlich nicht, aber sie ist meine Freundin!"

„Dann frag du sie doch."

„Das machst du mit Absicht!"

„Was mache ich mit Absicht?"

„Frag nicht so blöd." Blair holte tief Luft. „Es ist Harpers Hochzeit! Könntest du bitte aufhören, dich wie der letzte Idiot zu benehmen und mich ständig provozieren zu wollen?"

Jake lachte spöttisch. „Nur weil du eifersüchtig bist, heißt das nicht, dass ich dich provoziere, Blair."

Sie drehten sich im Kreis, weil Jake mal wieder nicht einsehen wollte, was er falsch machte. Blair ballte die Hände zu Fäusten und knirschte mit den Zähnen. „Ich bin nicht eifersüchtig, aber du provozierst mich, wenn du vor meinen Augen mit anderen Frauen flirtest und mich gleichzeitig wie eine Schwachsinnige behandelst."

„Aha! Du willst mich nicht, aber ich darf keine andere wollen, Blair?“

Sein Kommentar versetzte ihr einen Stich mitten ins Herz. Es war jedoch leichter, wütend auf ihn zu sein, als darüber nachzudenken, warum seine Worte ihr wehtaten. „Weißt du was? Mir kann es völlig egal sein, was du tust.“ Aufgebracht stach sie mit ihrem Zeigefinger in seine Brust. „Geh von mir aus mit der Hälfte der Gäste ins Bett, wenn du die Hochzeit deiner Schwester kaputt machen willst! Dann muss ich keine Skrupel haben, deinetwegen auf ein Date mit Zac zu verzichten.“

Blair spürte sofort, wie die Atmosphäre zwischen ihnen mit einem Mal zum Reißen gespannt war. Jake richtete sich ruckartig auf und starrte sie mit einem brennenden Blick an, der ihr einen Schauer über den Rücken laufen ließ. Innerlich triumphierte sie. Sollte er doch seine eigene Medizin zu schmecken bekommen.

„Was?“

Sie hob das Kinn und log dreist: „Grants Freund …“

„Ich weiß, wer Zac ist! Er hat dich auf ein Date eingeladen?“, knurrte er.

Nein, das hatte er nicht. Während der Teestunde hatte er sich fast ausschließlich mit Jakes Großtanten unterhalten, aber das musste Jake nicht wissen. „Er sieht gut aus und ist ein interessanter Mann …“

„Außerdem lebt er in Seattle und du in New York!

Wie soll eine Beziehung in dieser Entfernung funktionieren?“

„Wer sagt denn, dass ich von einer Beziehung spreche?“, erwiderte Blair lässig und wusste, dass sie mit dem Feuer spielte. Und sie wusste, welche Strippen sie bei Jake ziehen musste.

Seine blauen Augen weiteten sich für einen kurzen Moment, bevor er sie so fest zusammenpresste, dass Blair Angst bekommen hätte, wenn sie nicht genau wüsste, dass Jake niemals handgreiflich werden würde.

„Du wirst *nicht* mit ihm schlafen“, befahl er ihr rigoros.

„Das hast du nicht zu entscheiden“, schimpfte sie zurück. „Ich kann tun, was ich will. Und mit wem.“

Als er den letzten Schritt zu ihr überwand, stieß er ein Grollen aus, das eher zu einem gefangenen Wolf als zu einem Mann gepasst hätte. Gleichzeitig umfasste er ihre Oberarme mit seinen Händen und zog Blair dicht an sich heran.

Blair schnappte nach Luft und wurde eine Sekunde später gegen das Auto hinter sich gepresst, während sich Jake vorn gegen sie drückte und den Kopf senkte, um sie zu küssen. Der Kuss fiel leidenschaftlich und wütend aus – insbesondere wütend. Nichtsdestotrotz erregte Jakes Reaktion sie und verschaffte ihr eine Gänsehaut, die sich innerhalb weniger Millisekunden über ihren ganzen Körper ausbreitete. Hungrig fiel sein

Mund über ihren her und seine Bartstoppeln rieben über ihre Haut.

Genau das hatte sie provozieren wollen. Sie hatte es in der Zeit vor ihrer Trennung immer wieder provoziert. Auf einen leidenschaftlichen Streit folgte ein leidenschaftlicher Kuss, bis beide übereinander herfielen und den Streit durch Sex schlichteten. Aber das wollte sie nicht mehr. Blair konnte es nicht mehr.

Daher zwängte sie die Hände zwischen ihren Körpern nach oben und legte sie auf Jakes Brust, um ihn zurückzuschieben. Er war jedoch bewegungslos wie eine Wand und gab auch ihren Mund nicht frei. Seine Lippen und seine Zunge fielen über sie her. Leckten. Saugten. Und neckten.

Jake schmeckte so vertraut, dass sich ein sehnsuchtsvolles Gefühl in ihr ausbreitete. Sie wollte ihn küssen, bis sie beide in einem Feuerwerk explodierten. Sie wollte sich von ihm küssen lassen, bis sie vor Lust fast wahnsinnig war, und dann mit ihm schlafen, bis sie beide nicht mehr wussten, wer sie waren. Und bis beide diesen Streit vergessen hatten. Aber genau das war falsch. So falsch.

Bevor sie ihre Überzeugung, unter keinen Umständen mit ihm im Streit zu schlafen, über Bord warf, blieb ihr nichts anderes übrig.

Sie biss zu.

„Aua!“ Jake fuhr zurück und fasste sich an den Mund. „Hast du mich gerade gebissen?“

„Ja", erwiderte sie entschlossen und genoss den ungläubigen Ausdruck auf seinem Gesicht. „Das habe ich!"

„Warum?"

„Kannst du dir das nicht denken?"

„Ich denke nur, dass du uns gerade einen echt leidenschaftlichen Moment versaut hast."

Blair holte tief Luft und platzte anschließend heraus: „Das war kein leidenschaftlicher Moment! Das war Wut. Und ich will nicht den gleichen Fehler machen wie früher."

„Wovon zum Teufel redest du überhaupt?", grollte er. Sein dunkelblondes Haar stand zu allen Seiten ab, seine Wangen waren gerötet und seine strahlend blauen Augen waren genau auf ihre gerichtet. Allein die gerunzelte Stirn und die verhärtete Kinnlinie unter den Bartstoppeln, die sich gerade noch so fantastisch auf ihrer Haut angefühlt hatten, sagten ihr, dass er über den Ausgang des Kusses nicht allzu glücklich war.

„Ich rede davon, dass jeder verdammte Streit zwischen uns in Sex endete. Du hast mich gerade nur deshalb geküsst, weil du wütend auf mich warst und den Streit mit Sex klären wolltest, Jake. Aber diese Problemlösung funktioniert nicht. Haben wir nicht deshalb Schluss gemacht?"

Endlose Sekunden sagte er nichts, bevor er mit heiserer Stimme erwiderte: „Und ich dachte, wir hätten Schluss gemacht, um nicht mehr zu streiten."

Blair schob ihn von sich und schüttelte den Kopf. Obwohl sie ihrer Stimme nicht traute, ergänzte sie leise: „Wir haben Schluss gemacht, weil wir beide keinen einzigen Streit lösen konnten. Und weil Sex eben nicht reicht."

KAPITEL 7

Mittwoch

„DANKE, dass du mitgekommen bist.“

„Machst du Scherze? Danke, dass ich mitkommen durfte, Jonathan“, erwiderte Blair inbrünstig und nahm einen Schluck Kaffee aus ihrem Thermosbecher, während sie sich tiefer in den regenabweisenden Parka kuschelte, den man ihr vor zwei Stunden geliehen hatte – ebenso wie die Gummistiefel, in denen sie am Rand des Sees stand. „Ich wäre sogar noch zwei Stunden früher aufgestanden, um heute nicht mit deiner Tochter zusammen am Frühstückstisch zu sitzen."

Es war kurz nach acht Uhr morgens, es nieselte leicht, der Himmel über dem See war etwas diesig und es herrschte eine wunderbare Ruhe, die nur ab und zu vom Rascheln der Blätter an den Bäumen gestört wurde. Zusammen mit Jonathan hatte Blair um halb sieben die Lodge verlassen, um hier angeln zu gehen – und um Harper aus dem Weg zu gehen, die am gestrigen Abend eine grauenvolle Laune an den Tag gelegt hatte. Irgendwie bezweifelte Blair, dass ihre apokalyptische Miene etwas damit zu tun hatte, dass Jake und Lucy die dämliche Teestunde versäumt hatten.

„Dann geht es dir wie mir. Das Biest legt eine Laune an den Tag, die ich nur aus dem Discovery Channel von mordlustigen Gottesanbeterinnen kenne, die ihre Männchen nach der Paarung verspeisen."

Blair pustete vor Vergnügen in ihren Thermosbecher. „Den Vergleich solltest du vielleicht nicht ziehen, wenn Grant in der Nähe ist. Du willst doch nicht, dass er Reißaus nimmt, oder?"

Der ältere Mann seufzte schwer. „Eigentlich will ich

nur, dass diese Hochzeit vorbei ist, damit endlich wieder Normalität eintreten kann. Ich fürchte, dass sich Harper übernimmt – finanziell und mental. Sie ist völlig überdreht und anstrengend. Dass meine Tochter meistens ein bisschen zu ehrgeizig ist, kenne ich ja von ihr, aber so wie sie zurzeit ist, ist sie doch sonst nicht!"

Zwar schwieg Blair, aber sie musste ihm recht geben. Harper *war* anstrengend. Allein der gestrige Tag hatte gereicht, dass in Blair der Wunsch gereift war, ihrer besten Freundin den vermaledeiten Aktenordner zu entreißen und kalt lächelnd ins Kaminfeuer zu werfen, um ihn brennen zu sehen. Normalerweise war Harper immer gut organisiert und plante gerne, aber dabei war sie stets lustig, ein wenig spontan und niemals verbissen.

Das war sie kurz vor ihrer Hochzeit ganz und gar nicht.

Brautzilla-Harper schien irgendeine genaue Vorstellung zu verfolgen und plante deshalb jede Minute eines jeden Tages durch, aber das konnte ihr keinen Spaß machen und dem Rest der Hochzeitsgesellschaft ebenso wenig. Wenn sie nicht langsam einen Gang runterschaltete, würde sie sich den schönsten Tag ihres Lebens vermiesen. Mit den Ansprüchen, die sie anscheinend hatte, konnte die Hochzeitsfeier nur in die Hose gehen.

„Schade, dass meine Kinder aus dem Alter raus sind, in dem ich ihnen den Hintern versohlen konnte", knurrte Jonathan und bückte sich, um seinen Becher auf den Boden zu stellen.

„Wann hast du jemals deinen Kindern den Hintern versohlt?“, wollte Blair glucksend von ihm wissen.

„Niemals! Das ist ja das Problem“, echauffierte er sich, während er sich erhob. „Vielleicht hätte ich dann heute weniger Probleme mit ihnen. Harper würde sich normal benehmen und Jake wäre hier mit uns an diesem wunderschönen See, anstatt bis mittags in den Federn zu liegen.“

Nach dem gestrigen Kuss, der sie bis spät in die Nacht nicht hatte schlafen lassen, war sie Jonathan nicht besonders dankbar dafür, dass er das Bild eines nackten, schlafenden Jakes in zerwühlter Bettdecke vor ihre inneren Augen zauberte.

„*Mein* Sohn meinte, er wolle lieber ausschlafen, anstatt mitten in der Nacht Fische angeln zu gehen, die wir sowieso nicht essen werden, weil Harper unsere Mahlzeiten bereits geplant hat.“ Jonathan schnaubte abfällig. „Kannst du dir das vorstellen? Seit wann benimmt sich Jake wie ein Großstadtsnob?“

Snob war nun wirklich das letzte Wort, das sie in Verbindung mit Jake gebracht hätte. „Bist du sicher, dass er nicht meinetwegen auf den Angelausflug mit dir verzichtet hat?“

Jonathan sah sie an, als hätte sie Klingonisch mit ihm gesprochen. „Deinetwegen?“

Blair zuckte mit der Schulter und überprüfte den

Stand der Angelrute – einfach, um beschäftigt zu wirken. „Ich will mich nicht zwischen dich und Jake drängen."

„Das tust du auch nicht", empörte sich Jonathan lautstark. „Wir waren immer zu dritt angeln, wenn ihr in Ohio zu Besuch wart."

„Tja, aber damals waren Jake und ich auch nicht getrennt", warf sie beinahe sanft ein. „Jetzt ist es anders. Er hat sicherlich keine Lust, mit seiner Ex in aller Frühe zu einem See zu stiefeln. Vielleicht hätte ich gar nicht mitkommen sollen, damit ihr beiden zusammen hättet angeln können."

„Jetzt übertreib mal nicht, Blair", widersprach Jonathan begütigend. „Ich habe keinen Waschlappen großgezogen, der sich davor drückt, mit seiner Exfreundin angeln zu gehen. Wenn Jake etwas nicht passt, dann sagt er es auch."

„O ja", stimmte sie ihm inbrünstig zu. „Da könntest du recht haben."

„Interessant", murmelte er. „Darf ich deinen Satz so verstehen, dass Jake in letzter Zeit viel Stress verursacht hat?"

„In letzter Zeit nicht, schließlich haben wir uns fast gar nicht gesehen." Sie blinzelte in den Himmel und schob anschließend die Kapuze ihres Parkas zurück. „Außerdem hat nicht nur er Stress verursacht, Jonathan. Wir beide waren gestresst und ..." Blair stockte.

„Ich glaube, wir sollten nicht über Jakes und meine Probleme reden. Du bist sein Dad."

„Eben! Mit wem solltest du darüber reden können, wenn nicht mit mir? Ich kenne ihn schon ziemlich lange. Wer, denkst du, hat ihm als Baby die Windeln gewechselt?"

„Na, Mary", antwortete Blair vergnügt.

„Nicht immer. Ich erinnere mich an das eine Mal, als Mary zum Zahnarzt gehen musste und ich auf Jake aufgepasst habe. Keine Ahnung, mit was für einem Zeug sie ihn gefüttert hatte, aber es kam ihm fast zur Halskrause raus, also habe ich ihn gebadet und neue Windeln verpasst."

Blair lachte heiser auf. „Wow!"

„Mary war zwar nicht sonderlich erfreut, dass ich das Baby im Spülbecken gebadet und mit der Brause geduscht hatte, aber wenigstens duftete er nicht nach Spülmittel."

„Ich sage es nicht oft, aber manchmal kann deine Frau mir richtig leidtun."

„Still, du Frechdachs." Gutmütig stieß er sie in die Seite. „Und jetzt erzähl mir, was zwischen euch vorgefallen ist, weil ich wirklich nicht verstehe, warum ausgerechnet ihr euch getrennt habt."

„Jonathan", seufzte sie. „Ich weiß wirklich nicht, ob das eine gute Idee ist."

„Er ist ein toller Junge."

„Das ist unbestritten“, stimmte Blair ihm zu. „Jake ist toll. Das war auch nicht das Problem.“

„Und was war dann das Problem?“

„Frag mich etwas Leichteres.“

„Gab es einen anderen Mann?“

„Natürlich nicht“, erwiderte sie ruhig. „Und bevor du fragst: Es gab auch keine andere Frau. Keiner hat den anderen betrogen. Es hat einfach nicht mehr ... gepasst.“

„Nicht mehr gepasst?“ Verächtlich runzelte er die Stirn. „Was soll das denn bedeuten?“

Unsicher fuhr sie sich über die Unterlippe. „Es bedeutet, dass alles, was vorher leicht zwischen uns war, schwierig bis problematisch wurde.“

„Das ist keine vernünftige Antwort, Blair.“

Leise stieß sie den Atem aus. „Ich habe keine Ahnung, wie ich die Frage vernünftig beantworten soll. Von jetzt auf gleich fing es einfach an, schwierig zu werden. Wir haben uns oft gestritten, waren selten einer Meinung und benahmen uns beide so stur, dass keiner nachgegeben hätte. Oft fühlte es sich an, als wären wir aneinander festgewachsen, aber eigentlich wollten wir in zwei verschiedene Richtungen.“

„Ich dachte, ihr hättet einander geliebt.“

„Das haben wir auch“, bestätigte sie vorsichtig. „Ich war verrückt nach ihm, aber ...“

„Aber?“, fragte er nach, als sie nicht weiterredete.

„Aber gleichzeitig hat er mich so wütend gemacht,

dass ich ihm manchmal am liebsten nachts ein Kissen aufs Gesicht gedrückt hätte", bekannte sie vor dem Vater ihres Exfreundes.

Der nahm ihr den letzten Satz nicht krumm, sondern lachte fröhlich. „Das geht jedem so, Schätzchen. Du hast keine Ahnung, wie oft ich Mary den Hals umdrehen wollte. Und ich will nicht wissen, ob sie mir tatsächlich Hundefutter ins Essen gemischt hat, wie sie es mir während unserer Streits manchmal androht."

Blair verzog das Gesicht. „Das ist nicht das Gleiche, Jonathan. Jake und ich haben uns nur noch gestritten. So ging es einfach nicht mehr weiter."

„Und das verstehe ich nicht. Ihr habt euch doch früher kaum gestritten. Was hat sich denn geändert?"

„Vielleicht sind wir erwachsen geworden", rätselte sie, obwohl sie sich genau die Frage auch mehr als einmal gestellt hatte. Irgendetwas musste sich geändert haben, dass sie beide diese Unzufriedenheit nicht losgeworden waren, die sie am anderen ausgelassen hatten. „Vielleicht war das, was wir hatten, perfekt für unsere Zwanziger, aber als Erwachsene wollten wir etwas anderes."

„In meiner Generation haben wir immer versucht, kaputte Dinge zu reparieren, und sie erst dann weggeworfen, wenn nichts mehr zu machen war."

„Anscheinend war nichts mehr zu machen." Gespielt beschwingt schlug sie ihm auf die Schulter.

„Kopf hoch, Jonathan. Ich gehe auch weiterhin mit dir angeln, wie du siehst."

„Das ist nicht das Gleiche. Außerdem hast du die Messlatte ziemlich hoch gelegt, Blair. Ich kann mir keine andere Schwiegertochter vorstellen, die mit mir um sechs Uhr morgens an einem kalten See stehen würde, um Fische zu angeln."

Mit einem leisen Lachen, um besagte Fische nicht zu vertreiben, entgegnete sie: „Ich war nie deine Schwiegertochter, schließlich waren Jake und ich nicht verheiratet."

„Ein Umstand, den ich nicht nur bedaure, sondern ebenfalls nicht verstehe", wetterte Jonathan brummig. „Ihr hättet längst verheiratet sein sollen – nach elf Jahren Beziehung!"

Vermutlich konnte er nicht wissen, dass er gerade einen wunden Punkt traf. Möglichst gelassen zuckte Blair mit den Schultern, konnte sich aber nicht verkneifen, leichthin hinzuzufügen: „Das musst du deinem Sohn sagen."

„Ich würde mit Jake ja über euch reden, aber er blockt ein Gespräch immer ab."

„Das hätte ich vielleicht auch tun sollen."

„Tja, zu spät, Schätzchen. Da musst du jetzt durch."

„Na, wunderbar." Sie stöhnte. „Hör zu, Jonathan. Es ist wirklich lieb, dass du dir meine Version der Geschichte anhören willst, aber ich komme mir dabei komisch vor, schließlich ist Jake dein Sohn. Und dass wir nicht verheiratet waren, hat alles einfacher gemacht. Wir brauchten keine Anwälte, mussten uns nicht vor Gericht streiten und konnten unserer Wege gehen. Jake ist ausgezogen, ich habe mir eine Waschmaschine gekauft und hier stehen wir nun."

„Jake sieht das sicherlich nicht so locker wie du", grummelte er vor sich hin. „Merkst du nicht, wie er dich ansieht?"

„O doch! Jeder Mensch merkt es, wenn er mordlüstern angesehen wird und um sein Leben bangen muss", witzelte sie halbernst und unterdrückte die Erinnerung an ihren gestrigen Kuss.

„Mein liebes Kind, meine Sehkraft mag etwas eingeschränkt sein, aber ich erkenne noch sehr gut, wenn ein Mann daran denkt, einer Frau an die Wäsche zu gehen. Mit Lust hat sein Blick bestimmt etwas zu tun, aber nicht mit Mordlust."

Blair lachte auf. Wenn ihr eigener Dad mit ihr über Sex geredet hätte, wäre es ihr mit Sicherheit peinlich gewesen, denn sie hatte traurigerweise ein engeres Verhältnis zu Jonathan als zu ihrem Vater. Ihren Dad sah sie selten und redete kaum über Persönliches mit ihm. Ja, sie hatte ihn lieb, aber vermutlich auch nur deshalb, weil sie sich dazu verpflichtet fühlte, ihren Dad lieb zu haben. Ehrlicherweise mochte sie ihn nicht einmal sonderlich. Er war arrogant, egozentrisch und auf seinen Vorteil bedacht. Außerdem rücksichtslos. Als ihre Eltern sich hatten scheiden lassen, war er es gewesen, der ihrer Mom die gigantische Abfindung nur unter der Voraussetzung gezahlt hatte, wenn sie keinen Kontakt zu ihr aufnahm. Er hatte ihre Mom nicht mehr in seinem Leben gewollt, aber sie wäre präsent gewesen, wenn sie Blair besucht hätte. Also sollte sie ihre Tochter nicht besuchen. Für ihn war es so einfach gewesen.

Für Blair nicht.

Über die Tatsache, dass ihre Mutter seine Bedingung akzeptiert und nie versucht hatte, ihre Tochter zu sehen, dachte Blair nicht nach.

Ihre Familie war verkorkst. Daran gab es nichts zu beschönigen. Aber Blair wusste, wie es war, Mitglied einer Familie zu sein – einer intakten Familie, in der es ab und zu laut werden konnte und in der viel gelacht wurde, aber in der jeder wusste, dass er geliebt wurde und auf die anderen zählen konnte. Sie war über zehn Jahre Mitglied der Familie Kincaid gewesen, und jetzt hier mit Jonathan zu stehen und über Sex und Liebe zu reden, fühlte sich wahnsinnig toll an.

In der Trennungsphase hatte sie kaum jemanden gehabt, mit dem sie darüber hätte reden können. Ihr Dad war leider die falsche Ansprechperson, um über Jake zu sprechen. Die beiden hatten einfach keinen guten Start gehabt. Das erste Treffen der zwei hätte nicht schlechter laufen können, als ihr Dad nach Wellesley gekommen war, um sie zu besuchen, und Jake mit seinem Auto ebenfalls dorthin gefahren war, um ihren Dad kennenzulernen. Das Auto war der Auslöser dafür gewesen, dass Jake jedes Mal eine Grimasse schnitt, sobald die Sprache auf ihren Dad kam. Vielleicht wäre das Verhältnis der beiden über die Jahre weniger angespannt gewesen, wenn die verdammte Karre nicht beim Parkservice des noblen Restaurants, in das ihr Dad sie eingeladen hatte, abgekratzt wäre, und wenn ihr Dad nicht pausenlos Witze darüber gerissen hätte. Vielleicht wäre Jake jedoch auch ohne diesen Zwischenfall nicht gut auf ihren Vater zu sprechen gewesen. Ihr alter Herr besaß nämlich das unnachahmliche Talent dafür, andere gerne vorzuführen und den Finger in die Wunde zu legen. Und Jake hatte sich noch nie sonderlich gut zurückhalten können, was bedeutete, dass er bei jedem dummen Kommentar ihres Dads reagierte.

Jedes Treffen der zwei war für Blair wie ein Spießrutenlauf gewesen.

„Wieso lachst du?"

„Weil es halb neun am Morgen ist, wir an einem schottischen See stehen, um zu angeln, und weil du mit mir über Gefühle reden willst."

„Ts!"

„Sollten wir uns nicht mehr auf die Angelruten konzentrieren?"

„Lenk nicht vom Thema ab! Ich bin mir sicher, dass Jake noch Gefühle für dich hat."

„Hat sich nicht gerade der Köder bewegt?", fragte

sie unschuldig und hoffte, Jonathan tatsächlich von seinem momentanen Gesprächsthema abzulenken.

„Nein, da bewegt sich nichts."

„Du siehst ja nicht einmal hin", beschwerte sie sich und ließ sich auf einen Stein sinken, der direkt am Ufer des Sees lag und bequem genug wirkte. Gleichzeitig deutete sie auf die beiden Angelruten, die in ihren Halterungen auf dem Boden standen.

„Ich muss auch nicht hinsehen. Das bringt die Erfahrung dutzender Angelausflüge mit sich. Also, was Jake betrifft, kann ich nur sagen, dass ..."

„Doch, Jonathan, da bewegt sich was!"

„Ja, das ist Nessie, die uns einen Besuch abstatten will", kommentierte er mit einem Schnauben, bevor seine Stimme einen mitfühlenden Tonfall annahm. „Hast du denn noch Gefühle für Jake?"

Glücklicherweise schien wirklich ein Fisch angebissen zu haben, der so kräftig zog, dass die Angelrute beinahe im hohen Bogen im See gelandet wäre. Das lenkte auch Jonathan von seiner peinlichen Frage ab, als er der Angelrute hinterherhechtete.

Blair hätte nämlich nicht gewusst, was sie ihm hätte antworten sollen.

KAPITEL 8

Ich hatte Ihrer Verlobten versichert, dass ich für die letzte Anprobe nach Manor's Hill kommen würde, um Ihnen und Ihrem Trauzeugen die Festtagskleidung zu bringen. Sie hätten nicht extra herkommen müssen, Sir."

„Ich weiß, aber wir mussten mal an die frische Luft – sozusagen dem Hochzeitschaos entrinnen."

„Natürlich, Sir. Ich verstehe. Hochzeiten können sehr nervenaufreibend sein."

„Das können sie allerdings."

Jake schaute über seine Schulter hinweg zu Grant, der an der Theke der exklusiven Herrenschneiderei stand und mit dem Besitzer sprach, während er und Zac sich ein wenig umsahen. Sein zukünftiger Schwager klang ziemlich angespannt und sogar genervt. Außerdem schnitt er eine Grimasse, sobald der ältere Schneider hinter einem schweren Samtvorhang verschwand und sie drei allein ließ.

Er konnte es dem anderen Mann nicht verdenken, dass er genervt war und für ein paar Stunden verschwinden musste, denn Brautzilla verlor bald ihren Verstand. Überrascht war Jake nur darüber, dass Grant zugab, genervt zu sein. Bisher hatte er alles klaglos hingenommen, was Harper verzapft hatte, und sogar freundlich genickt. Wie es aussah, näherte sich Grant in rasanten Schritten seiner Toleranzgrenze. Wenn der gutmütige und gelassene Grant an die Decke ging, wollte Jake dabei sein. Das Schauspiel würde er sich nur ungerne entgehen lassen. Ehrlicherweise wünschte er sich sogar, dass Grant mit Harper Tacheles sprach, denn die benötigte sehr dringend jemanden, der ihr den Marsch blies.

Jake drehte sich von den eleganten Jacketts weg, die vor ihm auf einem Kleiderständer hingen, und wandte sich stattdessen an Grant, der die Hände in den Taschen seiner Hose vergraben hatte und nachdenklich auf den Holzfußboden des Geschäfts schaute. Angesichts der Werbeplakate, die an den holzvertäfelten Wänden zusammen mit diversen Geweihen hingen und für traditionelle Tweedmode für britische Blaublüter auf der Entenjagd warben, kam sich Jake einigermaßen deplatziert vor. Allein ein Blick auf die

Preisschilder ließ ihn stocken. Warum jemand so viel Geld ausgab, nur um wie Prinz Charles auszusehen, war ihm ein Rätsel.

„Klang das nur in meinen Ohren so, als hättest du die Nase voll von der Hochzeitsvorbereitung?"

„Nein, für mich klang das auch so", bestätigte Zac, der mitgekommen war und mit seinem Outfit so gar nicht in das distinguierte Geschäft passte. Das schwarze T-Shirt mit dem verwaschenen ACDC-Logo unter der Lederjacke sowie die aufgerissenen Jeans hätten eher in einen verrauchten Londoner Undergroundclub gepasst, aber nicht in diesen Laden, der eine besonders ansehnliche Auswahl an karierten Schirmmützen anbot.

Sein Pferdeschwanz hätte unter die Schirmmütze vermutlich eh nicht gepasst.

„Nein, ich habe die Nase nicht voll", bekannte Grant geradezu gequält. „Ich halte es nur einfach nicht mehr aus, dass meine Verlobte kein anderes Thema als die Hochzeitsorganisation kennt und nicht eine Sekunde zu genießen scheint."

Stirnrunzelnd betrachtete Jake den zukünftigen Bräutigam. „Du denkst, dass Harper die Hochzeit nicht genießt?"

„Ich weiß es nicht", gab Grant ehrlich zu. „Sieht sie für euch wie eine Frau aus, die sich auf ihre Hochzeit freut?"

„Ich habe keine Ahnung, wie Frauen aussehen, die

sich auf ihre Hochzeit freuen“, bekannte Zac. „Außer in Filmen kenne ich keine Hochzeit und vermeide es tunlichst, in die Nähe von heiratswütigen Frauen zu kommen.“

„Was sagst du, Jake?“

Er zuckte mit der Schulter. „Für mich wirkt sie auch etwas angespannt, aber da ich in den letzten paar Jahren auf mehr Hochzeiten zu Besuch war, als ich zählen konnte, und *alle* Bräute angespannt und gestresst waren, enthalte ich mich lieber einer Meinung.“

„Das bringt mich auch nicht weiter.“ Finster starrte Grant in die Runde. „Bisher gab es nicht eine einzige Stunde, die nicht verplant war. Anstatt sich zu entspannen oder Zeit mit unseren Gästen zu verbringen, telefoniert sich Harper lieber die Finger wund oder lässt Taubenzüchter antanzen, um ein paar Vögel für die Trauung auszusuchen. Mein Glück hängt nicht an ein paar Viechern, die Toxoplasmose übertragen können.“

„Hast du mit Harper darüber geredet?“

„Wann denn?“ Grant rümpfte die Nase und starrte auf ein Plakat, auf dem ein Prinz-Charles-Double mit seinem Labrador durch ein Heidefeld stiefelte. „Vielleicht sollte ich sie einfach machen lassen und mich an den Gedanken klammern, dass am Sonntag alles vorbei ist und Normalität einkehrt.“

„Oder du könntest meiner Schwester sagen, dass sie

sich nicht wie eine despotische Tyrannin benehmen soll", schlug Jake leichthin vor, auch wenn sich Besorgnis in ihm ausbreitete. Eventuell sollte er seiner Schwester vorschlagen, dass sie sich langsam beruhigen sollte, bevor Grant noch Amok lief.

„Ja, sag ihr, dass sie etwas lockerer werden soll", stimmte Zac ihm zu und sah ihn an, als wären sie Buddys.

Da war er jedoch auf dem Holzweg.

Jake freundete sich nämlich generell nicht mit Typen an, die seine Exfreundin anmachten und mit ihr ausgehen wollten. Ehrlich gesagt fiel es Jake sogar ziemlich schwer, Grants Freund nicht ans Herz zu legen, sich aus seiner Nähe zu verpissen, nachdem Blair ihm gestern gesagt hatte, dass sie darüber nachdachte, mit Zac auszugehen. Der Gedanke hatte ihn kaum zur Ruhe kommen lassen. Und auch jetzt konnte er nur daran denken, wie Blair gestern im Bus neben diesem Rockstarverschnitt gesessen und schallend gelacht hatte, wann immer er den Mund aufgemacht hatte.

Aus diesem Grund war er nicht bester Laune, wann immer Zac dabei war.

Nach dem gestrigen Zusammenstoß zwischen Blair und ihm auf dem Parkplatz, der damit geendet hatte, dass er sie am liebsten gegen das Auto gepresst genommen hätte und dass er kaum klar hätte denken können, bis sie ihm in die Lippe gebissen hatte, war Jake sowieso ziemlich durcheinander. Er war so durcheinander und musste seine Gedanken ordnen, dass er den Vorschlag seines Dads, morgens angeln zu gehen, abgelehnt hatte. Ein Angelausflug mit ihm und Blair so wie früher in Ohio, nachdem es zu dieser leidenschaftlich wütenden Auseinandersetzung gekommen war? Auf keinen Fall! Erstens hätte es sich zu vertraut angefühlt. Und zweitens dachte er noch immer darüber nach, was Blair ihm entgegengeschleudert hatte.

Sex als Problemlösung!

Irgendetwas musste sie verwechseln, dachte Jake abfällig, denn wenn er tatsächlich Sex benutzen würde, um seine Probleme zu lösen, ginge es ihm ziemlich miserabel, schließlich hatte er seit einem Jahr keinen Sex gehabt und trotzdem keine nennenswerten Probleme bekommen.

„Ich kann ihr nicht sagen, dass sie lockerer werden soll", brummte Grant und unterbrach damit Jakes Gedanken um Blairs verquere Ansichten. „Vermutlich würde mich Harper augenblicklich erschlagen, so obsessiv und verbissen wie sie sich zurzeit gebärdet. Kann sie nicht einfach wieder lustig und sexy sein?"

„Sexy? Ich glaube, ich verzichte auf weitere Details", würgte Jake hervor.

„Und ich bin ganz Ohr, wenn es um Sex geht", konterte Zac und trat näher an sie beide heran, wobei

Jake ihn bedächtig musterte. Der Anwalt war zwar groß, vielleicht ein bisschen größer als er, aber er war der schlanke Typ, während Jake dank seiner Zeit im Ringerteam seiner Highschool breiter gebaut war und allem Anschein nach mehr Muskeln besaß. Obwohl er seit einem guten Jahrzehnt nicht mehr auf der Matte trainiert hatte, müsste er den anderen umhauen können, sollte es zu einem Zweikampf kommen.

„Es geht nicht um Sex – nicht nur."

„Sag mir nicht, dass du diese Regelung der getrennten Schlafzimmer gut findest", wollte Jake beinahe ungläubig wissen. „Die Schnapsidee kommt doch bestimmt nicht von dir, oder?"

„Nicht wirklich, aber es sind auch nur ein paar Tage."

Zac stieß das gleiche Schnauben aus, das sich auch in ihm Bahn brechen wollte. „Getrennte Schlafzimmer? Willst du mir damit sagen, dass ihr nicht miteinander vögelt?"

„*Vor* der Hochzeit", betonte Grant, der sich sichtlich unwohl fühlte und das Abkommen weit weniger gut zu finden schien, als er zeigen wollte.

„O Mann. Harper hat dich bei den Eiern."

Das dachte auch Jake, hätte es so explizit jedoch niemals ausgesprochen.

Grant reagierte relativ gelassen auf den Kommentar seines Freundes. „Ihr ist diese Hochzeit viel wichtiger als mir, also soll sie diese auch so planen, dass sie ihren Vorstellungen entspricht. Nur wären mir etwas weniger Aufwand und weniger Stress bedeutend lieber. Stress und Hektik habe ich im Job genug."

Jake konnte sich folgenden Satz nicht verkneifen: „Hat sie deinen Antrag auch geplant, damit er ihren Vorstellungen entspricht?"

Sein baldiger Schwager zeigte ihm den Mittelfinger, grinste dabei jedoch. „Halt die Klappe."

„Nein, wirklich", erwiderte er lachend und lehnte sich mit der Hüfte gegen ein massives Buchregal, in dem ordentlich gefaltete Hemden lagen. „Mich interessiert es, wie du meiner Schwester einen Antrag gemacht hast. Hat sie dir vorher eine Liste mit Dingen gegeben, die du beachten sollst?"

Grant fuhr sich durch sein Haar, bevor er den Kopf schüttelte. „Einen richtigen Antrag gab es gar nicht."

Zac ließ sich auf einen der dekorativen Chesterfieldsessel nieder und spreizte die Beine. „Wie? Soll das heißen, dass wir nur aus Jux und Tollerei hier sind, es aber gar keine Hochzeit gibt?"

Der Bräutigam verdrehte die Augen. „Ha, ha, sehr komisch. Natürlich gibt es eine Hochzeit. Nur gab es keinen wirklichen Antrag. Die Idee zur Hochzeit kam relativ spontan auf. Irgendwann unterhielten wir uns über die steuerlichen Vorteile von verheirateten Paaren und ..."

„Sehr romantisch", ächzte Zac. „Erinnere mich bitte

daran, dich niemals nach Tipps für den Umgang mit Frauen zu fragen."

„Mein Umgang mit Frauen ist tadellos", wehrte Grant ab und nickte Jake zu. „Hör mal weg, Schwager, ich will meinem Kumpel nämlich erzählen, wie entgegenkommend deine Schwester im Bett sein kann, weil ich das Paradebeispiel eines verständnisvollen, sensiblen und aufgeklärten Mannes bin, der seine Frau unterstützt und ihr den Freiraum gibt, den sie braucht."

„Hast du das aus irgendeinem Ratgeber auswendig gelernt oder hat sie dir eine Gehirnwäsche verpasst?", wollte Zac abwehrend wissen.

„Und ich höre sicherlich nicht weg, wenn du dein Sexleben mit meiner Schwester vor uns ausbreitest. Ich brauche schließlich ein stichhaltiges Argument, wenn ich dem Richter erkläre, warum ich meinen zukünftigen Schwager drei Tage vor der Hochzeit den Kopf abgerissen habe." Drohend schüttelte er den Kopf. „Keine Details. Das wäre irgendwie ... pervers."

„Mal abgesehen davon, dass sie dich momentan sowieso nicht ranlässt, Kumpel", warf Zac schadenfroh ein. „Was willst du auch von einer Frau erwarten, wenn du ihr keinen romantischen Antrag mit Rosenblättern und Champagner machst, sondern von steuerlichen Vorteilen sprichst? Soll sie vor lauter Dankbarkeit auf die Knie sinken und dann deinen Schwa ..."

Mit einem drohenden Räuspern unterbrach Jake ihn. „Sollen wir vor die Tür gehen?"

Keinesfalls eingeschüchtert hob Zac seine Hände und grinste breit. „Okay, schon verstanden. Keine Sexdetails über Schwestern."

Während Jake ihn weiterhin drohend fixierte, wandte Grant verteidigend ein: „Harper ist sowieso nicht besonders romantisch veranlagt. Sie ist sachlich und analytisch. Geht mit dem Kopf alle Szenarien durch und wägt ab. Das bewundere ich an ihr."

„*Jede* Frau ist romantisch veranlagt."

„Nicht meine Schwester", widersprach Jake. „Sie ist in erster Linie rational. Steuerliche Vorteile bei einer Ehe zählen für sie mehr als ein romantischer Kniefall", witzelte er, auch wenn er ernst meinte, was er sagte.

Zac schien irgendetwas urkomisch zu finden, da er vom einen zum anderen sah, während seine Schultern bebten.

„Was ist so komisch?", wollte Jake angriffslustig wissen.

„Im Ernst? Muss ich hier als einziger Single euch erklären, wie man mit Frauen umgehen muss? Eine Frau, die eine derartige Besessenheit wegen ihrer Hochzeit an den Tag legt, *muss* romantisch veranlagt sein."

Jake kniff die Augen zusammen und achtete gar nicht auf das, was Zac über Harper gesagt hatte, sondern stellte klar: „Ich bin auch Single."

Unbeeindruckt zog Zac eine Augenbraue in die

Höhe. „Und was läuft da mit Blair? Es ist doch ziemlich offensichtlich, dass ihr beide ..."

„Zusammen wart. *Vergangenheit.* Zwischen uns läuft nichts mehr", warf er ein, setzte jedoch hinzu: „Was aber nicht heißen soll, dass sie für dich zu haben ist."

Leider verfehlte seine Drohgebärde jede Wirkung. Grants Freund lümmelte nämlich unerschrocken im Sessel und zuckte mit den Schultern. „Kein Problem. Ich stehe sowieso eher auf Rothaarige und Lucy ist ..."

„Ebenfalls tabu", widersprach er vehement und aus dem Bedürfnis heraus, Lucy vor einem weiteren anscheinend notorischen Aufreißer zu beschützen. „Sie ist keine schnelle Nummer."

„Wer sagt, dass ich auf eine schnelle Nummer aus bin?"

Bedeutungsvoll nickte Jake ihm zu. „Meinst du das ernst, Mick Jagger? Du siehst aus, als würdest du gleich drei Groupies auf einmal abschleppen."

Für einen Moment wirkte Zac ziemlich irritiert, bevor er die gewohnt lässige Miene aufsetzte und an Grant gewandt erklärte: „Ich mag deinen Schwager. Er traut mir wahre Heldentaten im Bett zu."

„Nicht unbedingt. Wozu gibt es Viagra?"

„Lass das mal nicht die Stones hören."

Irgendwie gefiel Jake die Schlagfertigkeit des anderen Mannes. Bevor er jedoch etwas erwidern konnte, kam der Schneider mit zwei Kleidersäcken über dem linken Arm zurück in den Verkaufsraum.

„Entschuldigen Sie die Wartezeit."

„Kein Problem", beteuerte Grant. „Denken Sie, dass Sie potenzielle Änderungen bis zum Samstag schaffen werden?"

„Das wird nicht nötig sein, schließlich hat mir Ihre Zukünftige die genauen Maße von Ihnen und Ihrem Schwager bereits zugeschickt. Alles sollte perfekt passen."

Zac gluckste auf. „Wieso wundert mich das nicht?"

Dem Schneider schien die Ironie hinter diesen Worten zu entgehen, als er Grant informierte: „Ihre Verlobte hatte sehr genaue Vorstellungen über Ihr Outfit und das Outfit des Trauzeugen. Um ehrlich zu sein, war es gar nicht so einfach, den besagten Stoff zu bekommen. Sie wollte Sie beide überraschen, kennt selbst aber bereits das Ergebnis, schließlich wurde sie von mir über alle Fertigungsprozesse in Kenntnis gesetzt. Niemals zuvor hatte ich eine derart engagierte Kundin."

„Ja, das ... kann ich mir vorstellen", gab Grant von sich und klang, als würde er kapitulieren.

Der Schneider erzählte weiterhin etwas von traditionellen Stoffen, während er die Kleidersäcke öffnete und Jake hoffte, dass traditionelle Stoffe nicht bedeutete, dass sein Anzug kratzen würde. Wenn ja, würde er seine Schwester nämlich ebenfalls überraschen, indem er in Jeans bei der Hochzeit auftauchen würde.

Als der Schneider mit stolzer Miene zwei karierte

Röcke samt weißen Hemden und schwarzen Fracks präsentierte, stockte er und legte verwirrt den Kopf schief. Auch Zac und Grant mussten verwirrt sein, weil keiner von ihnen etwas sagte. Betretenes Schweigen senkte sich über das Geschäft.

Als niemand etwas sagte und der Schneider sie erwartungsvoll ansah, nahm sich Jake ein Herz und kommentierte stoisch: „Sehr schöne Röcke."

„Das sind keine Röcke, sondern Kilts."

„Toll. Und wo sind unsere Anzüge?"

Der Schneider blinzelte verwirrt und schien nach der richtigen Antwort zu suchen. „Aber ... das sind Ihre Anzüge, Sir."

Die Stille wurde von Zac unterbrochen, der schallend zu lachen begann, während Jake und auch Grant ungläubig die Röcke anstarrten, die der Schneider ihnen stolz präsentierte.

„Wir sollen Röcke tragen?", hörte sich Jake selbst fragen.

Der Verkäufer schenkte ihm einen tadelnden Blick. Es hätte nicht viel gefehlt und er hätte wohl mit der Zunge geschnalzt. „Das sind keine Röcke, sondern Kilts. Bei uns in Schottland ist das die traditionelle Festtagskleidung für Männer."

„Aber wir sind keine Schotten", fühlte sich Jake bemüßigt, dem guten Mann zu erklären.

Dieser wandte sich an Grant, dem es vor Schrecken die Sprache verschlagen hatte. „Ihre Verlobte hat unmissverständlich zwei komplette Garnituren für die Hochzeit bestellt: Kilt, Hemd, Weste, Frack, Krawatte sowie Schuhe und Hochlandsocken. Den Sporran nicht zu vergessen." Er deutete auf eine lederne Tasche mit Pelzbommel.

Hatte Harper nun völlig den Verstand verloren? Er würde *nicht* mit einer Handtasche auf ihrer Hochzeit auftauchen. Und ganz sicher trug er keinen Rock, wenn seine einzige Schwester heiratete!

Zac, der noch immer lachte, fragte amüsiert nach: „Was trägt man drunter?"

„Das ist jedem Gentleman selbst überlassen", erklärte der Verkäufer ein wenig nasal. „Meistens bevorzugen unsere Kunden die traditionelle Art des Tragens und ziehen keine Unterwäsche zu ihrem Kilt an."

Was? Wollte der Typ damit etwa sagen, dass sie unter dem Ding nackt sein sollten?

Abrupt drehte sich Jake zu Grant um. „Harper kann sich meinetwegen auf den Kopf stellen, aber ich ziehe dieses Ding nicht an. Und ganz besonders nicht dann, wenn ich nichts drunter tragen soll. Hast du überhaupt eine Ahnung, was meine Großtanten veranstalten werden, damit ich der Hochzeitsgesellschaft meinen nackten Arsch zeige? Kennst du nicht den Film mit Marilyn Monroe und dem Luftschacht der U-Bahn?"

„Ich wette, die Monroe hatte schönere Beine als du",

warf Zac ein, der den Spaß seines Lebens zu haben schien.

„Grant, ich meine es ernst. Ich trage keinen Rock."

„Einen Kilt, Sir", korrigierte der Verkäufer ihn.

Jake ignorierte ihn wohlweislich.

Anscheinend fühlte sich dieser in seiner Ehre gekränkt, da er sich vernehmlich räusperte und dann versuchte, Grant das Ganze schmackhaft zu machen. „Für die Kilts wurde nur Stoff von höchster Qualität benutzt. Für Ihren Kilt habe ich den traditionellen Tartanstoff des Clans Armstrong verwendet – ein dunkles Grün mit violetten Streifen. Und für den Kilt Ihres zukünftigen Schwagers den Tartanstoff des Clans Kincaid. Hellgrün mit roten Streifen. Ihre Verlobte war ganz begeistert, als ich ihr Fotos schickte."

Dass Harper das Ganze in Auftrag gegeben hatte, war der Gipfel dieser Absurdität.

„Ihre Braut wünschte sich traditionelle schottische Festtagskleidung, Sir. Ich fürchte ..."

„Ja, ich verstehe", knurrte Grant, während seine Kinnlinie deutlich hervortrat. Als er Jake ansah und starr nickte, kam in diesem der Verdacht hoch, dass Harper heute die optionalen Pinkelpausen von ihrem Plan streichen sollte, um Zeit für einen lautstarken Streit zwischen ihr und Grant zu schaffen.

„Ernsthaft? Wir sollen die Dinger wirklich auf deiner Hochzeit tragen?"

Sein baldiger Schwager nickte. „Du hast es gehört:

Harper wünscht sich eine traditionelle schottische Festtagskleidung."

Gottergeben ließ Jake die Schultern nach unten fallen. „Und was mache ich wegen meiner übergriffigen Großtanten?"

„Frag mich was Leichteres, schließlich habe ich das gleiche Problem wie du."

KAPITEL 9

Blair stürzte aus ihrem Badezimmer und verhedderte sich dabei fast in dem Handtuch, in das sie sich gewickelt hatte, als ihr Telefon ohrenbetäubend zu klingeln begonnen hatte. Hätte es eine Minute vorher geklingelt, hätte Blair es vermutlich gar nicht gehört, weil sie noch unter der Dusche gestanden hatte.

In dem Bemühen, schnell ans Handy zu kommen, stolperte sie beinahe über ihre Turnschuhe sowie über das Paar hoher High Heels, die sie am heutigen Abend anziehen wollte. Wer auch immer am Telefon war, hatte eine verdammt ungünstige Zeit ausgesucht, weil Blair sowieso schon zu spät dran war.

Sollte sie als Letzte zum Probedinner auftauchen, würde Harper sie vermutlich kreuzigen.

„Hallo?", keuchte sie daher ins Handy und griff

gleichzeitig nach der Fernbedienung, um den Ton des Fernsehers auszuschalten.

„Hey, Blair. Ich bin's."

„Mac", rief sie erfreut, sobald sie die Stimme am anderen Ende der Leitung erkannt hatte, und ließ sich auf die Bettkante sinken. „Wo steckst du? Lucy hat mir gesagt, dass du morgen Mittag in Edinburgh ankommst."

„Das war der eigentliche Plan", seufzte ihre Freundin. „Leider musste ich umdisponieren und einen anderen Flug nehmen."

Innerlich seufzte Blair auf, denn Mac wäre nicht Mac gewesen, wenn nicht irgendetwas dazwischengekommen wäre und ihren Reiseplan über den Haufen geworfen hätte. Obwohl Blair bereits chaotisch sein konnte, übertrumpfte Mac sie um Längen! Man hätte sie auch das Chaos auf zwei Beinen nennen können, denn bei ihr ging immer irgendetwas schief. Zudem war sie sehr impulsiv. Aus diesem Grund traute Blair sich gar nicht nachzufragen, warum sie ihren Flug umdisponieren musste. Wenn Lucy sie angerufen hätte, um ihr zu sagen, dass sie einen späteren Flug nehmen musste, hätte Blair vermutet, dass es um ihren Job ging. Bei Mac hätte es ebenso gut sein können, dass sie spontan mit irgendwelchen wildfremden Typen nach Bolivien aufgebrochen wäre, um dort Alpakas durch die Anden zu führen, oder aber dass sie den Job eines Stuntdoubles in Hollywood annehmen wollte. Macs

Spontaneität ließ sie nicht länger als zwölf Monate am gleichen Ort verweilen, einen Job nicht länger als sechs Monate behalten und einen Typen nach spätestens drei Monaten in den Wind schießen. Die längste Beziehung, die sie bislang mit jemandem eingegangen war, war vermutlich ihre Freundschaft.

Dass Mac stets eine kolossale Auswahl an Kerlen hatte, die bei ihr Schlange standen, war nicht sehr förderlich, wenn es darum ging, sich länger an einen Mann zu binden.

Und für Blair war es immer noch eine kleine Sensation, dass nicht Mac, sondern Harper diejenige war, die von ihnen vier als Erste heiraten würde. Es hätte zu Mac nämlich gepasst, mit einundzwanzig nach Vegas zu fahren, dort den erstbesten Idioten zu heiraten, der ihr über den Weg lief, und à la Britney Spears am nächsten Morgen die Annullierung einzureichen.

Ungeduldig zupfte Blair an ihrem Handtuch herum, streckte die Beine von sich und fragte gottergeben: „Wann kommst du denn hier an, wenn du einen anderen Flug nehmen musstest?"

„Erst am Freitagabend."

„Erst am Freitagabend?", fragte sie erschrocken nach. „Am Samstagmittag ist die Hochzeit, und wenn du nicht rechtzeitig hier bist ..."

„Nein, nein, ich komme am Freitagabend. Keine Sorge, Blair. Ich werde da sein."

Besorgt fuhr sich Blair über das Gesicht. „Das wird

Harper nicht gefallen."

„Sag ihr, dass es mir leidtut."

Blair schnappte nach Luft. „Bist du irre? Ich werde es ihr nicht sagen. Selbst im antiken Griechenland war es immer der Bote, der wegen schlechter Nachrichten geköpft wurde!"

Mac lachte. „Harper würde dich niemals köpfen, schließlich bist du ihre Brautjungfer."

„Ja, eine Brautjungfer mit dem scheußlichsten Kleid aller Zeiten. Moment mal ..." Sie holte tief Luft, als ihr etwas auffiel. „Wenn du erst am Freitagabend ankommst, heißt das, dass du den Junggesellinnenabschied verpasst!"

„Ja, es tut mir leid. Es war wirklich keine Absicht, erst am Abend vor ihrer Hochzeit anzukommen."

Blair verzog das Gesicht. „Wenn Harper hört, dass du nicht zum Junggesellinnenabschied da bist, bekommt sie mit Sicherheit Schaum vor dem Mund! Sie hat den Abend minutiös geplant und ..."

„Was?" Mac klang ungläubig und fassungslos zugleich. „Was meinst du damit, dass sie den Abend minutiös geplant hat? Sag mir nicht, dass sie ihren eigenen Junggesellinnenabschied organisiert hat!"

„Doch", bestätigte Blair geradezu fatalistisch. „Du klingst genauso entsetzt wie ich, als ich davon gehört habe."

„Konntest du das nicht verhindern?" Mac schnalzte mit der Zunge. „Das ist ja schrecklich."

„Ha! Welcher Normalsterbliche kann einen Tsunami verhindern? Du hast ja keine Ahnung, was hier los ist, Mac. Harper dreht völlig durch wegen ihrer Hochzeit. Lucy und ich können nur danebenstehen und machtlos zusehen, wie sie alle in den Wahnsinn treibt."

„So schlimm kann es doch nicht sein", schränkte Mac skeptisch ein. „Dass Harper ein Kontrollfreak ist, wissen wir zwar, aber ..."

„Sie hat mir heute erzählt, dass sie beide Treuegelöbnisse geschrieben hat – ihres und seines", unterbrach Blair ihre Freundin mit trockener Stimme. „Sie wollte sichergehen, dass das, was er zu ihr vor dem Traualtar sagt, auch zu ihrem Gelöbnis passt, und dass beide Gelöbnisse nicht länger als fünf Minuten sind, um den Zeitplan für die Trauung nicht durcheinanderzubringen."

Am anderen Ende der Leitung war es für ein paar Sekunden ruhig, bis Mac zu lachen begann. „Scheiße. Du nimmst mich doch auf den Arm!"

„Tue ich nicht", wehrte Blair ab und fuhr sich mit der freien Hand durch ihr feuchtes Haar. „Wenn sie könnte, würde sie die Trauung am liebsten selbst vornehmen, damit sie sicher sein kann, dass alles nach ihrer Zufriedenheit läuft. Ganz im Ernst, Mac, so kenne ich sie nicht."

„Und wie ist ihr Zukünftiger so?"

„Nett", erwiderte Blair schlicht. „Er ist ... nett."

Ein Schnauben drang durch die Leitung. „Nett? Was willst du mir damit denn sagen?“

„Dass er nett ist.“ Unsicher verzog Blair den Mund. „Er ist ein sympathischer Kerl, wirkt hilfsbereit und gutmütig.“

„Du hast gerade das Paradebeispiel eines Langweilers beschrieben, Blair.“

„Unsinn. Er ist etwas zurückhaltend, aber das wäre ich auch mit Brautzilla an meiner Seite. Wenn wir ab und zu die Gelegenheit hätten, uns miteinander zu unterhalten, könnte ich auch mehr über ihn sagen, aber leider ist das dank Harpers Zeitmanagement nicht möglich.“

Ihre Freundin gluckste auf. „Weiß Harper, dass du sie Brautzilla nennst?“

„Ja, klar. Außerdem bin ich nicht die Einzige, die Brautzilla zu ihr sagt. Frag ruhig Jake.“

„Da du schon Jake erwähnst“, ließ sich Mac neugierig vernehmen. „Ist zwischen dir und ihm alles in Ordnung?“

„Fang nicht du auch noch damit an.“ Erschöpft ließ sich Blair auf den Rücken fallen und starrte zu der Zimmerdecke hinauf. „Ich habe heute mehrere Stunden allein mit Jonathan verbracht, der mich mehr oder minder subtil dazu animieren wollte, mit Jake zu einem Paartherapeuten zu gehen, obwohl wir seit fast einem Jahr getrennt sind.“

„Nun ja, Harpers Dad hat nie einen Hehl daraus

gemacht, dass er dich gerne zur Schwiegertochter hätte. Und Mary war auch ganz verrückt nach dir."

Macs Worte taten ihr gut und gleichzeitig weh.

Der heutige Morgen mit Jonathan hatte dazu geführt, dass sich Blair Gedanken um ihre eigene verkorkste Familie gemacht hatte. Der Schluss, zu dem sie gekommen war, besagte, dass sie sich nie auf ihre Eltern hatte verlassen können. Auf Jonathan und Mary dagegen war Verlass gewesen, schließlich waren sie es gewesen, die sie nach ihrem ersten Vorstellungsgespräch angerufen hatten, um sich zu erkundigen, wie es gelaufen war. Und sie waren auch nach New York gekommen, um ihnen beim Umzug zu helfen. Ihr Dad hatte von dem Vorstellungsgespräch nicht einmal etwas gewusst und der einzige Kommentar, den sie bezüglich des Umzuges von ihm gehört hatte, bezog sich auf mietpreisgebundene Wohnungen in Manhattan. Er wäre nie auf die Idee gekommen, ihnen unter die Arme zu greifen. Jakes Eltern waren jedoch immer da gewesen, wenn man sie gebraucht hatte. Dass sie nun nicht mehr für sie da waren, weil Jake und sie sich getrennt hatten, wurde Blair erst jetzt richtig bewusst.

Und der Gedanke hatte etwas Niederschmetterndes an sich.

„Nun ja", tat sie es gespielt leichthin ab. „Jetzt bekommen sie einen Schwiegersohn. Und einen sehr gut aussehenden dazu – unter uns gesprochen."

„Aha, jetzt wird es interessant. Details, bitte",

verlangte Mac amüsiert.

„Ernsthaft. Unsere Freundin heiratet einen wirklich heißen Typen. Dunkelhaarig, groß, fast schwarze Augen und sehr interessante Gesichtszüge. Sie sollte schnellstmöglich Babys mit ihm in die Welt setzen."

„Vielleicht sind ja bereits welche geplant."

„Falls dem so ist, müssen wir die Organisation der Babypartys übernehmen, Mac."

„Abgemacht", erwiderte ihre Freundin heiter. „Da wir schon von heißen Typen sprechen – weißt du, ob Harper irgendwelche netten Singlemänner eingeladen hat?"

Blair stellte die Füße auf die Bettdecke und verdrehte die Augen. „Was ist denn mit diesem Immobilienmakler, von dem du letztens gesprochen hast?"

„Letztens ist gut", entgegnete Mac trocken. „Mit Philipp ist schon seit Ewigkeiten Schluss. Erst wollte er mich zum sonntäglichen Brunch mit seiner Familie mitnehmen und dann kam er mit einer Einkaufstüte von Bloomingdale's um die Ecke, weil er mir ein Kleid für einen Galaabend gekauft hatte. Taft und Spitze", fügte Mac so verächtlich hinzu, als wäre besagtes Kleid aus Babyalligatorenleder gefertigt worden. „Sehe ich aus, als würde ich Taft und Spitze tragen?"

„Vermutlich soll die Antwort *nein* lauten."

„Da vermutest du richtig."

„Und vermutlich hast du Philipp in die Wüste geschickt, bevor du den Galaabend besuchen konntest", mutmaßte Blair teils amüsiert, teils resigniert. Mac wehrte sich nämlich mit Händen und Füßen gegen alles, was annähernd konservativ war. Und gegen alles, was eine feste und ernsthafte Beziehung implizierte.

„Natürlich! Der Anblick der Einkaufstüte in seinen Händen beschwor in mir das Bild eines Reihenhauses, von eins Komma fünf Kindern, eines Labradorretrievers und vollen Windeln hervor. Ich habe noch heute Albträume."

„Du Spinnerin." Blair lachte und schaute auf die Uhr unterhalb des Fernsehers. Wenn sie nicht langsam das Telefonat beendete, würde sie zu spät kommen. „Sei mir nicht böse, aber ich muss gleich Schluss machen. Harper hat ein Probeessen organisiert, an dem ich teilnehmen muss."

„Ui, das klingt ja toll."

„Spar dir deinen Sarkasmus." Sie griff sich an die Stirn und setzte sich langsam auf. „Ich verdiene viel eher Mitleid, schließlich darf ich gleich mehrere Stunden meinem Ex gegenübersitzen und muss währenddessen höfliche Konversation mit seinen Großtanten führen."

„Das klingt atemberaubend", ächzte Mac, um erheblich milder nachzuhaken: „Ist zwischen euch wirklich alles in Ordnung?"

Blair fuhr sich über ihre trockenen Lippen. „Wir leben in einer entweder friedlichen oder explosiven Koexistenz und warten beide vermutlich sehnsüchtig darauf, dass wir nach Hause fliegen können, um uns nicht andauernd zu sehen."

„Mir gefällt das gar nicht, Blair."

„Mir auch nicht."

Ein komisches Geräusch im Hintergrund von Macs Stimme ließ Blair die Stirn runzeln. „Was war das denn?"

„Eine Bahnhofsdurchsage. Mein Zug fährt gleich ein."

„Dein Zug? Bist du nicht in Miami?"

Am anderen Ende der Leitung war es für ein paar Sekunden ruhig, bevor Mac geradezu ausweichend erwiderte: „Nein, ich bin nicht mehr in Miami."

Sofort war Blair argwöhnisch. „Wo bist du denn dann?"

Wieder trat Stille ein, bis ihre Freundin in den Hörer seufzte. „In Wisconsin."

Ihr verschlug es die Sprache. „Was treibst du denn in Wisconsin?"

„Ist eine lange Geschichte. Ich erzähle sie dir, wenn wir uns am Wochenende sehen." Mac räusperte sich. „Hör mal, Blair, kann ich dich etwas fragen?"

„Natürlich. Schieß los."

Mac schien sich zu winden. „Mir ist es total peinlich, dich das zu fragen, Blair, aber ich bin zurzeit nicht besonders flüssig und die Geschenke von Harpers Hochzeitsliste sprengen mein Budget. Wäre es in Ordnung, mich an deinem Geschenk zu beteiligen?"

Blair grinste inwendig und erklärte gleichzeitig unbeschwert: „Ich setze deinen Namen unter die Karte von meinem Geschenk. Kein Problem."

„Dank dir."

„Wofür sind Freunde denn da?"

„Du rettest mir damit das Leben. Ich melde mich, bevor ich am Freitag in den Flieger steige."

„Mach das. Bye!"

Es tutete. Anscheinend hatte Mac bereits aufgelegt.

Blair tat es ihr gleich und warf das Handy zurück aufs Bett, bevor sie sich eilig fertig machte. Angesichts ihrer Zeitnot verzichtete sie auf großes Make-up und zog sich hastig frische Unterwäsche und das dunkelgrüne, kurzärmelige Seidenkleid an, das sie erst vor Kurzem gekauft hatte. Ihr Haar kämmte sie lediglich hastig durch und ließ es offen, bevor sie in die schwarzen Schuhe schlüpfte, sich ihre Schlüsselkarte schnappte und ihr Hotelzimmer verließ.

Anscheinend war auch Jake in Zeitnot, da er genauso wie sie gerade sein Zimmer verlassen hatte und ihr gegenüber im Hotelflur stand.

Nach ihrem gestrigen Kuss war dies die erste Begegnung zwischen ihnen, denn Blair war ihm den ganzen Tag über erfolgreich aus dem Weg gegangen. Ihm jetzt gegenüberzustehen, fühlte sich merkwürdig an. Jake musste es ähnlich gehen, denn er wirkte genauso unschlüssig wie sie und starrte sie verhalten an.

Es war lange her, dass sie ihn im Anzug gesehen hatte, und einen kurzen Moment lang nahm sie seinen Anblick einfach in sich auf – unfähig, etwas zu sagen.

Unweigerlich musste sie daran denken, wie sehr er sich körperlich verändert hatte, seit sie ihn zum ersten Mal gesehen hatte. Damals als Zwanzigjähriger war er noch etwas schlaksig gewesen – ein hübscher Junge, der in die Höhe geschossen war und der sich unregelmäßigen Flaum wachsen ließ, den er Bart nannte und von dem er hoffte, dass er ihn erwachsen wirken ließ. So etwas hatte er heute nicht mehr nötig. Niemand hätte Jake heute einen Jungen genannt. Dafür war er zu groß, zu kräftig und zu präsent.

Der ehemalige Flaum hatte sich zu einem ansehnlichen Dreitagebart entwickelt, der gestern für das elektrisierende Prickeln auf Blairs Lippen verantwortlich gewesen war. Die ehemals hageren Schultern waren mittlerweile in die Breite gegangen und wurden heute dekorativ von einem dunkelblauen Sakko verborgen, das Blair die Knie weich werden ließ. Jakes Anblick im Anzug hatte nun einmal diese Wirkung auf sie. Sie mochte es, wenn er weiße Hemden trug, die ordentlich zugeknüpft waren, während eine Krawatte um seinen kräftigen Hals gebunden war.

Die Zehen in ihren High Heels zogen sich zusammen, während Blair plötzlich dankbar für dieses offizielle Probeessen war, denn so war sie wenigstens auf seinen Anblick im Anzug vorbereitet. Nicht auszudenken, dass er ihr diese Reaktion auf der Hochzeit entlockt hätte.

„Hey."

„Hey", erwiderte sie wenig geistreich und dafür gespielt gelassen. Er musste schließlich nicht wissen, dass sich sehnsüchtige Hitze zwischen ihren Schenkeln sammelte, während ihre Augen über seine Gestalt glitten.

„Wie war der Angelausflug?"

Ach ja ... der Angelausflug. „Sehr gut. Etwas regnerisch, aber sie haben trotzdem angebissen. Dein Dad hat einen Prachtburschen von neun Kilo aus dem Wasser gezogen. Ein Hecht."

„Mist, dann wird er uns vermutlich den halben Abend mit seinen Heldentaten unterhalten."

„Davon gehe ich aus", antwortete sie lächelnd und legte fragend den Kopf schief. „Wie war eure Anprobe?"

Augenblicklich verzog er das Gesicht und runzelte die Stirn. „Frag nicht."

„Wieso nicht? Schlimmer als mein Kleid kann es schließlich nicht werden."

Jakes Schnauben hatte etwas Leidendes an sich. „Wenn du dich da mal nicht täuschst! Harper hat mit Grants und meinem Outfit den Vogel abgeschossen. Ich frage mich ganz ernsthaft, ob meine Schwester gegen ein Alien ausgetauscht wurde."

„Komm schon, Jake. Jetzt bin ich neugierig."

„Nur wenn du nicht lachst." Er stieß den Atem aus und brummte: „Wir sollen Schottenröcke tragen."

Seine märtyrerhafte Miene zusammen mit der Vorstellung von ihm in einem Schottenrock ließ gurgelndes Lachen in ihr aufsteigen. Rasch presste sich Blair eine Hand gegen den Mund, aber auch das half nicht gegen die fröhlichen Laute aus ihrer Kehle.

„Lach nicht!"

„Entschuldige, aber ..." Sie konnte nicht anders und prustete vor Lachen. „Harper will, dass ihr Röcke tragt?!"

„Wir werden aussehen wie Clowns", prophezeite Jake düster.

Glucksend widersprach sie: „Du hast tolle Beine und kannst einen Rock problemlos tragen, Jake."

„Das ist kein Rock, sondern ein Kilt", belehrte er sie mit einem Augenzwinkern. „Ein wahnsinnig wichtiger Unterschied."

„Pardon. Du hast tolle Beine und kannst einen Kilt problemlos tragen", korrigierte sie sich mit aller gebotenen Ernsthaftigkeit.

„Vielen Dank. Wenn ich mich lächerlich mache, kann ich mich wenigstens damit trösten, dass ich tolle Beine habe. Das Problem ist nur, dass man nichts drunter tragen soll."

Wieder lachte sie auf. „Soll das heißen ...?"

„Keine Unterwäsche", bestätigte er mit einem Nicken.

„Und das war Harpers Idee?“

„Ja, war es.“

„Was passiert, wenn es draußen windig sein sollte und Grant und du plötzlich mit nacktem Hintern dasteht?“

„So weit scheint Harper nicht gedacht zu haben.“

„Deine Großtanten werden begeistert sein!“

„Das war auch mein erster Gedanke.“

Beide lachten und sahen sich einen verwirrend langen Moment schweigend an. Irgendwie wurde es zunehmend komisch, über Jakes fehlende Unterhose unter einem Kilt zu reden, während sie sich genau gegenüberstanden und zum ersten Mal seit Ewigkeiten relativ entspannt miteinander redeten und keinen Streit vom Zaun brachen. Das machte Blair nervös.

Es machte sie so nervös, dass aus ihr herausplatzte: „Im September ist es nicht sonderlich warm in Schottland. Ihr könntet euch ohne Unterwäsche etwas abfrieren. Wäre doch ziemlich schade.“

Nun grinste Jake breit und verschränkte die Arme vor der Brust, während er sie neugierig musterte. „Machst du dir gerade Sorgen um meinen Schwanz und meine Eier, Blair?“

Sie spürte, wie ihre Wangen zu brennen begannen. „Nein!“

„Das ist herzerwärmend. Wirklich.“

Abrupt schüttelte sie den Kopf. „Ich meinte nicht ...“

„Du hast gesagt, es wäre ziemlich schade, wenn ich mir etwas abfrieren würde", unterbrach Jake sie dreist.

„Eigentlich dachte ich an Harpers und Grants Hochzeitsnacht, du Idiot", widersprach sie heftig.

Unbeeindruckt feixte er weiter. „Und ich glaube, dass du viel eher daran gedacht hast, wie schade es wäre, wenn mein Schwanz und meine Eier Schaden nehmen würden."

„Hier kostet eine Übernachtung fast zweihundert Dollar", blaffte sie ihn an. „Könntest du bitte nicht in aller Öffentlichkeit deinen Schwanz und deine Eier erwähnen, Jake?"

Bedeutungsvoll sah er nach rechts und nach links. „Ich sehe niemanden außer uns beiden hier im Flur. Außerdem hast du doch mit dem Thema angefangen."

„Du verdrehst die Tatsachen. Ich wollte einen Witz machen – du wurdest vulgär."

„Und ich dachte, du würdest es mögen, wenn ich vulgär werde."

„Wovon träumst du eigentlich nachts?"

Darauf ging er gar nicht ein, sondern zwinkerte ihr vielsagend zu. „Willst du mit in mein Zimmer kommen und nachsehen, ob noch alles in Ordnung ist?"

So viel zu dem Thema, dass Jake und sie entspannt miteinander reden und keinen Streit vom Zaun brechen konnten. Blair zeigte ihm den Mittelfinger. „Besorg's dir selbst, Jake Kincaid!"

KAPITEL 10

Er konnte ab und zu ein richtiger Idiot sein.

Jake musste nicht einmal über den Tisch hinweg zu Blair schauen, um zu wissen, dass sie ihn am liebsten über offenem Feuer geröstet hätte. Er konnte ihr nicht einmal einen Vorwurf machen, schließlich hatte er es darauf angelegt, sie zu provozieren. Tja, das war ihm gelungen, wenn man bedachte, dass sie ihr Messer wie einen Dolch hielt und auf das bedauernswerte Stück Fleisch einstach, das bereits getötet und gekocht worden war.

Leider hatte er seinen Mund nicht davon abhalten können, irgendeinen Scheiß zu erzählen und sein Gehänge mit ins Spiel zu bringen, als sie einen Witz über fehlende Unterhosen gemacht hatte. Zwar hatte er gewusst, dass Blair keine sexuellen Absichten gehegt hatte, aber irgendwie war es ihm gelungen, ihr genau das mit einem Augenzwinkern zu unterstellen. Zu seiner Verteidigung musste er jedoch sagen, dass es ihm schwergefallen war, einen klaren Gedanken zu fassen, nachdem Blair in diesem Kleid vor ihm aufgetaucht war. Und in hohen schwarzen Schuhen.

Ein bisschen hatte er den Verdacht, dass sie die Schuhe ausgewählt hatte, um ihn zu foltern, schließlich wusste Blair, dass er jedes Mal einen monströsen Ständer bekommen hatte, wenn sie in hohe Schuhe geschlüpft war. Es musste etwas Genetisches sein, dass der Anblick ihrer Beine in Schuhen mit hohen Absätzen ihn in arge Bedrängnis brachte.

Und dann dazu das Kleid und ihre offenen Haare.

Sie musste doch wissen, welche Wirkung ihr Outfit auf ihn hatte.

Verdammt, sie hatte einfach die schönsten Brüste, die ihm jemals untergekommen waren – nicht, dass er in seinem bisherigen Leben sehr viele Brüste zu Gesicht bekommen hatte –, und in diesem Kleid waren sie ihm besonders ins Auge gefallen.

Aber weder das Kleid noch ihre offenen Haare noch die hohen Schuhe noch ihre fabelhaften Brüste hatten ihn derart konfus werden lassen. Es war ihr Lachen gewesen, das ihn diesen Unsinn hatte sagen lassen.

Blairs Lachen war ihm immer durch und durch

gegangen. Noch bevor er jemals einen Blick auf ihre Brüste geworfen hatte, war es ihr Lachen gewesen, in das er sich verliebt hatte. Im Gegensatz zu vielen Frauen, die nicht freiheraus von der Leber lachten, sondern geziert kicherten, konnte Blair schallend und so laut lachen, dass es einen regelrecht mitriss. Jake war schon immer ganz verrückt danach gewesen, sie lachen zu hören.

Leider hatte er genau das in den letzten Monaten ihrer Beziehung vermisst.

Es heute zu hören, war ein merkwürdiges Gefühl.

Da war es auch kein Wunder, dass er sich an den Gesprächen um ihn herum kaum beteiligte. Blair ebenso wenig.

„Clara und ich haben uns noch heute darüber unterhalten, warum ihr ausgerechnet im September heiraten wolltet, Harper-Schatz. Eine Sommerhochzeit im Juni oder Juli wäre doch viel schöner gewesen."

Da Jake langsam die Nase voll davon hatte, den ganzen Tag nichts anderes als Hochzeitszeug zu hören, versenkte er seine Gabel etwas heftiger als nötig in der Hühnchenbrust auf dem Teller vor sich. Dass Frauen so sehr auf diesen ganzen Kram abfuhren, verstand er sowieso nicht. Wenn es ums Heiraten ging, verloren selbst die vernünftigsten Frauen ihren Verstand. Seine Schwester war das beste Beispiel, wenn man bedachte, wie viel Geld, Zeit und Energie sie in einen einzigen Tag steckte, der auch nur vierundzwanzig Stunden hatte wie jeder andere auch. Jake hatte nichts gegen das Heiraten an sich – ganz im Gegenteil. Er war ein großer Fan von staatlich lanciertem Sex und Steuervorteilen für Ehepartner. Eheschließungen waren toll – weniger toll war der ganze Humbug, der damit einherging. Konnten sich zwei Menschen nicht einfach das Jawort geben, ohne den Tag ein Jahr lang zu planen und dafür den Wert eines Mittelklassewagens auszugeben?

„Der September ist der perfekte Zeitpunkt", erwiderte seine Schwester auf die Frage ihrer Großtante und schaute von ihrem Platz am linken Kopfende der Tafel zu ihnen herüber. „Der Monat passt genau in meinen Zeitplan hinein."

Sobald Jake das Wort *Zeitplan* hörte, musste er sich davon abhalten, laut und genervt zu seufzen. Harpers Zeitplan hatte es ihm nicht einmal erlaubt, seine Schwester darauf anzusprechen, warum sie ihn und ihren Zukünftigen in einen Rock stecken wollte. Ihm war es egal, ob die Schotten es Kilt nannten oder nicht. Für ihn war ein Rock ein Rock – und Männer trugen keine Röcke.

Grant bekam von der Unterhaltung zwischen seiner Verlobten und deren Großtanten nichts mit, da er am anderen Ende des Tisches saß. Dort unterhielt er sich mit Zac sowie seinem baldigen Schwiegervater, Lucy und Jakes Mom. Nichts schien sich bei ihnen um Hochzeiten zu drehen. Ganz im Gegenteil – sie lachten ständig und mussten einen Heidenspaß haben. Warum ausgerechnet Jake mitten im Pulk seiner anstrengenden Großtanten, seiner Schwester und Blair sitzen musste, blieb ihm ein Rätsel.

„Welchen Zeitplan meinst du, Harper?", flötete seine Großtante Clara und griff zum wiederholten Mal zu ihrem Weinglas. Ihr exzessiver Weinkonsum zusammen mit der Vorstellung von ihm in einem Kilt ohne Unterhosen würde ihn heute Nacht keinen Schlaf finden lassen.

Seine Schwester räusperte sich und erklärte geschäftsmäßig: „Nachdem Grant und ich beschlossen hatten zu heiraten, stand für mich schnell fest, dass wir in diesem September heiraten würden. In den nächsten Monaten ist das Wetter einfach nicht schön genug und die Vorweihnachtszeit würde eine Organisation schwierig machen, aber bis zum nächsten Sommer wollte ich nicht warten." Harper zuckte mit der Schulter. „Ich möchte erst einmal ein halbes Jahr verheiratet sein, bevor ich schwanger werde, um in der Zeit meine großen Mandanten gut versorgt zu wissen und nach einem Haus zu suchen. Und da ich nicht im Sommer hochschwanger sein möchte, musste es der September sein und nicht der Juni oder Juli. Auf diese Weise werde ich im März oder April schwanger werden und im Winter entbinden."

Jake hob den Kopf und blinzelte. Blair, die ihm

genau gegenübersaß, machte das Gleiche und wirkte ebenso entgeistert wie er.

Während seine Großtanten verständnisvoll nickten, schaute er sprachlos in die Runde und begegnete dabei Blairs Blick, der ihm zu sagen schien, dass er etwas unternehmen sollte.

„Das hast du ja genau geplant", säuselte Großtante Stella begeistert.

„Planung ist alles", kommentierte Harper gefasst.

Jake sagte noch immer nichts und bekam dafür sogleich die Quittung, als Blair unter dem Tisch den Absatz ihres Schuhs in seinem Fuß versenkte.

„Autsch!"

„Hast du etwas gesagt, Jake?" Harper schaute ihn neugierig an.

Er konzentrierte sich völlig auf seine Schwester, weil er ansonsten Blair den Hals umgedreht hätte. „Nein, habe ich nicht ... autsch!"

„Geht's dir gut?"

Zähneknirschend nickte er und brachte seine Füße aus Blairs Reichweite. „Ich bin nur überrascht darüber, dass du mich so bald zum Onkel machen willst." Angelegentlich griff er nach seinem Wasserglas und nahm einen Schluck.

„Ich peile den Januar übernächsten Jahres an, also hast du noch ein bisschen Zeit", entgegnete sie leichthin.

Nun räusperte sich auch Blair. „Du peilst einen

Geburtsmonat an, Harper? Denkst du nicht, dass das … mh … etwas utopisch ist?“

Harpers Stirnrunzeln besagte, dass sie Blairs Einwand nicht nachvollziehen konnte. „Was meinst du denn mit utopisch?“

Jake schnappte Blairs Blick auf, mit dem sie ihm zu verstehen geben schien, dass er ihr zu Hilfe kommen sollte. Er dachte im Traum nicht daran, sondern lehnte sich zurück, um die Show zu genießen. Es war ihm ein Vergnügen, Blair dabei beobachten zu können, wie sie sich wand.

„Nun … mh … ich denke einfach nicht, dass man eine Schwangerschaft so genau planen kann, weil … also … weibliche Zyklen können nicht …“ Sie hielt inne und nickte ihm auffordernd zu. „Jake, jetzt sag doch auch etwas!“

„Tut mir leid, aber was weibliche Zyklen betrifft, bin ich kein Experte“, erwiderte er und erntete ein Kichern seiner Großtanten. „Da solltest du einen Gynäkologen fragen, aber keinen Ingenieur. Für uns seid ihr ein Mysterium.“

Düster starrte sie ihn an. „Als Mann solltest du dich mit dem Mysterium Frau auskennen. Du bist doch ein Mann, oder?“

Er ließ sich von ihr nicht provozieren, sondern erwiderte völlig gelassen: „Das solltest du am besten wissen, schließlich gab es die eine oder andere Begebenheit, in der du mich nicht aus dem Bett gelassen hast."

Das Aufblitzen in ihren Augen sagte ihm, dass er sich lieber zurückhalten sollte, wenn ihm sein Leben lieb und teuer war.

„Hey, ihr beiden, ihr seid nicht allein", warf Großtante Stella kichernd ein. „So einen leidenschaftlichen Streit habe ich zuletzt zwischen Elizabeth Taylor und Richard Burton auf der Filmleinwand gesehen."

Da musste seine senile Großtante etwas verwechseln, sagte sich Jake und focht weiterhin sein Blickduell mit Blair aus.

„Du musst entschuldigen, aber Jake wird weder Elizabeth Taylor noch Richard Burton kennen, Tante Stella", warf Blair ein, wobei ihre linke Augenbraue nach oben zuckte und deutlich machte, wie wütend sie war. „Er findet nur selten die Zeit, etwas anderes zu tun, als in seinem Büro zu sitzen und zu arbeiten."

Jake presste die Lippen aufeinander und fragte sich, wie Blair es immer wieder schaffte, ihn innerhalb weniger Sekunden wütend zu machen. Und wie sie es schaffte, problemlos seinen wunden Punkt zu finden. „Manche Männer ziehen das Büro ihrer Wohnung vor, wenn sie keine Lust haben, nach Hause in ..."

„Können wir bitte das Thema wechseln?", bat Harper in die Runde und wirkte geknickt, während sie zwischen ihnen beiden hin und her sah. „Ich würde gerne einen netten Abend mit euch verbringen – ohne Streit."

„Das finde ich auch", erklärte Tante Clara rigoros. „Zeig mir lieber noch einmal deinen Ring, Schätzchen."

Jake beobachtete, wie seine Schwester ihrer Großtante den Ring an ihrem Finger zeigte, was bei dieser zu geradezu ekstatischen Lauten führte, die man sonst nur aus schlechten Pornos kannte. Für *das* Kopfkino war er niemandem der Anwesenden dankbar.

„Was für ein schöner Ring", gurrte Großtante Clara voller Bewunderung. „Der muss ja ein Vermögen gekostet haben!"

Auch wenn Großtante Clara vermutlich keine Antwort erwartete, zuckte Jake mit den Schultern und erwiderte schlicht: „Grant wird nicht schlecht verdienen, wenn man bedenkt, dass ein Verlobungsring drei Monatsgehälter kosten soll und Harpers Klunker die ungefähre Größe des Hope-Diamanten besitzt. Sie kann froh sein, wenn sie seinetwegen nicht überfallen wird."

Seine Großtanten schauten ihn völlig verdattert an, während Harper die Augen verdrehte und Blair die Stirn runzelte. Ihm waren die Reaktionen der Frauen um ihn herum ziemlich gleichgültig, weshalb er wieder nach seinem Besteck griff und das Fleisch weiter in Angriff nahm.

„Seit wann weißt du denn, wie viel ein Verlobungsring kosten soll?", wollte Blair argwöhnisch von ihm wissen.

Jake säbelte ein Stück der Hühnchenbrust ab und schob sie sich in den Mund. Vermutlich schmeckte das Gericht köstlich, doch bei dem Thema kam bittere Galle in ihm hoch, der jeglichen Geschmack überdeckte. „Seit dein Dad auf seiner Hochzeit mit dem vierkarätigen Verlobungsring geprahlt hat, den er Clarice geschenkt hat. Es war nur eine der unschätzbaren Lebensweisheiten, die er im Laufe der letzten Jahre von sich gegeben hat."

Augenblicklich verfinsterte sich ihre Miene, aber sie schwieg.

Auch Jake hielt den restlichen Abend über die Klappe und seine Laune war im Keller. Seit die Einladung zur Hochzeit seiner Schwester ins Haus geflattert war, kämpfte er gegen miese Laune und ein drückendes Magengefühl an. In den letzten zwei Jahren war einfach viel zu viel schiefgelaufen, als dass er hier lächelnd und heiter sitzen konnte, um Harpers Hochzeit zu genießen. Es hätte alles ganz anders kommen sollen ...

Wenn er dann auch noch an Blairs Vater erinnert wurde, der ihn stets wie einen leicht zurückgebliebenen, erfolglosen und dahergelaufenen Typen behandelt hatte, der nicht gut genug für seine Tochter war, weil seine Eltern in einem Einfamilienhaus in einer Vorstadt lebten und er lediglich ein angestellter Ingenieur war, dessen Jahresgehalt weit unter der Millionengrenze lag, wurde er wütend. Richtig wütend.

Deshalb blieb er nur so lange, bis Harper nicht meckern konnte, und verschwand in sein Zimmer, um dort seine Wunden zu lecken. Blair schien bis heute keinen Verdacht geschöpft zu haben, was damals auf der Hochzeit ihres Dads wirklich vorgefallen war. Nach allem, was seither passiert war, konnte Jake sogar froh darüber sein, denn im Nachhinein wollte er sich vor ihr keine Blöße geben.

Die Erinnerung an einen der wohl unangenehmsten Momente seines Lebens schob er weit von sich und beschloss, heute Abend früh ins Bett zu gehen, auch wenn er sich gerne betrunken hätte.

Er hatte sich gerade erst das Hemd aufgeknöpft, als es an seiner Tür klopfte.

Dass Blair vor ihm stand, irritierte ihn einen Augenblick lang. „Was willst du denn hier?"

„Wir müssen reden", beschied sie knapp und wirkte ganz und gar nicht irritiert, auch wenn sie dem Teil seiner nackten Brust, der zwischen den beiden Enden seines aufgeknöpften Hemdes sichtbar war, einen kurzen Blick schenkte. Ohne großes Federlesen drängte sie sich an ihm vorbei in sein Zimmer.

Ahnungslos schloss er die Tür und tat so, als wäre es völlig normal, dass seine Ex in seinem Zimmer stand, während er sich das Hemd auszog. „Meinetwegen, aber beeil dich mit deiner Ansprache. Ich bin müde und will ins Bett." Um die Botschaft seines letzten Satzes zu unterstreichen, warf er das Hemd über die Stuhllehne und gähnte laut.

Ganz und gar nicht eingeschüchtert von der Tatsache, dass sie in seinem Schlafzimmer stand und er kein Hemd mehr trug, verschränkte Blair die Arme vor ihrer Brust und maß ihn mit einer Mischung aus Sorge und Ärger. „Wir müssen über Harper sprechen, Jake. Irgendetwas stimmt nicht mit ihr. Das siehst du doch auch, nicht wahr?"

Er ließ den Kopf von rechts nach links kreisen, um Blair zu signalisieren, dass sie aus einer Mücke einen Elefanten machte. „Sie benimmt sich wie Brautzilla, okay. Aber so geht es doch den meisten Frauen kurz vor ihrer Hochzeit."

„Das ist mehr als Brautzilla und das weißt du auch." Sie rümpfte die Nase. „Selbst für ihre Verhältnisse übertreibt sie es gewaltig. Hast du nicht zugehört, als sie heute Abend ihren Schwangerschaftsplan vorgestellt hat? Herrje!"

„Vielleicht ist sie etwas übereifrig, was das betrifft."

„Deine Schwester benimmt sich wie ein Zombie, Jake. Ich mache mir Sorgen, dass sie sich verrannt hat und jetzt mit dem Kopf durch die Wand will."

Er rieb sich mit beiden Händen über das Gesicht und seufzte schwer. „Harper ist Harper. Sie verrennt sich nicht. Stattdessen plant sie gerne."

„Aber sie kann nicht ihr ganzes Leben planen",

widersprach Blair aufgebracht und sah aus, als würde sie im nächsten Moment mit dem Fuß aufstampfen, um sich mehr Nachdruck zu verleihen.

„Du siehst doch, dass sie das kann."

„Ich sehe nur, dass irgendetwas gewaltig schiefläuft, Jake. Ja, sie hat alles genau durchdacht, geplant und analysiert, aber ich befürchte, dass ihr Plan schiefgehen wird und sie dann umso heftiger auf dem Boden aufschlägt."

Blair sprach über das, was auch ihn in den letzten Tagen vermehrt beschäftigt hatte, denn Harpers Verbissenheit gab ihm zu denken. Dennoch zuckte er lakonisch mit den Schultern. „Sie weiß selbst, was gut für sie ist und was nicht."

„Sie ist deine jüngere Schwester, und du solltest herausfinden, ob bei ihr wirklich alles okay ist."

Trocken lachte er auf. „Ich soll was tun?"

„Rede mit ihr", erwiderte Blair mit ernstem Gesicht.

„Sie ist eine erwachsene Frau, Blair. Ich bin zwar ihr Bruder, aber das heißt nicht, dass ich mich in ihr Liebesleben einmischen kann. Zumal Grant ein netter Kerl ist, der ihr bestimmt guttut."

„Ich sage doch nicht, dass Grant kein netter Kerl ist …"

„Was soll dann dieses hochnotpeinliche Gespräch nur drei Tage vor ihrer Hochzeit?"

Aufgebracht presste sie die Lippen aufeinander, erwiderte jedoch nichts.

Jake seufzte schwer und machte einen Schritt auf sie zu, um Blair zu besänftigen. Er wollte nicht schon wieder mit ihr streiten und dann die halbe Nacht wach liegen, weil er jeden einzelnen Satz durchging, den er gesagt hatte und den sie gesagt hatte. Er war es leid, ständig die Klingen mit ihr zu kreuzen. Deshalb lächelte er schwach und senkte den Kopf ein Stück hinunter. „Komm schon, Blair. Harper ist erwachsen und die umsichtigste Person, die ich kenne. Ihr geht es fabelhaft.“ Es war ein Reflex, als er seine Hände beruhigend auf ihre Schultern legte – so wie er es in der Vergangenheit Dutzende von Malen getan hatte. Damals war es auch angemessen gewesen, aber das war es jetzt nicht mehr.

Hastig zog er seine Hände zurück und machte unwillkürlich einen Schritt nach hinten, während sich Blair sichtlich versteifte, aber den kleinen Körperkontakt absichtlich ignorierte. Stattdessen wurde sie noch starrköpfiger, auch wenn Jake nicht geglaubt hätte, dass dies möglich sein konnte.

„Ich finde überhaupt nicht, dass sie so aussieht, als ginge es ihr fabelhaft. Und wenn du dich endlich für deine Schwester interessieren würdest, anstatt deine Zeit nur damit zu verplempern, mich blöd von der Seite anzumachen oder über meinen Vater herzuziehen, würdest du das vielleicht auch endlich bemerken!“

Vor lauter Ärger sah er rot und fixierte sie scharf.

„Warum mischst du dich eigentlich in Harpers Angelegenheiten ein?“

„Ich bin ihre beste Freundin.“

„Dann rede du doch mit ihr!“

„Sag mal, willst du das nicht verstehen oder spielst du absichtlich den Unwissenden, weil ich diejenige bin, die sich um Harper sorgt?“

„Schwachsinn“, erwiderte er schnaubend. „Harper ist erwachsen und fällt ihre eigenen Entscheidungen. Ich habe kein Recht, mich in ihr Leben einzumischen.“

Verächtlich zogen sich ihre Mundwinkel hinab. „Das ist verdammt feige von dir, Jake Kincaid. Du kannst dich nicht so einfach aus der Affäre ziehen. Sie ist deine Schwester.“

„Das musst du nicht ständig betonen.“ Abgehackt schüttelte er den Kopf. „Ich ziehe mich aus keiner Affäre, sondern mische mich nicht in Harpers Leben ein. So einfach ist das. Sie braucht keinen älteren Bruder, der den autoritären Macho spielt.“

„Was sie braucht, ist eine Intervention. So wie damals, als wir Mac davon abgehalten haben, ihren Job zu kündigen und sich dieser Hippiekommune anzuschließen, die durch Mittelamerika reisen wollte.“

„Das kannst du nicht miteinander vergleichen“, widersprach Jake ihr müde. „Außerdem hat es nicht viel gebracht, weil Mac ein paar Wochen später sowieso gekündigt hat.“

„Ja, aber sie hat sich dieser komischen Truppe nicht angeschlossen."

Seufzend massierte sich Jake die Nasenwurzel. „Wir drehen uns im Kreis, Blair. Geh ins Bett."

„Wir müssen das ausdiskutieren, Jake!"

„Falsch, ich muss gar nichts tun, was du sagst", entgegnete er freundlich, aber bestimmt, und griff nach seinem Gürtel. „Für mich ist das Gespräch beendet, und jetzt ziehe ich mich aus, weil ich ins Bett gehen will. Meinetwegen kannst du dort stehen bleiben und mir zuschauen, wenn du nicht gehen willst, aber du hältst mich nicht davon ab, meine Klamotten loszuwerden."

„Du bist unmöglich!"

„Falsch, ich bin müde", korrigierte er sie in einem ruhigen Tonfall, der ihn überraschte. Gleichzeitig öffnete er seinen Gürtel und anschließend den Knopf, bevor er den Reißverschluss hinunterzog. Ihre Wut konnte er spüren, obwohl er nicht einmal hinsah. Und das machte ihn wütend, sodass er sich völlig in Rage redete. „Ich bin müde von meiner anstrengenden Schwester, die mich in den Wahnsinn treibt. Ich bin müde von einer extrem peinlichen Anprobe, die ich ohne Unterwäsche durchstehen musste. Und ich bin müde davon, von meiner Exfreundin, der ich sowieso nie etwas recht machen konnte, wegen jeder Kleinigkeit angeblafft zu werden. Also entschuldige, dass ich keine Lust habe, mich abends von dir anbrüllen zu lassen, während ich ins Bett gehen will. Als Abendbeschäftigung gibt es weitaus bessere Alternativen, Blair!"

„Wer sagt, dass du mir nie etwas recht machen konntest?", fuhr sie ihn lautstark an. „Das ist der größte Schwachsinn, den ich jemals gehört habe. Ich glaube, du suchst nur nach einer Ausrede, um dich nicht mit Harper auseinandersetzen zu müssen! Stattdessen versteckst du dich hinter fadenscheinigen Gründen – so wie du dich lieber mit deiner Arbeit beschäftigt hast. als unsere Probleme zu lösen!"

„Ich dachte, wir würden über Harper reden", warf er höhnisch ein und stemmte die Hände in die Hüften. „Wieso sprichst du plötzlich über unsere Trennung?"

„Weil ich ein Muster erkenne", höhnte sie zurück und stemmte ihrerseits die Hände in die Hüften, während sie sich angriffslustig vorbeugte.

Jake knirschte mit den Zähnen, weil er an ihrer triumphierenden Miene erkennen konnte, dass Blair sich im Recht sah. „Schwachsinn", versetzte er beinahe grob. „Es gibt kein Muster und ich verstecke mich nicht hinter fadenscheinigen Gründen. Ich glaube einfach, dass du nur glücklich bist, wenn du für Chaos sorgen kannst."

„Wie bitte?"

„Ja!" Jake zeigte mit dem Finger auf sie und bleckte geradezu die Zähne. „Du und ich streiten, seit du hier angekommen bist. Und da du es warst, die gerade an meine Tür geklopft hat, um mal wieder mit dir zu diskutieren, ist es doch glasklar, wer hier wen zum Streit provoziert!“

Blair schnappte nach Luft. „Hast du den Verstand verloren? Wenn hier jemand den anderen provoziert, dann bist du das!“

„Passt der Schuh?“, wollte er mit einem spöttischen Grinsen wissen, das sie offenbar tierisch wütend machte, weil sich ihr Gesicht vor Zorn rötete. Und um dem Ganzen die Krone aufzusetzen, machte er eine übertriebene Handbewegung, als wolle er sich verbeugen, und erklärte gespreizt: „In zehn Sekunden ziehe ich die Hose aus und trage keine Unterwäsche, also solltest du dir jemand anderen suchen, mit dem du diskutieren kannst.“

Eigentlich hatte er damit gerechnet, dass sie wütend aus dem Zimmer stürmen oder ihm sogar eine knallen würde. Womit Jake nicht gerechnet hatte, war, dass Blair ein Knurren ausstieß und ihn unvermittelt küsste.

Und mit Küssen meinte er einen heißen, stürmischen, leidenschaftlichen und fast raubtierähnlichen Kuss, der ihn in seinen Grundfesten erschütterte und ihm innerhalb weniger Sekunden einen Ständer verschaffte.

Blair stürzte sich unerschrocken auf ihn, umklammerte seinen Nacken mit beiden Händen und begrub seinen Mund unter ihrem. Jake war zu keinem klaren Gedanken fähig – nur zu dem, dass er den Kuss nicht unterbrechen wollte. Er wollte mehr von ihrem Mund, ihren weichen Lippen und der neckenden Zunge, die sich mit seiner einen wilden Schlagabtausch lieferte. Und von ihrem Geschmack wollte er ebenfalls mehr. Gott, genau das hatte er vermisst. Tiefe Küsse, elektrisierende Reibung am ganzen Körper, ihr Stöhnen in seinen Ohren und der liebliche, unverwechselbare Geschmack nach Blair – wie ein Schluck prickelnde Limonade an einem heißen Sommertag. Er war schon immer süchtig danach gewesen.

Gierig erwiderte er den Kuss, legte seine Hände auf ihre Hüften und griff beherzt zu, während er fürchtete, sich vor ihr zu blamieren und in Lichtgeschwindigkeit zu kommen, sollte sie sich weiterhin an ihm reiben und damit in den Wahnsinn treiben. Der Stoff ihres Kleides knisterte unter seinen Fingern, als er all die wundervollen Rundungen erkundete, mit denen Blair nicht geizte. Gleichzeitig spürte er durch den seidigen Stoff ihre harten Nippel, die sich an seiner Brust rieben.

Gegenseitig verschlangen sich ihre Münder in einem feuchten, heißen und sinnlichen Kuss, der ihm langsam den Sauerstoff abdrehte.

Mühsam und notgedrungen löste er seinen Mund von ihrem und starrte mit schwerem Atem und klopfendem Herzen in Blairs Gesicht, das sich nur wenige Zentimeter von seinem befand. Ihre Augenlider waren gesenkt, jedoch konnte er den verklärten Blick ihrer Augen sehen sowie das leidenschaftliche Funkeln darin, mit dem sie ihn bedachte. Was Jake jedoch sofort ins Auge sprang, war ihr Mund – feucht glänzend, leicht geöffnet und sichtlich geschwollen. Bei diesem Anblick zog er scharf den Atem ein.

Ganz automatisch schob Jake den Unterkiefer vor und biss die Zähne gewaltsam aufeinander. Nicht, weil er wütend war, sondern weil regelrechte Begierde durch seine Adern pulsierte. Dass sie sich noch immer eng an ihn presste und mit ihren Händen seinen Nacken umklammerte, während sich ihre Brüste bei jedem hastigen Atemzug an seiner Brust rieben, brachte ihn in arge Bedrängnis. Das Bedürfnis, Blair hochzuheben, gegen die Wand zu pressen und die animalische Lust, die in ihm tobte, freizulassen, wurde so überwältigend, dass sich ein Schleier über seine Augen legte.

Obwohl er glaubte, es nicht zu überleben, wenn er sie jetzt losließ, öffnete er den Mund, um ihr zu sagen, dass sie gehen sollte. Sex zwischen ihnen war nämlich eine verdammt schlechte Idee, auch wenn es sich grandios anfühlen würde.

Blair kam ihm jedoch zuvor, bevor er ihr eine Abfuhr erteilen konnte. Sehr einfach, aber umso effektiver ließ ihre rechte Hand seinen Nacken los und schob sie in seine geöffnete Hose. Währenddessen starrte sie ihn unverwandt an.

Zischend holte er Luft, als ihre Hand seine Erektion umschloss und sie gleichzeitig andächtig über ihre Unterlippe leckte. Gott, sie war süß, sexy und scharf zugleich. Und Jake hielt ihre Berührung nicht eine weitere Sekunde aus, ohne sie auch zu berühren.

Prompt warf er jeden Zweifel, dass dies hier eine gute Idee war, über Bord. Seine Hand verirrte sich in ihrem Haar und zog ihren Kopf ein Stück zurück, damit er sie tief und stürmisch küssen konnte. In einem Wirbel aus hitzigen Küssen und den beinahe verzweifelten Versuchen, sich gegenseitig auszuziehen, stolperten sie in Richtung Bett und wären beinahe zu Boden gegangen, als Blair seine Hose hinabzerrte. Seine Finger fummelten hektisch am Reißverschluss ihres Kleides herum, der sich nicht öffnen lassen wollte, während Blair ihn rückwärts aufs Bett kommandierte. Jake folgte ihrem stummen Protest nur allzu gerne und hob sie hoch, damit sie sich auf seine Hüften setzen konnte.

Rittlings hockte sie über ihm und beugte den Kopf, um ihn zu küssen.

Er ließ vom widerspenstigen Reißverschluss ihres Kleides ab und verlegte sich darauf, seine Hände über ihre nackten Oberschenkel wandern zu lassen und dabei das Kleid nach oben zu schieben. Angesichts des schwarzen Spitzenhöschens wurde sein Mund trocken.

Jake schluckte hart und presste seine Fingerspitzen in das feste Fleisch ihrer Oberschenkel, bevor er sie weiter nach oben wandern ließ und sich aufsetzte. Stöhnend küsste er sie und konnte nicht genug von ihr bekommen. Am liebsten hätte er sie überall gleichzeitig angefasst, gestreichelt und erforscht. Seine Durststrecke ließ ihn völlig den Kopf verlieren und ungeduldig werden.

Offenbar ging es Blair genauso. Während sie ihn küsste, hatte sie ihre Hände überall und presste sich rhythmisch gegen ihn.

Dass sie noch immer das Kleid trug, störte Jake ungemein, also nestelte er ein weiteres Mal an ihrem Reißverschluss herum, der sich endlich nach unten ziehen ließ. Anstatt ihr das Kleid über den Kopf zu ziehen, zerrte er es einfach hinunter. Den Kontaktverlust ihrer Lippen hätte er nicht eine Sekunde ertragen können, also bauschte sich ihr Kleid zerknüllt um ihre Hüften.

Blair trug keinen BH.

Stöhnend glitt er mit seinen Händen erst über ihre Schenkel, ihren Po und den Rücken hinauf, bevor er ihre Brüste umfasste. Auch Blair stöhnte – direkt in seinen Mund hinein, als seine Daumen über ihre harten Brustwarzen strichen. Sein Mund wanderte über ihre Wange bis zu ihrem Hals, über den er langsam leckte, weil er wusste, wie sehr ihr das gefiel. Der Hals war eine ihrer erogensten Zonen.

Jake wurde mit einem Wimmern belohnt, das ihn fast kommen ließ.

Er zitterte, als er ihr unter Mühen das Höschen abstreifte, und wusste wirklich nicht, wie lange er durchhalten würde. Blair gab ihm keine Möglichkeit, das Ruder in die Hand zu nehmen, sondern ließ sich auf ihn sinken, sobald er ihr die Unterwäsche ausgezogen hatte. Ihm stockte der Atem, als er in sie eindrang und sie sich langsam auf ihn sinken ließ und dabei mit einer Hand seinen Oberarm umklammerte. Unwillkürlich fuhr er sich über die trockenen Lippen und hielt ihren Blick fest. Jake wollte ihr nämlich in die Augen sehen, als er sich in ihr vergrub und auf ihr langsames Kreisen mit den Hüften reagierte, indem er die Zähne fest zusammenbiss. Seine Hände umspannten ihre Taille und seine Daumen zogen kleine Kreise um ihren Bauchnabel. Das winzige Erschauern, das er in ihrem Körper spüren konnte, ließ ihn hungrig Luft holen.

Mit einem unterdrückten Stöhnen legte sich Jake zurück, als sich Blair zu bewegen begann, und zog sie mit sich. Keiner von beiden sagte ein Wort, als sie einen gemeinsamen Rhythmus fanden, sich hemmungslos aneinander festhielten und einander in die Augen schauten, während er immer wieder in sie eindrang und Blair auf jede seiner Bewegungen mit einem Zucken ihrer Hüften reagierte.

Schwerer Atem, tiefes Stöhnen und das Geräusch eines quietschenden Bettgestells erfüllten den Raum. Unermüdlich und immer schneller steigerten beide den Takt. Jakes Augen brannten und konnten sich von ihrem Anblick nicht losreißen, wie sie mit zerzaustem Haar, roten Wangen, vor Lust verzogenen Gesichtszügen und wogenden Brüsten auf ihm saß und sich leidenschaftlich bewegte.

Sex mit Blair war immer atemberaubend, ekstatisch und intensiv. Das hier besaß jedoch eine Intimität, die über normalen Sex hinausging.

Jake spürte, dass seine Lust rasant anstieg und durch seine Adern rauschte. Auch Blair schien kurz vor ihrem Höhepunkt zu stehen. Mit einem unterdrückten Stöhnen vergrub er seine Finger in ihrem Po und schloss die Augen, weil er den Blickkontakt abbrechen wollte, wenn sie beide kamen. Er wollte ihr nicht noch mehr Macht über ihn zugestehen, als sie ohnehin besaß.

Ihren Orgasmus spürte er bis in die Fußsohlen und fluchte laut, als er wenige Sekunden später kam und glaubte, an einem Herzinfarkt zu sterben, weil seine alte Pumpe diese Explosionen ganz unmöglich überstehen würde.

Er starb nicht.

Blair ebenfalls nicht.

Stattdessen lehnte sie sich vor, lag ein paar wundervolle, verstörende Sekunden auf ihm, bevor sie sich langsam zur Seite fallen ließ und ebenso schwer atmend wie er neben ihm im Bett lag.

Wieder sagte keiner ein Wort, bis Blair flüsterte: „Das war ..."

„Ich weiß", entgegnete er krächzend, nachdem sie nicht weitergesprochen hatte.

Vorsichtig bewegte sie sich neben ihm, blieb jedoch liegen. Ihre Unsicherheit war zum Greifen nah. „Dafür bin ich nicht hergekommen, Jake."

Langsam drehte er den Kopf nach rechts und beobachtete, wie sie ihn zögerlich musterte. „Wofür dann?"

Ihre Augenbrauen bewegten sich ein paar Zentimeter und verliehen ihr einen missmutigen Ausdruck. „Wegen Harper."

In seinen Ohren klang es, als bedaure sie den Sex bereits. Das hinterließ in seiner Kehle einen bitteren Nachgeschmack, schließlich war der Sex fantastisch gewesen und hatte es geschafft, ihn völlig aus dem Konzept zu bringen. „Soll das heißen, dass wir wegen Harper miteinander geschlafen haben?"

„Nein, das soll heißen, dass ich nicht mit der Absicht an deine Tür geklopft habe, Sex mit dir zu haben."

Jake setzte sich auf und stützte sich mit den Handflächen auf der Matratze ab. „Willst du damit sagen, dass ich dafür verantwortlich bin, dass du deine Hand in meine Hose geschoben hast?"

„Nein, das will ich nicht damit sagen", widersprach sie heftig. „Warum verstehst du nur immer alles falsch?"

Er schnaubte auf, während Blair aus dem Bett stieg. „Ich verstehe es genau richtig. Hast du mir nicht gestern gesagt, dass wir unseren Streit immer mit Sex gelöst hätten und dass du das nicht mehr wolltest?"

Jake beobachtete, wie sie ihr Kleid über die Hüften nach unten schob, fahrig den Stoff glättete und mit den Armen in die winzigen Ärmel schlüpfte. Gott, sie sah wundervoll aus. „Nichts für ungut, Blair, aber das hier kam von dir. Tu jetzt also bitte nicht, als wäre ich schuld daran, dass wir gerade einen Quickie geschoben haben."

Jake wusste selbst nicht, warum er in diesem ätzenden Tonfall von einem Quickie sprach. Oder warum er plötzlich so wütend war.

„Einen Quickie geschoben", wiederholte sie, als spräche sie nicht zu ihm, sondern zu sich selbst, während sie verächtlich mit der Zunge schnalzte und in ihre Schuhe schlüpfte. „Du bist so ein Arschloch, Jake Kincaid."

In seinem Magen machte sich ein widerliches Gefühl breit. Nichtsdestotrotz wollte er angriffslustig wissen: „Warum? Weil ich die Wahrheit sage?"

„Du sagst nicht die Wahrheit", fuhr sie ihn an und musterte ihn eindringlich. „Du siehst nur das, was du sehen willst. Nimm doch Harper ..."

„Jetzt fang nicht schon wieder damit an!"

„Sie ist deine Schwester. Familie ist wichtig, Jake."

Es waren der lang aufgestaute Ärger, der pure Pessimismus der letzten zwei Jahre und die traurige Erkenntnis, dass Blair recht hatte, die ihn dazu verleiteten, folgende Antwort zu geben: „Und das weißt du woher?"

Noch bevor er die Frage zu Ende gestellt hatte, hätte er sich liebend gerne die eigene Zunge herausgerissen. Blairs Reaktion verstärkte diesen Wunsch um ein Vielfaches, da sie ihre Augen weit aufriss und sich sichtlich verkrampfte. Er hatte sie verletzt. Sie hatte recht: Er war ein Arschloch.

„Blair", flüsterte er entschuldigend ihren Namen, doch es war zu spät.

Wortlos drehte sie sich um und verließ sein Zimmer. Dass sie die Tür leise hinter sich schloss, machte ihm mehr zu schaffen, als wenn sie diese aus den Angeln gerissen hätte. Voller Selbstekel senkte Jake den Kopf.

Irgendetwas sagte ihm, dass er niemals von dieser Frau wegkommen würde.

Wie sollte er auch, wenn sich allein der Anblick ihres verletzten Gesichtsausdrucks wie ein Messerstich direkt durch sein Herz anfühlte?

KAPITEL 11

Donnerstag

NORMALERWEISE WAR DAS GEFÜHL, das man nach dem Sex hatte, unglaublich und fantastisch. Kein Wunder, schließlich verbrachten Männer mehrere Stunden am Tag damit, an Sex zu denken, und stellten die unmöglichsten Dinge an, um das andere Geschlecht ins Bett zu bekommen. Frauen auch – wozu sonst trugen sie Make-up und gaben Unmengen von Geld für hübsche Unterwäsche aus, wenn nicht zu dem Zweck, um Männer aufzureißen?

So weit die Theorie.

Blair musste nun jedoch feststellen, dass sich das Gefühl nach dem Sex grauenvoll anfühlen konnte.

Einen nicht unerheblichen Anteil daran hatte der Mann, mit dem sie gestern geschlafen hatte und der jetzt gerade ihre Aufmerksamkeit auf sich ziehen wollte, als die kleine Hochzeitsgesellschaft vor der Lodge in den gemieteten Bus stieg. Sie dachte gar nicht daran, mit ihm zu reden! Da Blair die entschlossene Miene jedoch kannte, die Jake aufgesetzt hatte, packte sie Lucys Hand und zerrte sie hinter sich in den Bus hinein, um zu verhindern, dass er sie ansprach.

Ihre Freundin beschwerte sich zwar darüber, in den Bus gezerrt zu werden, setzte sich dennoch brav neben sie.

Erleichtert atmete Blair aus, drückte sich in die Ecke und sah demonstrativ aus dem Fenster, als Jake in den Bus stieg. Solange Lucy neben ihr saß, würde er nicht ...

„Lucy, würdest du mich neben Blair sitzen lassen? Ich muss etwas mit ihr besprechen."

Abrupt wandte sie den Kopf nach rechts, wo Jake neben ihrer Sitzreihe stand. „Such dir einen anderen Platz", zischte sie ihm zu und griff nach Lucys Hand, um sie davon abzuhalten, aufzustehen und sie mit ihm allein zu lassen. „Der hier ist belegt."

Völlig verdattert sah Lucy von einem zum anderen, während Blair ihn mit einem tödlichen Blick musterte, den er unerschrocken erwiderte.

„Ich will mit dir reden."

„Aber ich will nicht mit dir reden."

Jake zuckte mit den Schultern. „Auch gut, dann setze ich mich nach vorn und brülle meine Entschuldigung halt durch den ganzen Bus, damit jeder mitbekommt, dass wir gestern Sex hatten und es mir leidtut, dass ich dich mit meinen Worten in die Flucht geschlagen habe, bevor du dein Höschen anziehen konntest."

Sie spürte, wie sie rot wurde, während Jake weiterhin die Lässigkeit in Person war und völlig unerschrocken vor ihr aufragte. Neben ihr prustete Lucy vergnügt, und Blair hatte den schwachen Verdacht, dass auch Zac, der in der Reihe vor ihnen saß, Jakes Kommentar mitbekommen haben musste, weil er sich vernehmlich räusperte.

Irgendwann würde sie Jake noch einmal umbringen!

„Okay, Leute, ich bin raus." Lucy kicherte amüsiert und entzog ihr die Hand, während sie sich erhob. „Mehr Details will ich gar nicht wissen."

„Lucy", zischte Blair, als ihre Freundin den Rückzug antrat und sie mit Jake allein ließ.

Dieser setzte sich wie selbstverständlich neben sie und rückte auch noch unerträglich nah an sie heran. Blair versteifte sich und starrte auf den Sitz vor sich, während sie die Hände zu Fäusten ballte. Ausgerechnet heute konnte und wollte sie seine Anwesenheit nicht ertragen. Außerdem konnte sie sich selbst nicht trauen, was Jake betraf. Der gestrige Abend war das beste

Beispiel dafür. Wenn sie sich nicht gestritten hätten, wäre Blair vermutlich ein zweites Mal über ihn hergefallen, weil das erste Mal nicht genug gewesen war.

Ihr Kopf sagte ihr, dass sie Abstand zu ihm halten sollte, aber ihre Hormone spielten verrückt, weil er unglaublich gut roch, eine wunderbare Wärme verströmte und sich in den vergangenen Jahren regelmäßig um ihre Orgasmen gekümmert hatte – der Mistkerl.

„Wenn du kotzen musst, dann nicht in meinen Schoß. Der ist Sperrgebiet", blaffte sie ihn feindselig an, ließ sich jedoch nicht dazu herab, in seine Richtung zu schauen.

„Keine Sorge, ich habe eine Tablette genommen. Mir wird schon nicht schlecht." Er räusperte sich. „Und was das Sperrgebiet betrifft, gestern Abend hast du ..."

„Solltest du auf den bedauernswerten Umstand zu sprechen kommen, dass ich so dämlich war, mit dir zu schlafen, kannst du dir den Atem sparen. Es wird sowieso nicht mehr dazu kommen." Geradezu boshaft stieß sie ihn mit dem Ellenbogen in die Seite, als sie ihr Handy aus der Jackentasche zog und ihre Mails aufrufen wollte.

„Was tust du da?"

„Ich schaue nach meinen Mails. Das solltest du auch tun, immerhin bist du der Workaholic von uns beiden. Ich mache nur Werbung für Fußdeos."

Komischerweise ließ er sich von ihr nicht provozieren. „Du hast hier doch bestimmt kein Handynetz, oder?"

„Nein, habe ich nicht", stimmte sie ihm zu und schaute dennoch auf ihr Handy. Wenn er ihr schon vorwarf, stur zu sein, wollte sie diesen Eindruck bestätigen.

„Aha. Also starrst du auf das Handy, um mit mir nicht reden zu müssen." Das war keine Frage.

„Exakt."

„Interessant", urteilte Jake leichthin. „Man könnte meinen, dass du mich total abstoßend finden musst."

„Abstoßend nicht, Jake, und das wissen wir beide."

„O ja, das wissen wir." Er kicherte und stupste sie in die Seite, während sich seine Stimme etwas senkte. „Meinen Körper findest du nicht abstoßend, sonst hättest du mich gestern Abend nicht mit deiner scharfen Hand-in-die-Hose-Nummer überrascht. Woher kam überhaupt diese Anwandlung?"

„Vorübergehende Unzurechnungsfähigkeit. Außerdem hatte ich nachmittags ein schmutziges Buch gelesen", log sie schamlos. „Ich war schon ganz kribbelig. Da kamst sogar du recht, um meine hormonbefeuerte Pornofantasie zu erfüllen."

„*Sogar* ich?" Er brach in schallendes Gelächter aus, das sie nun doch aufsehen ließ. Hätte sie es nicht getan, denn seine strahlend blauen Augen mit den winzigen Knitterfältchen und sein lächelnder Mund befeuerten ihre Hormone auf der Stelle auf ein Neues. „Dafür war ich also gut genug? Um deine Pornofantasien zu erfüllen?“

„Du wolltest es doch auch, immerhin habe ich dich nicht dazu gezwungen, deine Hose aufzuknöpfen. *Das* war ganz allein deine Idee. Jetzt leb gefälligst mit den Konsequenzen“, riet sie ihm gelassen.

„Ich fühle mich sexuell ausgebeutet“, klagte Jake glucksend.

„Gern geschehen“, antwortete sie gespielt freundlich.

„Clara und ich bekommen hier alles mit“, rief Jakes Großtante Stella plötzlich vergnügt von der Sitzreihe direkt hinter ihnen.

„Ja, und es ist sehr aufschlussreich“, stimmte ihre Schwester ihr kichernd zu.

Blair verdrehte die Augen und hob eine Hand, um ihnen lässig zu winken. „Jake und ich freuen uns, euch unterhalten zu können.“

„Uns würde interessieren, welches Buch du gemeint hast“, zwitscherte Clara und erntete ein Kichern ihrer Schwester.

„Kein Problem, ich gebe es euch heute Abend“, ließ sich Blair entspannt vernehmen und steckte ihr Handy weg.

„Du willst meinen Großtanten einen Porno geben?“, flüsterte Jake ihr teils entsetzt, teils amüsiert zu.

„Deine Großtanten sind über siebzig“, raunte sie zurück und drehte den Kopf in seine Richtung. Sie konnte seinen Atem auf ihrer Haut spüren. „Ganz bestimmt haben sie in ihrem Leben schon das eine oder andere Mal Sex gehabt. Hast du Angst, ich würde die beiden verderben?“

„Vielleicht habe ich auch einfach nur Angst, dass ich beim nächsten Mal, wenn du dank eines schmutzigen Buches hormonbefeuerte Pornofantasien an mir ausleben willst, Kopfkino habe, weil ich das Bild nicht loswerde, wie meine Großtanten ebendieses Buch lesen.“

Blair musste sich dazu zwingen, ihre Hormone zu bändigen, die angesichts der Botschaft seiner Worte und seiner heiseren Stimme einen Balztanz aufführten, der seinesgleichen suchte. Besonders stolz war sie auf ihre ruhige Stimme, die geradezu süffisant erwiderte: „Keine Chance, Jake. Das, was gestern passiert ist, wird sich nicht wiederholen.“

„Wiederholung impliziert, dass wir das Gleiche tun würden, aber wir könnten es ja variieren“, schlug er so beiläufig vor, als würde er darüber reden, was sie mittags essen sollten. „Zum Beispiel könntest du beim nächsten Mal das Kleid ausziehen und mich ein paar Dinge tun lassen, von denen ich weiß, wie gerne du sie hast.“

Sie musste lachen und schnauben zugleich. Selbst in ihren Ohren klang es fürchterlich. „Kein Sex, kein Fummeln und keine Küsserei.“ Nachdrücklich schüttelte Blair den Kopf und lehnte sich in ihrem Sitz zurück. Freundlich erinnerte sie ihn: „Wir sind kein Paar mehr."

„Aber wir könnten Freunde mit Vorzügen sein."

Sein Vorschlag, auch wenn er nicht ernst geklungen hatte, versetzte ihr einen Stich und verengte ihre Kehle. „Freunde werfen sich nicht solche Dinge an den Kopf, wie du es gestern Abend getan hast, Jake."

Er wurde verdächtig ruhig. Jede Leichtigkeit, die gerade noch zwischen ihnen geherrscht hatte, war wie weggeblasen. Sehr viel ernster und bedächtiger als zuvor seufzte er leise. „Ich weiß. Und ich muss mich dafür bei dir entschuldigen, Blair. Du weißt, dass ich es nicht so gemeint habe."

„Nein, das weiß ich nicht." Sie schluckte schwer und suchte seinen Blick. Irgendetwas in seinen Augen ließ sie stutzen. „Ich werde das Gefühl einfach nicht los, dass du mir absichtlich wehtun wolltest, Jake. Und das macht mir zu schaffen."

„Scheiße, Blair." Er rückte nah an sie heran und zwang sie allein mit seiner Haltung dazu, ihm direkt ins Gesicht zu sehen. „Das ist Unsinn und das weißt du auch. Ich war wütend und habe geredet, bevor ich nachdenken konnte. Ich wollte dir nicht wehtun."

Seine Worte waren wie Balsam auf ihrer Seele, weil sie ehrlich klangen und weil sie ihm glaubte. Weniger gut fühlte es sich an, zum ersten Mal seit Ewigkeiten mit ihm zu reden, anstatt zu streiten, aber zu wissen, dass es längst zu spät war.

„Okay." Sie nickte. „Entschuldigung akzeptiert."

„Dank dir." Seine Mundwinkel kräuselten sich. „Früher hätten wir jetzt Versöhnungssex gehabt."

„Du willst es in Anwesenheit deiner Großtanten tun?" Blair schüttelte gespielt schockiert den Kopf. „Jacob Kincaid, hast du dich in einen Perversen verwandelt?"

„Sagte die Frau mit den hormonbefeuerten Pornofantasien!"

Grinsend zuckte sie mit den Schultern. „Wenn du mich nett bittest, leihe ich dir das Buch vielleicht."

„Ich kann euch nur raten, die Schuhe zu wechseln und stattdessen unsere Gummistiefel anzuziehen. In den letzten Wochen hat es häufig geregnet, weshalb wir durch viele tiefe Schlammpfützen fahren werden. Außerdem ist der Fluss ziemlich hoch. Es wird feucht und dreckig werden. Noch Fragen?"

Auf die Frage ihres Tourguides folgte Stille, die wohl auch damit zu tun hatte, dass der ungefähr sechzig Jahre alte Mann mit dem ellenlangen Bart und der Pudelmütze auf dem Kopf ziemlich kurios war. Und man verstand ihn dank des harten schottischen Akzents kaum. Jedenfalls ging es Blair so.

Die Erwähnung, dass es feucht und dreckig werden würde, war nur das i-Tüpfelchen.

„Äh ... wie feucht und dreckig wird es denn werden?“, fragte Jake mit allem gebotenen Ernst, den Blair ihm keine Sekunde lang abkaufte. „Ich frage nur, um vorbereitet zu sein.“

Lucy kicherte. Auch Blairs Mundwinkel zuckten, jedoch stieß sie ihn tadelnd in die Seite.

Ihr Guide, der sich vor wenigen Minuten als Duncan vorgestellt hatte, schien an Jakes Frage nichts Auffälliges zu finden. „Sehr feucht und dreckig. Mich würde es nicht wundern, wenn ihr euch anschließend nackig machen müsst, um die Sauerei abzuwaschen. Natürlich könnt ihr euch doppelt schützen und noch etwas drüberziehen.“

„Aha ... also die Gummistiefel?“, hakte Jake gespielt ernst und interessiert nach.

„Ja, nen Gummi ist gut, um sich zu schützen, damit ihr euch nichts einfangt.“

„Meine Rede.“

Jetzt begannen auch noch Zac, Grant und Jakes Dad wie die Komiker zu glucksen.

Blair verdrehte die Augen und hoffte, dass Duncan sie nicht alle rauswarf, wenn es so weiterging. Sie wollte diese Quadtour nämlich unbedingt machen und hatte keine Lust, sich Jakes Großtanten und seiner Mom anzuschließen, die nicht weit entfernt in einem malerischen Cottage saßen und Tee tranken.

Die Hochzeitsgesellschaft war rund eine Stunde gefahren, um nach Aviemore zu kommen – einem wahren Paradies für Aktivurlauber. Von Wanderungen, Wildwasserrafting, Skitouren, Angelausflügen und Trekkingausritten mit Pferden war alles dabei. Sie hatten sich jedoch für eine Quadtour durch den Nationalpark entschieden, was Blair nur gelegen kam, schließlich hatte sie nach dem gestrigen Abend etwas Muskelkater und wäre ungern kilometerlang gewandert.

„Um euren Kopf zu schützen, müsst ihr Helme tragen. Du siehst aus, als würdest du eine große Größe brauchen", erklärte Duncan und warf Jake einen Helm zu, den er aus dem Regal neben sich gefischt hatte.

„Das muss ich in der Tat", entgegnete Jake geradezu großkotzig und zwinkerte Blair zu.

Bedeutungsvoll zog sie eine Augenbraue in die Höhe. „Der gute Mann meint deinen Dickschädel, Jake. Und vielleicht dein übergroßes Ego. Ansonsten reicht die Standardgröße völlig aus."

Jonathan, Grant und Zac brachen in schallendes Gelächter aus. Lucy bekam offenbar einen Schluckauf, und Jake wirkte, als würde er ihr jeden Moment den Hals umdrehen wollen. Gleichzeitig funkelten seine Augen auf eine Art und Weise, die ihr sagte, dass ihm ihr Schlagabtausch Spaß machte.

Augenzwinkernd ließ sie ihn stehen, um sich einen Helm auszusuchen und spontan den Helm mit den pinken Hasenohren zu nehmen. Unter Kichern und lautem Lachen staffierte sich ihre Gruppe entsprechend aus, schlüpfte in Gummistiefel und wurde dann von Duncan in den Gebrauch der Quads eingewiesen. Die vierrädrigen Maschinen standen ordentlich in Reih und Glied vor ihnen und warteten nur darauf, dass sie angeworfen und auf eine Spritztour mitgenommen wurden. Beim Anblick der Quads hoffte Blair, dass sie sich nicht blamierte, indem sie beispielsweise das Ding im Fluss versenkte, oder dass sie nicht darunter begraben wurde. Fahrtechnisch war sie nun einmal nicht sonderlich begabt.

Das musste auch Jake gedacht haben, als er für alle hörbar rief: „Das müsste ein Gefährt ganz nach deinem Geschmack sein, Blair. Mit dem Ding schaffst du dir deine Parkplätze selbst, falls nicht genug Platz da ist."

Sie streckte ihm die Zunge heraus und rief anschließend lauthals zurück: „Bist du sicher, dass du mit uns mithalten kannst, Jake? Immerhin fährst du Auto wie eine lahme Ente und wir wollen vor Anbruch der Dunkelheit wieder in der Lodge sein."

„Wir können ja wetten ..."

„Nein, vielen Dank. Du bist ein schlechter Verlierer, und niemand will sich dein Genörgel anhören, weil du verloren hast. Und du wirst verlieren", prophezeite sie, als sie sich den Helm aufsetzte.

Sein breites Grinsen konnte sie sich nur dadurch erklären, dass sie einen Helm mit pinken Hasenohren trug und in seinen Augen vermutlich nicht besonders ernst zu nehmend oder gar bedrohlich wirken musste.

„Kommt auf den Einsatz an", entgegnete er zweideutig und schloss den Verschluss unter seinem Kinn. Obwohl er mit dem Helm auf dem Kopf und den Gummistiefeln an den Füßen ziemlich lächerlich aussah, hielt das Blair nicht ab, gewisse Pornofantasien mit ihm in der Hauptrolle zu entwickeln.

Duncan wies ihnen glücklicherweise genau in dem Moment die Quads zu, als Blair ernsthaft darüber nachdachte, mit Jake eine Wette einzugehen. Als sie sich auf ihr Quad schwang und Duncan den Motor anstellte, gab es Wichtigeres zu bedenken – beispielsweise das ratternde Gefährt unter ihrem Hintern zu beherrschen. Bevor es ins Gelände ging, mussten sie im Kreis hintereinander ein paar Übungsrunden drehen, die unter lautem Gelächter vonstattengingen, da Jakes Dad ständig mit seinem Quad gegen Zacs fuhr, der daraufhin Gas gab und fast Lucy gerammt hätte.

Anscheinend machte Blair ihre Sache ganz gut, da sie von Duncan dazu auserkoren wurde, als Letzte zu fahren, sobald es ins Gelände ging.

Vor ihr fuhr Jake und bei dem Anblick seines ständig in die Höhe hüpfenden Hinterns, sobald er eine Bodenwelle mitnahm, brach sie regelmäßig in Gelächter aus. Es war nun einmal ein witziger Anblick, einen so großen, kräftigen Mann in die Luft hüpfen zu sehen, wann immer er über eine Erdschwelle fuhr.

Trotz des lauten Motorengeräusches ihrer Quads genoss Blair die fantastische Natur um sie herum. Sie fuhren durch dichte, grüne Wälder, über Feldwege, die von violettem Heidekraut gesäumt waren, und durch matschige Täler, in denen sie vermutlich stecken geblieben wären, wenn sie nicht einen ordentlichen Zahn draufgehabt hätten. Und tatsächlich hatte Duncan recht gehabt, denn ihre Gummistiefel waren bereits von oben bis unten voll von Schlammspritzern. Sogar ihre Jeans hatte etwas abbekommen.

Als es einen steilen Abhang hinunterging, wäre sie Jake fast hinten draufgefahren, weil er tatsächlich wie seine eigene Urgroßmutter vor ihr herschlich. Komischerweise gab er gleich darauf Gas, sobald sie durch einen tiefen Bach fuhren, und er produzierte somit einen ordentlichen Wasserschwall, den Blair komplett abbekam.

Prustend schluckte sie Wasser und fühlte, wie die eiskalte Nässe sogar durch ihre angeblich wasserdichte Jacke drang. Währenddessen fuhr Jake weiter, als wäre nichts passiert. Schlotternd vor Kälte gab Blair Gas und knirschte mit den Zähnen. Das würde er irgendwann zurückbekommen.

Ihre Chance kam schneller als gedacht, denn Duncan ließ sie kurz darauf auf einem Feld halten, von dem man eine unglaubliche Aussicht auf den Nationalpark hatte. Das Feld selbst sah eher wie das Überbleibsel eines Rugbykampfplatzes nach einem Monat Dauerregen aus. Sogar in Schrittgeschwindigkeit spritzte der Schlamm bis auf Kniehöhe, als Blair weiter vorfuhr, um die Aussicht zu genießen.

„Normalerweise weiden hier unsere Hochlandrinder, aber die haben wir vor ein paar Tagen auf eine andere Weide getrieben, weil der Zaun durch einen Sturm beschädigt wurde. Ihr solltet hier besonders viel Abstand zu eurem Vordermann halten, weil der Dreck unter euren Rädern nicht nur Schlamm ist, sondern auch Kuhscheiße. Und niemand will die im Gesicht haben", erläuterte Duncan mit professioneller Ruhe. „Falls ihr wissen wollt, wie unsere Rinder schmecken, könnt ihr sie in unserem Café probieren. Ich empfehle unser Tagesgericht, das Roastbeefsandwich mit karamellisierten Zwiebeln. So, du fährst dieses Mal hinter mir und dann kommst du." Duncan deutete erst auf Blair und dann auf Jake.

Blair war noch ein wenig konfus wegen der Erwähnung des Roastbeefsandwiches aus eigener Zucht, da sie bei der Ankunft die süßen Hochlandkälber bewundert hatte, die friedlich auf der Weide neben dem Parkplatz gegrast hatten. Obwohl sie gerne Fleisch aß, würde sie hier lieber die vegetarische Alternative wählen.

Da sie in Gedanken versunken gewesen und nicht sofort losgefahren war, räusperte sich Jake vernehmlich: „Auch wenn es hart ist, nicht länger hinter mir herzufahren und dabei meine spektakuläre Rückansicht zu bewundern, solltest du jetzt lieber losfahren, Blair."

Sie zuckte zusammen und blinzelte ungläubig. Über ihre Schulter hinweg sah sie ihn an und entdeckte sein großspuriges und insbesondere wissendes Grinsen. Das Grinsen erwiderte sie, und sie war sich bewusst, dass sie verschlagen aussehen musste, als sie beide Bremsen anzog und ordentlich Gas gab.

Eine wahre Schlammfontäne bildete sich an ihren Hinterrädern und spritzte geradewegs in Jakes Richtung. Und landete genau auf seiner Brust und in seinem Gesicht.

Während Lucy erschrocken Luft holte, Grant, Zac sowie Jonathan zu lachen begannen, seufzte Duncan schwer und brummte: „Ich habe doch gesagt: Abstand halten! Jetzt haben wir den Mist. Das war bestimmt nicht nur Schlamm."

Blair hätte nie damit gerechnet, so gut zielen zu können oder dass der Schlamm tatsächlich so hoch spritzen würde. Sie schlug sich beide Hände über den Mund, während ihre Schultern vor unterdrücktem Lachen bebten, als Jake mit unzähligen Schlammspritzern im Gesicht, am Hals und auf seiner Jacke fassungslos die Augen aufriss. Ein besonders großer Spritzer klebte ihm direkt über der linken Augenbraue.

Anklagend zeigte er mit seinem Finger auf sie. „Das hast du doch mit Absicht gemacht!"

„Nein, wirklich nicht!" Leider verfehlte ihr lautes Lachen jeglichen Anschein von Ehrlichkeit. „Das war ein Versehen, Jake!"

Mit einem Schnauben strich er sich eine Haarsträhne aus der Stirn, schüttelte gleich darauf angewidert die Hand, hob diese zögernd an die Nase und zog kritisch die Augenbrauen zusammen. Offenbar hatte ihn tatsächlich nicht nur Schlamm getroffen.

Seine Augen blitzten auf. „Das bekommst du zurück!"

Lachend gab sie Gas, um aus seiner Reichweite zu kommen. Zwar hatte sie den Humor in seinem Blick gesehen, aber das hieß nicht, dass sie Bekanntschaft mit schottischem Kuhdung machen wollte.

KAPITEL 12

Jake schnüffelte unauffällig in der Luft herum, weil er testen wollte, ob die dritte Dusche gereicht hatte, um den widerlichen Geruch nach Kuhmist von seiner Haut zu entfernen. Er wollte nur ungern durch die exklusive Lodge laufen und dabei riechen, als wäre er ein Kuhhirte ohne Zugang zu sanitären Einrichtungen.

Ungefähr eine halbe Stunde hatte er unter der

Dusche verbracht und dabei eine halbe Flasche Duschgel verbraucht. Noch immer schauderte er bei der Erinnerung daran, stundenlang mit Kuhscheiße am Körper herumgelaufen zu sein, bis endlich der Bus gekommen war, um sie zurück zur Lodge zu fahren. Zwar hatte er sich in der winzigen Toilette des Cafés das Zeug so gut wie möglich vom Gesicht und aus den Haarsträhnen gewaschen, die unter dem Helm hervorgeschaut hatten und ebenfalls Opfer von Blairs Attentat auf ihn geworden waren. Aber der Geruch war erst nach mehrmaligem Duschen weggegangen.

Seine Jacke würde er vermutlich verbrennen müssen.

„Hey, Jake, gut, dass du da bist. Ich brauche deine Hilfe bei der Auswahl der Tischkärtchen. Die Druckerei hat mir drei verschiedene Layouts geschickt, weil ich mir nicht sicher war, welche passen würde." Harper winkte ihn herbei, als er das Kaminzimmer betrat, in dem sie sich samt ihrer Unterlagen, Muster und Ordner ausgebreitet hatte. „Eigentlich wollte mir Grant helfen, aber dann hielt er es für sinnvoller, an eurem Ausflug teilzunehmen."

Der ätzende Tonfall, der eher zu einer Oberschwester im Krankenhaus oder zu einer Steuerprüferin gepasst hätte, sagte Jake, dass es anscheinend Ärger im Paradies gab. Harper hielt sich mit Sarkasmus nämlich sonst immer zurück.

Er trat an seine Schwester heran, die über diverse

Tischkärtchen gebeugt in einem Sessel saß, und senkte den Kopf, um ihr einen Kuss aufs Haar zu geben. „Hey, Schwesterherz. Der Ausflug war fantastisch. Warum bist du nicht mitgekommen?“

Ruckartig hob sie den Kopf und sah ihn an, als hätte er den Verstand verloren. Jake ließ sich davon nicht beeindrucken, sondern zog einen der lederüberzogenen Hocker heran, um sich auf ihn sinken zu lassen. Dass sie allein waren, kam ihm gelegen, schließlich hatte er sich vorgenommen, ihr auf den Zahn zu fühlen.

Nur Blair würde er davon nichts sagen, weil sie nicht den Eindruck erhalten sollte, dass sie ihn dazu gebracht hatte, mit seiner Schwester zu reden.

„Du fragst mich nicht ernsthaft, warum ich nicht mitgekommen bin, oder? Hast du überhaupt eine Ahnung, was ich noch alles zu tun habe? Außerdem kommen morgen die restlichen Gäste an, deren Ankunft ich noch organisieren muss. Zwei Flüge wurden verschoben, weshalb ich den Fahrservice kontaktieren musste, um ...“

„Hey“, unterbrach er sie ruhig. „Hol erst einmal Luft, Harper.“

„Dafür habe ich keine Zeit.“ Sie tippte auf die Tischkarten. „Welche Version gefällt dir besser? Die zweite Auswahl finde ich sehr klassisch und schlicht, aber die dritte hat das gewisse Extra, nur befürchte ich, dass der Reliefdruck im Kerzenlicht auf dem Tisch zu sehr spiegelt. Was bringen Tischkarten, wenn man sie nur unter Schwierigkeiten lesen kann?“

Das war ihr Problem? Spiegelnde Tischkarten?

„Harper ...“

„Bis morgen Mittag muss ich mich entschieden haben, weil das Personal die Tische bereits abends eindeckt.“

Ohne hinzusehen, tippte er auf eine der Karten. „Nimm die.“

„Die erste Version? Aber ...“

„Dann nimm halt die zweite Version.“

„Du bist mir keine große Hilfe, Jake“, schimpfte seine Schwester und kniff die Lippen zusammen. „Erst meint mein Verlobter, unbedingt an dieser Quadtour teilzunehmen, anstatt sich um unsere Hochzeit zu kümmern, und jetzt auch noch du!“

„Dein Verlobter hatte viel Spaß – wie wir alle. Die einzige Person, die seit ihrer Ankunft keinen Spaß zu haben scheint, bist du. Die Braut“, erwiderte er ruhig.

„Ich habe Spaß!“

„Indem du dir den Kopf wegen Tischkärtchen zerbrichst?“ Zweifelnd legte er den Kopf schief. „Was ist überhaupt los, Harper?“

„Was soll los sein? Übermorgen heirate ich und habe deshalb viel zu tun.“

Ihr verbissener Gesichtsausdruck und das nervöse Zucken ihrer Augenbrauen machten ihm Sorgen. Als sie wieder nach den dusseligen Tischkarten greifen wollte, schob er sie außerhalb ihrer Reichweite.

„Jake!“

„Ich will mit dir reden, weil ich mir Sorgen mache, Harper, also werden die verdammten Tischkarten ein paar Minuten warten müssen.“

„Du hast keine Ahnung, wie stressig es ist, eine Hochzeit vorzubereiten“, rief sie frustriert und machte sich komplett steif.

„Dann erkläre es mir doch einfach, Harper“, bat er sie verständnisvoll, während er begann, einen Hauch von Groll gegen Grant zu spüren, weil der eigentlich dafür zuständig sein sollte, die überforderte Braut zu entspannen. Es war nicht Jakes Aufgabe, mit Harper zu sprechen und ihr gut zuzureden, damit sie ein paar Gänge herunterschaltete und ihre eigene verdammte Hochzeit genoss. Eigentlich hätte Grant hier sitzen und die dämlichen Tischkarten ins Feuer werfen müssen. Oder er hätte Harper in ihr Bett zerren und deutlich machen sollen, dass getrennte Schlafzimmer die mit Abstand bescheuertste Idee aller Zeiten war, auch wenn Jake nicht allzu intensiv über das Sexleben seiner jüngeren Schwester nachdenken wollte.

Und vielleicht hätte Grant auf den Tisch hauen sollen, damit Harper endlich verstand, dass sie gewaltig übertrieb.

Stattdessen saß Jake nun hier und musste eine

Hochzeit retten, obwohl er schon mit seiner eigenen gescheitert war.

„Ich will einfach, dass alles perfekt ist. Diese Hochzeit ist der wichtigste Tag in meinem Leben und da will ich keine Kompromisse machen."

„Soll das heißen, dass dein Glück und dein Seelenheil daran liegen, ob diese Tischkärtchen reflektieren oder nicht?"

Harper rümpfte die Nase. „Es geht um all diese Kleinigkeiten, Jake. Die Gäste sollen sich wohlfühlen und sollen spüren, dass sie uns wichtig sind. Nur mit zufriedenen Gästen wird diese Hochzeit zu einem tollen Tag, an den man sich gerne erinnert."

„Du bist keine Gastronomin und deine Gäste können keine Bewertung auf Yelp schreiben oder das Gesundheitsamt anrufen, wenn ihnen etwas nicht passt", warf er ein. „Es ist eure Hochzeit. Sollen die Gäste doch froh sein, dass sie überhaupt eingeladen wurden!"

„Ich heirate nur einmal im Leben", widersprach Harper stur. „Dieser Tag soll unvergesslich werden."

Jake war sich ziemlich sicher, dass dieser Tag unvergesslich werden würde, wenn Harper so weitermachte. Sie sah nämlich aus, als stünde sie kurz vor einem Kollaps. Nicht mehr lange und sie würde entweder vor Überarbeitung zusammenbrechen oder sich die blonden, langen Haare raspelkurz schneiden und in eine Sekte eintreten.

Die dunklen Ringe unter den Augen, die völlig untypisch für Harper waren, machten ihm Sorgen. Normalerweise war sie das blühende Leben und ein Stehaufmännchen. Jetzt wirkte sie nur noch gestresst, genervt und gereizt.

„Der Tag soll dir vor allem Spaß machen. Du sollst dich darauf freuen, Grant zu heiraten, Harper. Aber irgendwie wirkst du nicht so, als würdest du dich besonders freuen."

Finster sah sie ihn an. „Ich werde mich dann freuen können, wenn die Hochzeit ein voller Erfolg ist und die Gäste zufrieden sein werden."

„Es geht um Grant und dich – nicht um irgendwelche Gäste."

Frustriert hob sie beide Hände in die Höhe. „So habe ich es mir nicht ausgemalt. Meine Vorstellungen waren immer ganz anders."

„Vielleicht solltest du aufhören, deine Vorstellungen zu erfüllen, und damit anfangen, deine Hochzeit zu genießen. Für uns alle hast du ein perfektes Rahmenprogramm organisiert, nur hast du selbst rein gar nichts davon."

„Aber ich will mich später nicht an eine Hochzeit erinnern, die nicht perfekt war."

„Willst du dich lieber an eine Hochzeit erinnern, auf der du einen Nervenzusammenbruch hattest und nicht einen Tag genießen konntest?"

„Das ist nicht so einfach, Jake."

„Kein Mensch interessiert sich dafür, ob die dämlichen Tischkarten zu sehr reflektieren. Und es ist den Gästen auch egal, ob das Treuegelöbnis eine Minute länger oder kürzer ist als geplant. Das ist alles nicht wichtig. Wichtig ist, zu Gast auf einer Hochzeit mit einem glücklichen Brautpaar zu sein."

„Man sieht, dass du viel Zeit mit Blair verbracht hast – du klingst schon wie ein Werbeslogan", brummte seine Schwester verstimmt.

„Hey, immerhin hat sich dank ihrer Werbung der Umsatz des Fußdeos um fünfzehn Prozent gesteigert", versuchte er es mit einem Scherz, weil er nicht über Blair und ihn reden wollte.

Harper war jedoch nicht so leicht abzulenken. „Soll ich jetzt meinen Plan einfach vergessen?"

Jake stieß die Atemluft aus. „Das hier ist nicht dein Job, den du perfekt machen musst. Und du kannst deinen Hochzeitstag nicht durchplanen, weil sowieso irgendetwas dazwischenkommen wird, was deinen Plan über den Haufen wirft ..."

„Ja", warf Harper verstimmt ein und redete sich völlig in Rage. „Eine meiner besten Freundinnen wird vermutlich zu spät zu meiner Hochzeit kommen, weil Mac es nie schafft, einen Zeitplan einzuhalten. Außerdem gibt es da noch meinen Bruder und meine beste Freundin, die seit Tagen nichts anderes im Kopf haben, als sich zu streiten, obwohl sie am Samstag zusammen zum Altar gehen sollen. Und als wäre das nicht alles chaotisch genug, verbringt mein Verlobter allem Anschein nach lieber seine Zeit damit, auf einem Quad durch die Gegend zu rasen, anstatt mit mir Tischkarten auszusuchen."

Schon wieder diese beschissenen Tischkarten!

Jake fuhr sich durch sein Haar und rückte ein Stück näher an sie heran, während er eindringlich erklärte: „Grant ist ein toller Kerl, wenn er erst einmal aufgetaut ist. Außerdem zieht er dir zuliebe einen Rock auf seiner eigenen Hochzeit an. Wenn das keine Liebe ist, weiß ich auch nicht."

„Es ist ein Kilt."

„Egal, wie man es nennt – es sieht aus wie ein Rock und wird ohne Unterwäsche getragen, Harper."

„Und was ist mit Mac?" Plötzlich klang Harper den Tränen nahe. „Ich kann doch nicht ohne eine meiner besten Freundinnen heiraten!"

„Mac wird schon rechtzeitig auftauchen", redete er ihr gut zu. „Du kennst doch Mac. Sie wird auf den letzten Drücker auf einmal da sein und später auf der Party mit dem Pfarrer ein paar Kurze trinken und dann auf den Tischen tanzen. Spätestens da wirst du es bereuen, dass sie ihren Flieger nicht verpasst hat."

Sie lächelte zittrig. „Meinst du?"

„Ich bin mir sehr sicher. Mac kreuzt rechtzeitig auf."

Ihre großen blauen Augen sahen ihn voller Unsicherheit an, während ihr Kinn bebte.

Plötzlich war sie nicht mehr seine erfolgreiche, durchsetzungsfähige Schwester, von der er sich Geld pumpen konnte, wenn er es brauchte, sondern seine kleine, fünfjährige Schwester, die Daumen lutschend auf der Verandatreppe ihres Elternhauses saß und weinte, während er ein Pflaster über ihr blutendes Knie klebte.

„Und was ist mit dir und Blair?"

„Was soll mit uns sein?", wollte er so beiläufig wie möglich wissen und senkte dabei den Blick.

„So war das alles nicht geplant", schniefte sie. „Dass Blair und du ständig streitet, ist nicht richtig."

„Wir streiten doch gar nicht ständig."

„Permanent streitet ihr!" Hilflos sah sie ihn an. „Ich begreife das alles einfach nicht. Ihr solltet zusammen sein, verheiratet sein, Babys planen und ..."

Vor lauter Schreck verschluckte er sich. „Ganz langsam mit den jungen Pferden! Woher kommt denn diese Anwandlung plötzlich?"

„Woher sie kommt?" Harper gab ihm einen Klaps gegen die Schulter. „Fragt das wirklich der Mann, der mir Bilder von Verlobungsringen aufs Handy schickte, weil er meiner besten Freundin einen Antrag machen wollte und von mir wissen wollte, welchen Ring Blair am liebsten hätte?"

Seine Kehle war wie ausgedörrt, weshalb er nichts antworten konnte. Doch das war gar nicht nötig, weil Harper einfach weitersprach.

„Monatelang warte ich darauf, dass Blair mich anruft, um mir mitzuteilen, dass du sie endlich gefragt hast, ob sie dich heiraten will, aber stattdessen erfahre ich plötzlich von Mom, dass du ausgezogen bist und dass ihr euch getrennt habt. Hat sie deinen Antrag nicht angenommen oder was ist passiert?"

Betreten fuhr er sich über die Lippen und schüttelte den Kopf. Er wäre seiner Schwester längst eine Erklärung schuldig gewesen. „Nein, so war das nicht."

„Wie war es denn dann?"

„Das ist eine lange Geschichte."

„Ich wäre auch mit der kurzen Version zufrieden."

Beherzt holte er Luft. „Die kurze Version lautet, dass ich sie gar nicht gefragt habe."

„Und warum nicht?"

Weil er ein verdammter Idiot gewesen war, der alles hatte richtig machen wollen und dann mit seinem Ego hatte kämpfen müssen. Und weil die Situation so frustrierend gewesen war, dass er automatisch in Streit mit Blair geraten war. Immer und immer wieder, bis sie ebenfalls so frustriert wurde, dass sie mit dem Streit anfing. Irgendwann hatte es zwischen ihnen nichts anderes als Streit gegeben.

Aber wie sollte er das seiner Schwester erklären?

„Weil es zwischen uns kompliziert wurde."

„Weiß sie überhaupt, dass du schon einen Ring hattest und sie fragen wolltest?"

„Nein, das weiß sie nicht und dabei bleibt es. Es würde nichts ändern, Harper."

Seine Schwester sah ihn traurig an.

Jake wollte ausgerechnet jetzt nicht über seine verkorkste Beziehung zu Blair reden. Daher hielt er es für das Klügste, Harper auf das Wesentliche zurückzulenken, indem er vorschlug: „Wieso suchst du nicht nach Grant und verbringst ein paar nette Stunden mit ihm? Ohne Tischkarten und den ganzen Kram!"

Sie zögerte sichtlich, und eigentlich hätte Jake damit gerechnet, dass sie weiter über ihn und Blair reden würde, doch dann überraschte sie ihn, als sie fast schon lustlos einwarf: „Und die Junggesellenabschiede?"

„Das ist erst in ein paar Stunden." Er gab ihr einen gutmütigen Klaps gegen den Oberarm. „Such deinen Bräutigam und vermassele es nicht. Wenigstens ein Kincaid sollte es bis zum Traualtar schaffen."

KAPITEL 13

ZWEI JAHRE ZUVOR

Jake trank den letzten Schluck Champagner aus seinem Glas und übergab dieses einem der Dutzenden Kellner, die in weißen Fracks durch den Garten des noblen Countryclubs eilten, um die elitären Gäste der Hochzeitsgesellschaft zu bedienen, die an diesem sonnigen Tag in die Hamptons gekommen waren.

Wo man hinsah, konnte man teure Uhren, noch teurere Handtaschen und vermutlich gigantisch teure Juwelen entdecken, die die weiblichen Hochzeitsgäste zur Schau trugen. Von den Autos auf dem Parkplatz ganz zu schweigen. Angesichts der vielen Luxuskarossieren hätte man denken können, dass ein Ölscheich seinen Fuhrpark spazieren fuhr.

Für all den Pomp interessierte sich Jake nicht wirklich. Und als er den stinknormalen Mietwagen dem

Parkservice übergeben hatte, den Blair und er für dieses Wochenende ausgeliehen hatten, um damit in die Hamptons zu fahren, war es ihm überhaupt nicht peinlich gewesen, dass sein fahrbarer Untersatz keinen sechsstelligen Betrag kostete.

Er brauchte kein Statussymbol, und er musste auch nicht das große Geld verdienen, um glücklich und zufrieden zu sein. Seinen Beruf hatte er sich beispielsweise ausgesucht, weil er sich schon immer dafür interessiert hatte, wie Häuser gebaut wurden, und weil er sich nichts anderes vorstellen konnte, als Bauingenieur zu sein. Dass er damit nicht reich wurde, war völlig in Ordnung.

Mit dieser Einstellung war er hier wohl eine absolute Ausnahme.

Alles schrie förmlich nach Geld – und damit meinte Jake nicht unbedingt die Gäste.

Das Wetter war perfekt, die Aussicht auf den feinen privaten Sandstrand war wundervoll und die Getränke waren erlesen sowie eiskalt. Dazu kam eine opulente Trauung im Garten des Countryclubs und eine großartige Band, die bereits zu spielen begonnen hatte, sowie schmackhafte Häppchen, die den Gästen gereicht wurden, bevor das eigentliche Essen in einer Stunde beginnen würde. Das weiße Festzelt mit den vielen runden Tischen, die festlicher eingedeckt waren als Banketttafeln im Buckingham Palace, war ein einziger Traum. Jake konnte mit großer Sicherheit sagen, dass er niemals zuvor auf einer derart perfekten *und* teuren Hochzeit gewesen war – und in den letzten Jahren war er auf vielen Hochzeiten gewesen. Sehr vielen.

Leider wollte er ausgerechnet auf dieser Hochzeit nicht sein. Dafür gab es einen einfachen Grund.

Und dieser Grund hatte einen Namen: Richard Hamilton.

Blairs Dad.

Er stand nur wenige Meter entfernt und war umschwärmt von einigen Speichelleckern, die ihn gerade entweder zu seiner fast unanständig jungen Braut oder zu seinem letzten Coup an der Wallstreet beglückwünschten. Dass Richard die Bewunderung der Speichellecker genoss, konnte man daran sehen, dass er sich benahm, als wäre er der französische Sonnenkönig höchstpersönlich.

Der Sechzigjährige hatte sich bei seiner Hochzeit nicht lumpen lassen – so viel stand fest. Blair hatte erst heute Morgen, als sie beide sich in ihrem Hotelzimmer für die Trauung fertig gemacht hatten, behauptet, dass ihr Dad dieses gewaltige Hochzeitsfest nur deshalb gab, weil er auf den Putz hauen und allen Gästen sein Geld und seine junge Braut vorführen wollte. Jake wollte nicht noch schlechter vom Vater seiner Freundin denken, als er es ohnehin schon tat, aber beim Anblick der überheblichen Geste, mit der Richard gerade an einer Zigarre zog, und angesichts des protzigen Kleides seiner frisch Angetrauten lag der Verdacht nahe, dass Blair recht hatte.

Wie so oft in den vergangenen zehn Jahren fragte sich Jake, wie es sein konnte, dass ein snobistischer Mistkerl wie Richard Hamilton eine Tochter hervorbringen konnte, die derartig lustig, liebenswert und normal war. Während ihr Vater eine Haushälterin beschäftigte und keinen Handschlag selbst machte, den er delegieren konnte, wusch Blair ihre Wäsche im Waschsalon und hielt es für verschwenderisch, ein Taxi zu nehmen, wenn man auch mit der U-Bahn fahren konnte.

Dass Blair so ähnlich wie er gestrickt war, konnte man daran erkennen, dass sie in der Werbung arbeitete, wo sie kreativ sein konnte, anstatt das große Geld zu scheffeln.

Sie passte einfach perfekt zu ihm und er liebte sie. Deshalb hatte er sich mit einem zweiten Glas Champagner Mut angetrunken.

Die Gelegenheit war nahezu ideal, da Blair momentan dazu gezwungen wurde, in ihrem Brautjungfernkleid Fotos mit der Braut und den restlichen Brautjungfern schießen zu lassen. Sie war nicht hier und konnte daher auch nicht mitbekommen, dass Jake mit ihrem Dad redete. Einen besseren Zeitpunkt gab es nicht, denn das frisch verheiratete Paar würde direkt im Anschluss seine Hochzeitsreise nach Honolulu antreten – eine Tatsache, die Jake nicht weiter betrübte, denn die Aussicht, Blairs Dad einen weiteren Tag zu ertragen, wäre zu viel des Guten gewesen.

Ihre Beziehung hatte von Anfang an unter keinem guten Stern gestanden, denn Richard hatte ihn direkt vom ersten Tag an spüren lassen, dass er ihn für nicht gut genug hielt, um mit seiner Tochter zusammen zu sein. Jakes Dad war ein einfacher Angestellter aus Ohio. Blairs Dad war ein erfolgreicher Geschäftsmann von der Wallstreet, der in den Neunzigern einen Haufen Kohle gemacht hatte und durch diverse Wirtschaftskrisen ohne Blessuren gekommen war. Bei jedem Treffen schmierte Richard ihm mal mehr und mal weniger offen aufs Brot, was er von ihm hielt – und das meistens mit einem kumpelhaften Augenzwinkern, das alles nur noch schlimmer machte.

Anfangs hatte Blair immer noch dagegen gesteuert und ihrem Dad offen die Meinung gegeigt, bis Jake ihr gesagt hatte, dass er seine Schlachten allein austragen konnte. Seither kam es bei den meisten Treffen zu Reibungen zwischen ihm und Blairs Vater. Glücklicherweise blieben Jake zahlreiche Verabredungen mit dem Vater seiner Freundin erspart, denn der zeigte nicht besonders viel Interesse an seiner Tochter, und Blair war es ebenfalls egal, was ihr Dad tat.

Das hieß jedoch nicht, dass sie die Einladung zu dieser Hochzeit hätten absagen können.

Jake wusste, dass Blair es hasste, dass ihre Stiefmutter nur vier Jahre älter war als sie selbst. Und er wusste auch, dass sie damit rechnete, in nicht allzu entfernter Zukunft von der Scheidung ihres Dads zu erfahren.

Dennoch waren sie hergekommen und machten gute Miene zum bösen Spiel.

Und er war hergekommen, weil er Richard um sein Einverständnis bitten wollte, Blair einen Heiratsantrag zu machen. Im Grunde war es ihm scheißegal, was Richard über ihn dachte oder ob er ihn guthieß, aber weil es nun einmal Tradition war, den Vater der Freundin zu fragen, musste er in den sauren Apfel beißen.

Als sich ein paar der Speichellecker endlich verzogen hatten und Richard nur noch mit einem anderen Mann auf der Terrasse stand, nahm sich Jake ein Herz, atmete tief durch und wollte es einfach nur hinter sich bringen. Wenn er dieses Gespräch erst einmal geschafft hatte, konnte er den restlichen Tag mit Blair genießen und darüber nachdenken, wann er ihr den Antrag machen würde.

Entschlossen lief er auf die beiden Männer zu und nickte grüßend, als er sich zu ihnen stellte. „Darf ich kurz stören?“

„Natürlich“, erklärte Richard jovial und klopfte ihm gutmütig auf den Rücken, bevor er sich an seinen Bekannten wandte. „Howard, kennst du schon Jake Kincaid? Er ist Blairs Freund. Ein sehr begabter Bauzeichner.“

Innerlich knirschte Jake mit den Zähnen, ließ sich äußerlich jedoch nichts anmerken, sondern streckte dem anderen Mann die Hand hin, die dieser freundlich schüttelte. „Eigentlich bin ich Bau-Ingenieur, aber das ist schon in Ordnung." Räuspernd sah er Blairs Dad an. „Richard, hättest du eine Minute für mich?"

„Aber sicher. Howard, würdest du uns kurz entschuldigen?"

Sobald sich Howard verabschiedet hatte, wandte sich Richard ihm zu und musterte ihn kurz, bevor er an dieser süßlich penetranten Zigarre zog. „Jake, was kann ich für dich tun?"

Jakes Kehle fühlte sich staubtrocken an, während er den Blick des älteren Mannes erwiderte, der selbstbewusst vor ihm stand. In seiner Vorstellung hatte sich diese Situation nicht derart schwierig angefühlt. Weil er sich nicht die Blöße geben wollte, ausgerechnet vor dem überheblichen und selbstsicheren Vater seiner Freundin wie ein Vollidiot zu stottern, erklärte er mit fester Stimme: „Ich weiß, dass wir hier auf deiner Hochzeit sind, und ich will dich nicht allzu lange von deiner Braut und deinen Gästen fernhalten, aber da wir nur selten die Gelegenheit haben, miteinander zu sprechen, hielt ich es heute für die passende Möglichkeit, dich um deinen Segen zu bitten." Räuspernd fuhr er fort: „Ich liebe deine Tochter und würde sie gerne fragen, ob sie mich heiraten will. Als ihr Vater möchte ich dich daher um dein Einverständnis bitte."

Er fand, dass er seine Sache ziemlich gut gemacht hatte.

Richard offenbar weniger. Der runzelte nämlich die Stirn und legte abwägend den Kopf zur Seite, während er weiterhin an seiner Zigarre paffte. „Du willst also Blair einen Antrag machen."

„Ja, Sir", erwiderte Jake respektvoll.

„Aha." Richard seufzte schwer. „Ehrlich gesagt hast du mich mit deiner Bitte sehr überrascht, mein Junge. Als du mich gerade um ein Gespräch gebeten hast, bin ich davon ausgegangen, dass du dir von mir Geld leihen willst, aber nicht, dass du planst, Blair um ihre Hand zu bitten." Er lachte vergnügt, als hätte er einen Witz gerissen.

Innerlich begann Jake zu brodeln, denn er hatte sich noch nie Geld von Blairs Vater geliehen – und ganz sicher würde er es auch niemals tun. Außerdem hatte er es überhaupt nicht nötig, sich von irgendjemandem Geld zu leihen, schließlich war sein Job wirklich nicht schlecht bezahlt. Anstatt jedoch auf Richards Provokation einzugehen, entgegnete er möglichst ruhig: „Blair und ich sind seit zehn Jahren zusammen, Richard. Sie wird im nächsten Jahr dreißig und ich bin es schon. Da liegt der Gedanke an eine Heirat nicht sehr fern."

Der andere Mann verzog abschätzend den Mund. „Hast du dir das auch gut überlegt?"

„Natürlich habe ich das. Blair ist eine fantastische Frau und ..."

„Eigentlich dachte ich dabei ans Finanzielle."

Am liebsten hätte sich Jake in den Hintern getreten, als er wie der letzte Vollidiot nachfragte: „Ans Finanzielle?"

„Aber ja!" Richard machte eine ausholende Geste mit der Hand. „Hast du überhaupt eine Ahnung, was eine Ehe kostet? Und damit meine ich nicht nur die Hochzeitsfeier. Der heutige Spaß kostet mich bereits einen sechsstelligen Betrag."

„Niemand sagt, dass Blair und ich eine solche Hochzeitsfeier veranstalten wollen, Richard", brachte Jake mühsam beherrscht hervor.

„Wenn du meine Tochter heiraten willst, solltest du in der Lage sein, einen gewissen Standard zu erfüllen."

„Eine sechsstellige Summe für eine Hochzeitsfeier gehört sicherlich nicht zu einem Standard", widersprach Jake zähneknirschend. „Blair und ich leben in einer völlig durchschnittlichen Dreizimmerwohnung. Wir brauchen keinen Luxus."

„Mein Junge", belehrte Richard ihn gönnerhaft. „Jede Frau möchte Luxus haben."

„Da kennst du aber deine Tochter schlecht."

Darauf antwortete der ältere Mann überhaupt nicht. „Eine Heirat ist ein ernster Schritt. Den sollte man erst dann machen, wenn man bereits in seinem Berufsleben etwas erreicht hat."

„Ich habe bereits etwas in meinem Berufsleben erreicht", erwiderte er scharf. „Blair und ich haben beide gut bezahlte Jobs, an denen nichts auszusetzen ist."

„Ist gut bezahlt denn auch gut genug?" Er stieß den Rauch seiner Zigarre aus, nachdem er daran gezogen hatte. „Es ist doch so, Jake, eine Hochzeit kostet viel. Eine Ehefrau kostet viel. Und die Familienplanung kostet ebenfalls sehr viel. Wollt ihr Babys haben?"

Jake hatte keine Ahnung, was das Thema Richard anging! Er wusste sowieso nicht, worauf diese Unterhaltung hinauslaufen sollte. Richard tat gerade so, als würde Jake bei McDonald's jobben, nachdem er die Highschool geschmissen hatte. Dabei hatte er einen festen, guten Job und konnte sich diverse Annehmlichkeiten leisten, die anderen Altersgenossen verwehrt blieben. Eigentlich hatte er damit gerechnet, dass Blairs Dad auf seine Bitte ganz anders reagieren würde. Tatsächlich hatte er mit einem *Das wird aber auch Zeit* oder *Dafür hast du auch wirklich lange genug gebraucht* gerechnet. Womit er nicht gerechnet hatte, war eine belehrende Erklärung darüber, wie das Leben funktionierte.

Weil Richard noch immer auf eine Antwort wartete, nickte Jake schroff: „Sicherlich wollen wir irgendwann Kinder haben."

„Und wie, stellst du dir vor, soll das dann funktionieren? Blair und du zahlt gemeinsam eure Miete und alle weiteren Kosten. Was würde passieren, wenn ihr heiratet und entscheidet, ein Kind zu bekommen? Blair würde zu arbeiten aufhören und du wärst der Alleinverdiener. Könntest du die finanzielle Belastung alleine überhaupt tragen?"

„Lass das mal unsere Sorge sein."

„Als Blairs Vater muss ich mir um eure finanzielle Situation Gedanken machen. In meinem Kopf geistert die Frage herum, was geschehen wird, wenn meine Tochter einen Mann heiratet, der sie und ihre Kinder nicht versorgen kann."

„Das wird nicht passieren, weil ich Blair und unsere Kinder problemlos versorgen werden kann." Langsam hatte er genug und glaubte nicht, es viel länger auszuhalten. Jake stand kurz vor einer Explosion. „So schlecht verdiene ich immerhin nicht."

„Das ist kein Angriff gegen dich. Man wird doch noch einmal fragen können, wie eure finanzielle Situation aussieht", empörte sich Richard und plusterte sich dabei auf.

„Sie sieht alles andere als schlecht aus."

„Hast du konkrete Zahlen?"

Jake merkte, wie er sich versteifte. „Richard, du wirst sicherlich nicht erwarten, dass ich dir einen Businessplan für unsere Ehe präsentiere."

„Lass dir von einem Mann sagen, der bereits seine zweite Hochzeit feiert und ein bisschen Erfahrung im Leben gesammelt hat, dass finanziell gesehen mehr auf dich zukommen wird, als du vielleicht jetzt denkst. Nach der Hochzeit wollt ihr mit Sicherheit eine eigene

Wohnung oder ein Haus kaufen. Dann kommt die Babyplanung. Anschließend gibt Blair ihren Job auf. Danach Zahnspangen, Ballettunterricht, Klavierstunden, Schulgeld ..."

„Aber all das werde ich nicht jetzt auf einmal bezahlen müssen, sondern nach und nach", unterbrach Jake entschlossen den Mann, der sein Schwiegervater werden sollte. „Ich möchte Blair heiraten und mir mit ihr etwas aufbauen – gemeinsam. Unsere Hochzeit wird der Anfang sein."

„Gut, dann erzähl mir doch erst einmal, wie du eure Hochzeit bezahlen willst."

Jake öffnete den Mund, um zu antworten, als Richard bereits einwarf: „Es sei denn, du bist heute hergekommen, weil du davon ausgehst, dass der Vater der Braut die Hochzeit bezahlt."

Rasend vor Zorn senkte Jake den Kopf. „Nein, deshalb bin ich ganz sicher nicht hergekommen, Richard!"

„Gut, ich würde eure Hochzeit nämlich auch nicht bezahlen."

„Das würde ich gar nicht wollen", erwiderte er und spürte, dass aus ihm verletzter Stolz sprach. „Ich bin erwachsen und bezahle meine Rechnungen selbst."

Richard lächelte freundlich. „Eine gute Einstellung und mir sehr ähnlich. Ich habe das Angebot von Clarice' Vater abgelehnt, die Hochzeit zu bezahlen, da es unsere Hochzeit ist. Ganz abgesehen davon würde er den heutigen Tag sowieso nicht finanzieren können und ich wollte für meine Braut das Beste. Auch du solltest für Blair das Beste wollen."

„Das will ich!"

„Dann solltest du darüber nachdenken, mit einer Hochzeit noch etwas zu warten, bis du dir eine Hochzeitsfeier leisten kannst, an die Blair in fünfzig Jahren noch gerne zurückdenkt. Den Rat gibt es sogar kostenlos."

„Ich habe dich nicht um deinen Rat gebeten, sondern um deine Zustimmung", brachte Jake mühsam beherrscht hervor.

Richard kniff die Augen zusammen und wirkte nicht länger wie der joviale Bräutigam, der zu Scherzen aufgelegt war. „Wieso werde ich das Gefühl nicht los, dass dich gar nicht interessiert, was ich zu deinem Plan sage?"

Vielleicht weil es Jake wirklich nicht interessierte, was Richard darüber dachte! „Es ist nun einmal Tradition, den Vater der Braut um Erlaubnis zu bitten."

Sein Gegenüber starrte ihn ein paar Sekunden mit einem derartigen Pokerface an, dass Jake nicht sagen konnte, was er dachte. Als er mit einem Mal die Hand hob und über Jakes Schulter hinweg nickte, als würde er mit jemand anderem Blickkontakt aufnehmen, ahnte Jake, dass dieses Gespräch beendet war. „Wir sollten uns wieder unter die Gäste mischen."

„Richard ..."

„Nimm meinen Rat an, mein Junge, und warte mit der Heirat, bis du die Karriereleiter erklommen hast. Keine Frau will einen Verlobungsring aus dem Sonderangebot bekommen und keine Braut will an ihrem Hochzeitstag ein Kleid von der Stange tragen sowie in dem fensterlosen Ballsaal eines heruntergekommenen Hotels heiraten, weil der Bräutigam sparen musste. Meine Tochter hat etwas Besseres als das verdient."

KAPITEL 14

„Was macht ihr denn hier?“

„Wir warten auf den Bräutigam. Und was macht ihr hier?“

„Wir warten auf die Braut“, erklärte Blair und zog eine Augenbraue in die Höhe, während sie demonstrativ auf die pinke Schärpe deutete, die sie sich über ihre Schulter geworfen hatte. Lucy direkt neben ihr trug ebenfalls eine, auch wenn sie zu bedenken gegeben hatte, dass Harper bestimmt gegen kitschige Ausstaffierungen an ihrem Junggesellinnenabschied sei. Blair war das ziemlich egal – sie würde ihre Freundin schon noch dazu zwingen, ebenfalls eine Schärpe und zusätzlich die Plastikkrone aufzusetzen, die sie erst vor ein paar Tagen in New York erworben hatte. „Geht uns lieber aus dem Weg, Gentlemen. Wir Ladys feiern heute

Harpers Junggesellinnenabschied. Für schwache Nerven wird das nichts."

Jake und Zac, die ebenfalls wie sie in der Lobby der Lodge standen und warteten, zogen unisono die Augenbrauen in die Höhe. Offenbar würde der Junggesellenabschied der Männer ohne kitschige Accessoires vonstattengehen, denn beide waren relativ normal gekleidet. Zac trug dunkle Jeans sowie ein graues Hemd unter seiner Lederjacke, und Jake schien sich von der morgendlichen Quadtour erholt zu haben, denn ihm klebte Kuhmist weder im Gesicht noch im Haar. Stattdessen wirkte er wie das blühende Leben und war allem Anschein nach frisch geduscht. Rasiert hatte er sich jedoch noch immer nicht. Früher hatte er nicht diesen ansprechenden Dreitagebart getragen, bei dessen Anblick Blair ein feuchtes Höschen bekam.

„Ladys, ihr seht fabelhaft aus", verkündete Zac mit einem anzüglichen Grinsen, das vermutlich nicht für sie, sondern für Lucy bestimmt war, die ziemlich schweigsam wirkte, sobald Zac in der Nähe war. Und die prompt errötete.

„Gentlemen, ihr seht ebenfalls sehr gut aus", gab Blair zurück und zupfte an ihrer Schärpe herum. „Auch wenn ihr euch für euren Kumpel etwas mehr Mühe hättet geben können. Einheitliche T-Shirts sind der letzte Schrei, wie ich gehört habe."

„Hast du schon vorgetrunken?", wollte Jake von ihr wissen und wirkte amüsiert.

„Keineswegs", empörte sich Blair, obwohl sie die vergangene Stunde an der Bar der Lodge verbracht und einem Barkeeper namens Lachlan ihre gesamte Lebensgeschichte erzählt hatte, bevor Lucy aufgetaucht war, um sie zu suchen. Sie hatte nicht viel getrunken – nicht zu viel, dass sie nun betrunken gewesen wäre. Nur so viel, dass sie sich heute Abend amüsieren konnte, obwohl Jake durch ihren Kopf geisterte.

Jake war es auch, der nachlässig eine Augenbraue in die Höhe zog. „Bist du sicher?"

Bevor Lucy verraten konnte, dass sie Blair über einem leeren Glas Mojito angetroffen hatte, zwickte sie ihrer Freundin in die Kehrseite und beteuerte vor Jake und Zac: „Absolut sicher. Ich würde mich schließlich nicht abschießen, bevor ich auf Harpers Junggesellinnenabschied auf den Putz hauen konnte. Die heutige Nacht wird legendär."

Mit einem belustigten Schnauben widersprach Jake ihr. „Wir sind hier mitten im Nirgendwo. Ich glaube kaum, dass ein schottischer Nationalpark die richtige Gegend ist, um auf einem Junggesellenabschied die Sau herauszulassen. Das ist schließlich nicht der Times Square."

Sie verdrehte die Augen und legte Lucy einen Arm um die Schulter. „Du Spielverderber."

„Du Lügnerin." Seine Augen funkelten vor Belustigung. „Ganz sicher hast du etwas getrunken!"

„Sag mal, Jake, war es eigentlich schwierig, den

Kuhdung aus deinem Haar zu entfernen? Man riecht ja kaum noch etwas", entgegnete sie und wechselte vermutlich wenig geschickt das Thema.

Seine Mundwinkel kräuselten sich vergnügt, als er ihrer Freundin zurief: „Lucy, pass lieber auf, dass Blair nicht zu viel trinkt. Wir wollen schließlich nicht, dass sie irgendeinen Blödsinn anstellt und die schottische Landbevölkerung gegen uns aufhetzt."

„Ts!" Sie machte eine ausholende Handbewegung. „Wir gehen zum Karaoke, also werde ich singen, was bedeutet, dass ich die hiesige Landbevölkerung mit meinem Gesangstalent entzücken werde."

„Blair, du kannst keinen einzigen Ton halten", ließ sich Lucy neben ihr vernehmen.

Räuspernd hakte Zac nach: „Ihr geht doch nicht etwa zu *MacGillivray's*? In die Bar des Hilton Hotels?"

Lucy neben ihr seufzte. „Sagt nicht, dass ihr auch zum Karaoke gehen wollt!"

„Tja, besonders groß ist die Auswahl hier in der Gegend ja nicht", erwiderte Jake.

Blair schnappte entsetzt nach Luft und schüttelte den Kopf. „Ihr könnt nicht ebenfalls zum Karaoke gehen! Wir können beide Abschiede nicht in der gleichen Bar feiern. Ich wollte Harper zwingen, peinliche Dinge zu tun, aber wie soll das funktionieren, wenn Grant einen Tisch weiter sitzt und zuschaut?"

„Mir wäre eine Stripteasebar auch lieber gewesen als ein Karaokeabend", entgegnete Zac schwermütig, worauf Lucy neben ihr einen abfälligen Ton von sich gab, der Blair einen kurzen Moment lang überraschte. „Aber wir müssten fast zwei Stunden fahren, um etwas Annäherndes zu finden."

„Wenn es nur zwei Stunden sind, würde ich es mir an deiner Stelle noch einmal überlegen, Zac", antwortete Lucy trocken. „Eure Sorge scheint außerdem unbegründet zu sein. Wenn die beiden nicht endlich auftauchen, können wir den Abend in der Karaokebar sowieso vergessen. Unser Tisch wird nur für eine halbe Stunde freigehalten und wenn wir nicht langsam losfahren ..." Sie ließ den Satz unvollendet.

Blair konnte beobachten, wie Jake auf seine Uhr schaute und dabei die Stirn runzelte. „Grant hätte längst hier sein sollen."

„Harper auch", entgegnete Lucy.

„Was treiben die beiden denn so lange?"

Zac kicherte auf Jakes Frage hin. „Aus Rücksicht auf deine empfindlichen brüderlichen Ohren sage ich das lieber nicht, Jake."

Dass sie bereits einen sitzen hatte, merkte Blair, als sie bierernst entgegnete: „Auf keinen Fall, du Perverser. Auf Harpers Zeitplan sind keine Sexpausen eingetragen."

Das animierte Zac dazu, mitten in der Lobby der Lodge einen waschechten Lachanfall zu bekommen.

„Wisst ihr was? Lucy und Zac fahren schon einmal ins Hotel, um unsere reservierten Tische zu besetzen, und Blair sucht nach Harper. Ich kümmere mich um Grant", delegierte Jake und scheuchte den noch immer lachenden Zac und Lucy nach draußen, obwohl diese lautstark protestierte.

Während er sich auf den Weg zu seinem zukünftigen Schwager machte, ging Blair in Richtung von Harpers Zimmer. Sie hoffte inständig, dass ihre Freundin gerade keinen Sex mit ihrem Verlobten hatte, denn dafür kannte Blair Grant noch nicht annähernd gut genug. Sie glaubte ohnehin nicht, dass man jemanden so gut kennen konnte!

An Harpers Zimmertür angekommen, lauschte Blair für einen Moment, konnte jedoch keine verfänglichen Geräusche aus dem Inneren hören. In der Annahme, dass sich Harper sowieso nicht dort befand, klopfte sie kurz an und wollte schon wieder gehen, als ihre Freundin die Tür öffnete.

„Hey, wir warten unten schon auf dich."

„Oh."

Irgendetwas stimmte nicht. Das wusste Blair instinktiv.

Vielleicht lag es daran, dass Harper nicht zurechtgemacht war. Vielleicht lag es daran, dass sie unnatürlich blass war. Vielleicht lag es aber auch an den drei großen Tabletts, die auf dem Boden des Hotelzimmers standen und früher einmal voll von Nahrungsmitteln gewesen sein mussten. Da Harper eine Frustesserin war und zudem eine strenge Diät für den Hochzeitstag einhielt, roch Blair sofort Lunte.

Plötzlich sehr nüchtern betrat sie das Zimmer und schloss die Tür hinter sich. „Was ist passiert?"

„Nichts, was nicht der einen oder anderen Frau vor mir bereits passiert ist", antwortete Harper fast schon gleichgültig. „Grant hat die Hochzeit abgesagt."

„Was?!" Schockiert hielt Blair mitten im Schritt inne und zog scharf die Luft ein.

Wie vom Donner gerührt öffnete sie den Mund und starrte ihre Freundin an, die jedoch nur mit den Schultern zuckte und sich auf der Bettkante niederließ, bevor sie nach einer Liste griff. In Blairs Kopf herrschte gähnende Leere, sodass sie zu stottern begann: „Moment ... ich ... ich meine ... *was*?!"

„Er hat Schluss gemacht. Die Hochzeit findet nicht statt", erwiderte Harper völlig ruhig und gelassen. „Gibst du mir das Telefon? Ich muss ein paar Anrufe machen ..."

„Harper, stopp!" Blair schluckte schwer und machte einen zögerlichen Schritt nach vorn. „Nicht so schnell, bitte. Ich ... ich begreife das noch nicht. Willst du mir wirklich sagen, dass Grant einfach so Schluss gemacht hat?"

„Na, *einfach so* wird das wohl nicht passiert sein." Harper strich sich eine Haarsträhne aus der Stirn und schaute zu ihr hoch. „Er wird schon länger unzufrieden gewesen sein. Nur habe ich es nicht gemerkt. Vielleicht wollte ich es auch nicht. Grant meinte, er wäre zu feige gewesen, sich selbst einzugestehen, dass wir beide nicht zueinanderpassen."

Warum zum Teufel war sie so gefasst?

Warum weinte sie nicht?

Warum war sie nicht fuchsteufelswild, weil dieses Arschloch sie zwei Tage vor der Hochzeit sitzen gelassen hatte?!

Blair zog sich einen Stuhl heran und merkte, dass sie zitterte. „Was hat er getan? Ist er einfach in dein Zimmer gekommen und hat gesagt, dass es aus ist?"

Zögernd sah Harper weg und senkte den Blick. „Wir waren spazieren, weil er mich darum gebeten hatte. Eigentlich wollte ich mich um die Menükarten kümmern, aber Grant bestand darauf." Sie spielte an ihren Fingern herum. „Ich mache ihm gar keinen Vorwurf. In letzter Zeit war ich ziemlich anstrengend und nicht ich selbst ..."

„Was aber kein Grund ist, die Hochzeit abzusagen", warf Blair erregt ein und setzte sich neben sie. „Die meisten Bräute sind anstrengend und nicht sie selbst, bevor sie heiraten."

„Die meisten Bräute nehmen jedoch Rücksicht auf ihren Verlobten. Das habe ich in letzter Zeit nicht getan."

„Du klingst nicht einmal wütend oder verletzt", rief Blair ungläubig.

Harper sagte ein paar Sekunden nichts. „Komisch,

nicht wahr? Weißt du, was mein erster Gedanke war, als Grant mir sagte, dass er die Hochzeit nicht durchziehen könne? Ich war erleichtert, dass ich mich jetzt nicht zwischen den beschissenen Tischkärtchen entscheiden musste."

„O Mann." Sie lehnte ihren Kopf gegen Harpers. „Das klingt nicht gut."

„Ich weiß."

Still und ruhig saßen sie nebeneinander, während sich Blairs Herzschlag langsam wieder normalisierte. Leider konnte sie an diesem Schlamassel nicht einmal dem Mojito die Schuld geben.

„Kommst du klar?"

Harper seufzte. „Ich weiß nicht. Mom wird vermutlich enttäuscht sein."

„Vergiss bitte für einen Moment deine Mutter. Was ist mit dir?"

„Keine Ahnung." Harper legte ihre Hände auf die Oberschenkel. Erst jetzt fiel Blair auf, dass ihre Freundin den Verlobungsring nicht mehr trug. „Alles fühlt sich irgendwie taub an. Ich bin nicht verletzt oder traurig oder wütend. Vielleicht sollte es einfach nicht sein."

In Blairs Ohren klang das komisch. Obwohl Jake und sie sich im Streit getrennt hatten und Blair fuchsteufelswütend gewesen war, hatte sie in den ersten Wochen nach seinem Auszug pausenlos geheult. Irgendwann war es so schlimm gewesen, dass ihre

Augenlider so heftig angeschwollen waren, dass Blair wie das missglückte Experiment eines Schönheitschirurgen ausgesehen hatte. Harper dagegen wirkte nicht wie jemand, der sich gleich die Augen aus dem Kopf weinen würde. Vielleicht stand sie auch einfach unter Schock.

„Du darfst verletzt, traurig oder wütend sein", wandte Blair leise ein. „Du darfst sogar alles zusammen sein, Harper."

„Warst du verletzt, traurig und wütend, als Jake und du euch getrennt habt?"

Sie schluckte. „Ja, das war ich. Sehr lange sogar."

„Ich glaube nicht, dass das bei mir der Fall sein wird", erklärte sie bedächtig. „Viel eher bin ich ... enttäuscht."

„Enttäuscht? Wie meinst du das?"

Geradezu verlegen schaute Harper sie von der Seite an. „Ich hatte diese Vorstellung. Diesen *Plan*. Du weißt schon: eine anständige Ehe, ein verlässlicher Mann, eine erfolgreiche Karriere, irgendwann zwei Kinder und ein Hund. Grant war der perfekte ... Kandidat. Erfolgreich, gut aussehend, verantwortungsbewusst, kultiviert und nett." Harper verdrehte die Augen. „Alles war perfekt geplant, aber jetzt ..."

„Jetzt stellt sich heraus, dass der Plan nicht aufgegangen ist."

Sie verzog den Mund. „Ganz genau."

„Hast du ihn denn nicht geliebt?"

Es dauerte ein wenig, bis Harper antwortete. „Ich habe diese Vorstellung in meinem Kopf geliebt, aber das wird mir jetzt erst klar. Grant ist … Grant ist toll, der Sex war klasse und ich war auch verknallt, aber …“ Harper schluckte schwer. „Nein, ich habe ihn nicht geliebt, Blair.“

Ein leises Klopfen an der Tür unterbrach ihr Gespräch.

Blair tätschelte Harper aufmunternd den Oberschenkel und erhob sich. Natürlich stand Jake vor der Tür und schaute sie verwirrt an. „Sind Grant und Harper etwa hier? Bei Grant im Zimmer rührte sich nichts. Wenn wir alle nicht langsam losfahren, dann …“

Blair unterbrach ihn mit einem Kopfschütteln, packte seine Hand und zog ihn ins Zimmer herein. Sie konnte ihm ansehen, dass er angesichts seiner Schwester, die mit gesenktem Kopf auf ihrer Bettkante saß, die Stirn runzelte und völlig verwirrt war.

„Was ist los? Hatte jemand einen Unfall oder was?“

„Nein …“ Blair stieß den Atem aus und nagte anschließend auf ihrer Unterlippe herum, bevor sie sich vorbeugte und ihm ins Ohr flüsterte: „Die Hochzeit wird abgesagt. Grant hat mit Harper Schluss gemacht.“

Jake reagierte ähnlich wie sie, jedoch war er viel eher wütend als verwirrt. Es war faszinierend, zu beobachten, wie seine Gesichtsfarbe innerhalb von Sekunden dunkelrot werden konnte.

„Das ist ein Scherz, richtig? Er hat ganz bestimmt *nicht* zwei Tage vor der Hochzeit Schluss gemacht, oder?!“

„Doch, das hat er“, erwiderte Harper ruhig vom Bett aus. „Wir haben vor ein paar Stunden ein langes Gespräch geführt. Es war ein Fehler. Die ganze Beziehung und die Verlobung.“

Schockiertes Schweigen folgte, das nur von Jakes heftigen Atemstößen unterbrochen wurde, bis er grollte: „So einfach kann er das nicht tun!“

„Anscheinend kann er es doch tun“, antwortete Harper gelassen.

„Wo ist er? Ich glaube, ich muss mich mal gründlich mit ihm unterhalten!“

„Spar es dir, Jake.“ Seine Schwester erhob sich und schüttelte den Kopf. „Er hat bereits ausgecheckt und ist auf dem Weg zum Flughafen.“

Jake ließ ein solches Grollen hören, dass Blair zusammenzuckte. Ein kurzer Blick ließ sie befürchten, dass die Äderchen in seinen Augen jeden Moment platzen könnten. „Und feige ist er auch noch!“

„Nein, das ist er nicht. Eigentlich wollte er hierbleiben, es unseren Gästen sagen und alles Bürokratische regeln, aber ich habe ihm gesagt, dass ich das machen werde. Mir ist es so lieber. Außerdem ist es okay, Jake.“

„Okay?!“ Seine Stimme überschlug sich fast. „Es ist nicht okay, dass dich dieser Mistkerl zwei Tage vor eurer Hochzeit sitzen lässt und dass er sich dann auch noch feige verdrückt, während du die Scheiße hinter ihm aufräumen musst!"

Obwohl Jake ihr aus der Seele sprach, wusste Blair, dass Harper seinen Wutanfall jetzt am wenigstens gebrauchen konnte. Sie benötigte Ruhe und etwas Zeit für sich, denn Harper hatte noch nie besonders positiv darauf reagiert, zu etwas gezwungen zu werden. Sie musste von allein kommen.

Also zerrte Blair an seiner Hand und bugsierte ihn in Richtung Tür.

„Was zum Teufel tust du da?", wütete er.

„Wir beide gehen jetzt", teilte Blair ihm schlicht mit und fragte Harper: „Kommst du klar? Oder soll ich bei dir bleiben?"

Harper schenkte ihr ein schwaches, fast schon zittriges Lächeln. „Wir sehen uns morgen früh. Ich ... ich muss noch ein paar Anrufe machen und einige Mails schreiben."

Blair nickte verständnisvoll, während Jake weiterhin Drohungen gegen Grant ausstieß. „Wenn etwas sein sollte, sag mir sofort Bescheid", erklärte sie ihrer Freundin sanft und zerrte Jake anschließend aus dem Zimmer.

„Was sollte das?", wollte er grob wissen, sobald sie vor dem Aufzug standen und außer Hörweite von Harper waren.

„Deine Schwester braucht Ruhe", beschied sie knapp und drückte auf den Knopf. „Es hat ihr nichts gebracht, dass du dich wie ein Berserker aufgeführt hast, während sie nicht weiß, wo ihr der Kopf steht."

„Sie braucht Unterstützung!"

„Sie braucht Zeit für sich – keinen großen Bruder, der ihren Exverlobten windelweich prügeln will."

„Und wenn schon! Er hätte es verdient."

„Vielleicht", schränkte sie ein. „Aber Harper ..."

„Harper sollte jetzt nicht allein sein."

„Harper will aber allein sein. Lass ihr ein bisschen Raum, um das alles zu verarbeiten."

„Wie kannst du so ruhig sein?" Unwirsch fuhr er sich mit beiden Händen durchs Haar und verstrubbelte es dabei förmlich. „Und wie kann sie so ruhig sein?"

Blair wollte Harpers Vertrauen nicht missbrauchen, indem sie Jake erzählte, dass seine Schwester mehr in die Idee verliebt gewesen war, eine Bilderbuchehe zu führen, als dass sie in den Mann verliebt gewesen wäre, den sie als ihren Bilderbuchehemann auserkoren hatte. „Ich glaube, sie möchte einfach ein bisschen allein sein. Falls etwas ist, sind wir ja da."

„Falls etwas ist?", höhnte er ungläubig. „Entschuldige mal, aber Grant ist über alle Berge, während Harper hier alleine sitzt und diese verdammte Hochzeit absagen muss. Wie kannst du da nur so ruhig bleiben?"

„Ich bin nicht ruhig, sondern pragmatisch. Wir helfen ihr nicht, indem wir wüste Drohungen ausstoßen und ihm hinterherfahren, um ihm das

Genick zu brechen!“ Sie maß ihn kritisch. „Und wieso bist du eigentlich so wütend? Es war doch gar nicht deine Hochzeit.“

„Aber Harper ist meine Schwester! Außerdem habe ich gerade erst erfahren, dass sie sitzen gelassen wurde. Wie soll ich da deiner Meinung nach angemessen reagieren?!“

Sie hatte ihn selten derart außer sich erlebt. Eigentlich hatte sie ihn niemals zuvor so erlebt. „Jake, hör mal …“

„Dieser Mistkerl soll mir nicht noch einmal unter die Augen treten, verdammt noch mal!“

„Das wird er ganz bestimmt nicht“, versicherte sie ihm, während sich die Aufzugstüren öffneten.

„Er ist ein erwachsener Mann! Warum zum Teufel ist ihm jetzt eingefallen, dass er sie nicht heiraten will?“, wollte er aufgebracht wissen, während sie das Innere des Aufzugs betraten. Blair glaubte, jeden Moment Dampfschwaden aus Jakes Ohren kommen zu sehen.

„Vielleicht hat er geglaubt, Harper zu lieben, und ihm ist in den letzten Tagen erst klar geworden, dass diese Hochzeit nicht das ist, was er will.“

„So ein Unsinn! Man weiß, ob man jemanden liebt oder nicht.“

Von seiner unnachahmlichen Art, ihre Argumente ins Lächerliche zu ziehen, ließ sie sich nicht provozieren. „Man kann einem Menschen nicht hinter den Kopf schauen."

„Verteidigst du ihn etwa?"

„Nein, das tue ich nicht. Ich finde es grauenvoll, dass er die Hochzeit zwei Tage vorher absagt und Harper verlässt. Das hat sie nicht verdient."

„Er hat ihr das Herz gebrochen", brummte Jake verstimmt.

„Das glaube ich nicht", entgegnete sie vorsichtig.

„Wie kommst du denn darauf?", wollte er angriffslustig wissen.

Blair maß ihn mit einem langen Blick. „Wenn Harper an Grant und an dieser Hochzeit so viel gelegen wäre, dann würde sie jetzt weinend auf ihrem Bett liegen, aber nicht darüber nachdenken, wen sie anrufen muss, um den Druck der Menükarten zu stoppen."

„Was willst du mir damit sagen?"

Sie zuckte mit den Schultern. „Könnte es nicht sein, dass auch Harper jetzt erst klar geworden ist, dass Grant nicht der richtige Mann für sie ist?"

„Bist du noch immer betrunken?"

Ihr platzte die Hutschnur. „Hör auf, mich wie die letzte Idiotin darzustellen, Jake! Ich weiß, dass du wütend bist, aber lass das nicht an mir aus. Verstanden?"

„Meine Schwester wurde gerade verlassen! Und du tust so, als wäre alles in Ordnung."

„Nein, es ist nicht in Ordnung, aber ist es nicht besser, dass jetzt Schluss ist, bevor beide geheiratet hätten und erst dann merken würden, dass es nicht funktioniert?“

Er sah aus, als würde er gleich an die Decke gehen. „Ach, und das entschuldigt sein beschissenes Verhalten?“

Blair glaubte, dass ihr Trommelfell jeden Moment platzen würde, weil er so laut wurde. Sobald sich die Aufzugstüren öffneten, zwängte sie sich hindurch.

„Das ist doch gar nicht deine Etage!“

„Ich weiß“, brüllte sie ihm entgegen. „Aber da wir mittlerweile getrennt sind, muss ich mir dein Gebrüll nicht mehr anhören, wenn ich es nicht will. Gute Nacht, Jake!“

KAPITEL 15

Freitag

Ein beharrliches Klopfen störte Blair in ihrem durchaus angenehmen Traum, der ziemlich bizarr begonnen hatte und dann höchst erfreulich geworden war.

Sie war mit ihrem früheren Hund Spider auf einer Wiese voller Schokoladenplätzchen spazieren gegangen, hatte zum ersten Mal in ihrem Leben eine Eins im Sportunterricht bekommen und war zusammen mit Thor über das Auenland geflogen. Irgendwann hatte sich Thor in Jake verwandelt, mit dem sie ein Revival aus *Die blaue Lagune* gespielt hatte – aber eine schmutzige Version des Filmes. Außerdem war dieser Jake charmant und brüllte sie nicht an. Seine Stimme klang ganz anders. Viel tiefer und heiserer, während er unartige Sachen zu ihr sagte. Und genau in dem Moment, als sie sich mit einem sonnenverbrannten Jake nackt im Sand wälzte und er ihren Namen stöhnte, klopfte es an ihrer Zimmertür.

Blair umklammerte geradezu verzweifelt ihr Kissen und kniff in dem Bestreben, den Traum nicht zu verlassen, die Augen zu.

Leider wurde das Klopfen immer eindringlicher.

Das Traumgebilde verschwand.

Frustriert und müde wälzte sich Blair auf die andere Seite und blinzelte verschlafen in Richtung Fenster. Draußen war alles stockfinster. Die Uhr auf dem Nachttisch sagte ihr, dass es nicht einmal sechs Uhr morgens war.

Wieder klopfte es an ihrer Tür.

Grummelnd setzte sie sich auf und fuhr sich über ihr Gesicht. Wer auch immer an ihre Tür klopfte, würde dafür büßen müssen, sie in dem wohl schönsten Traum ihres Lebens gestört zu haben.

Langsam schlurfte sie mit nackten Füßen zur Tür, öffnete diese und sah durch den Spalt in Jakes besorgtes Gesicht.

„Jake?“ Sie gähnte und lehnte sich gegen die Tür. „Was willst du denn hier? Hast du mal auf die Uhr geschaut?“

Jake hielt sich nicht damit auf, ihr eine Antwort zu

geben, sondern drängte Blair in ihr Zimmer zurück und schloss die Tür hinter sich. „Harper ist verschwunden."

Augenblicklich war sie hellwach. „Was?"

Er nickte mit finsterer Miene. „Ich war schon vor einer Stunde wach, weil ich nicht schlafen konnte, und habe einen Spaziergang gemacht. Da fiel mir auf, dass ihr Auto nicht mehr auf ihrem Parkplatz stand. Als ich an ihre Tür geklopft habe, hat sie mir nicht geöffnet."

Blair leckte sich über die Lippen und spürte, wie sie nervös wurde. Harper hatte gestern Abend nicht den Eindruck gemacht, am Boden zerstört zu sein, sondern hatte sogar relativ pragmatisch darauf reagiert, von ihrem Bräutigam verlassen worden zu sein.

Die Nachricht, dass ihr Auto verschwunden war, löste deshalb einen umso größeren Schrecken in Blair aus. Ihre Freundin reagierte eigentlich nie irrational.

Eigentlich.

In dem Bemühen, Jake und sich selbst zu beruhigen, rätselte sie leichthin: „Vielleicht hat es sich Grant anders überlegt und die beiden unternehmen eine romantische Spritztour, um sich wieder zu vertragen?"

„Tun sie nicht." Er hielt ein Blatt Papier in die Höhe. „Ein Hotelangestellter hat mir Harpers Zimmertür geöffnet. Das hier habe ich auf ihrem Tisch gefunden."

Hastig griff sie nach dem Papier und begann damit, die Zeilen ihrer Freundin zu lesen.

Im ersten Moment hatte sie befürchtet, dass Harper

sich etwas antun wollte, aber ihre Sorge war wohl unbegründet. Stirnrunzelnd überflog sie die wenigen Zeilen, die Harper anscheinend in aller Eile geschrieben hatte und in denen sie davon sprach, sich eine Auszeit zu nehmen.

„Okay." Erleichtert hob sie den Kopf und sah Jake ins Gesicht. „Ihr geht es zum Glück gut."

„Das nennst du, dass es ihr gut geht?" Unwirsch fuhr er sich durch das Haar. „Ich glaube, dass sie einen Nervenzusammenbruch hat."

„Nein, sie hat keinen ..."

„Du weißt, wie rational und analytisch Harper ist. Es passt nicht zu ihr, mitten in der Nacht zu verschwinden!"

Vorsichtig legte Blair den Brief ihrer Freundin beiseite und musterte Jake für einen Moment. Er sah mitgenommener aus, als es Harper gestern Abend getan hatte. Sein Haar war völlig wirr, tiefe Sorgenfalten hatten sich in seine Stirn gegraben, und die dunklen Ringe unter den Augen kannte sie eigentlich nur von ihm, wenn er die Nacht durchmachte. Anscheinend war er darüber ziemlich außer sich, dass seine Schwester mitten in der Nacht verschwunden war.

Dass er so besorgt um Harper war, fand sie süß. Zudem gab es da einen Teil in ihr, der ihn trösten wollte, weil es sich nicht gut anfühlte, wenn Jake sich Sorgen machte und unglücklich war. „Sie wurde gestern verlassen – zwei Tage vor der Hochzeit. Rationalität hin oder her, aber sie braucht vermutlich etwas Zeit, um damit klarzukommen."

„Sie ist mitten in der Nacht verschwunden – in einem fremden Land." Jede Wut und jeder Zorn waren aus seinem Gesicht und seiner Körperhaltung verschwunden. Stattdessen wirkte er hilflos. „Ich mache mir Sorgen, Blair. Was ist, wenn sie etwas Dummes tut?"

„Sie wird schon nichts Dummes tun", tröstete sie ihn ruhig. Zögerlich legte sie eine Hand auf seinen Arm und drückte ihn kurz. „Harper wird ein paar Stunden herumfahren, um den Kopf freizubekommen. Wart's ab."

Er fuhr sich sichtlich nervös mit der Zunge über die Unterlippe und begann, unruhig in ihrem Schlafzimmer herumzuwandern. „Ihre Tasche und ein paar ihrer Klamotten sind weg. Das sieht nicht aus, als wäre sie nur ein paar Stunden weg."

Ihn zu beobachten, wie er in Jogginghosen und Sweatshirt vor ihr auf und ab lief und sich dabei übers Gesicht fuhr, während sie selbst in ihrem Pyjama mitten im Raum stand, war merkwürdig. „Jake ..."

„Vielleicht hätte ich ..." Er brach ab und schluckte mitgenommen. Wieder dieser hilflose Blick. „Vielleicht hätte ich mich mehr um sie kümmern müssen während der letzten Zeit. Ich habe gemerkt, dass irgendetwas zwischen ihr und Grant nicht stimmt, aber es war mir egal."

„Es war dir nicht egal."

„Verdammt, sie ist doch meine kleine Schwester."

Blair verschränkte die Arme vor der Brust. „Ich habe auch gemerkt, dass Harper nicht so glücklich war, wie sie es hätte sein sollen. Und ich habe auch nichts gesagt. Dich trifft keine Schuld."

Lange Zeit sagte Jake nichts, sondern starrte sie lediglich an.

Sie wusste nicht, was sie von seinem Blick halten sollte, und merkte, dass sie nervös wurde. Obwohl sie erst seit vier Tagen hier war, kam es ihr wie eine Ewigkeit vor. Mit Jake war es ein ewiger Tanz auf Eierschalen – so als würde sie sich im Kreis drehen und immer wieder von vorn anfangen. Manchmal schien alles normal zu sein und sie benahmen sich einander gegenüber völlig ungezwungen – eben wie zwei Menschen, die zehn Jahre lang ein Paar gewesen waren und miteinander so vertraut waren, dass sie jede Eigenart des anderen kannten. Dann wiederum war diese Ungezwungenheit wie weggeblasen, und zurück blieb das Gefühl, den anderen nicht mehr zu kennen.

Es war zum Verrücktwerden, denn Blair hatte wirklich keine Ahnung, was gerade durch seinen Kopf ging.

„Du musst mir bitte dein Auto leihen."

Damit hatte sie wirklich nicht gerechnet. „Was?"

„Dein Mietauto“, beharrte er. „Ich muss es haben.“

„Willst du Harper etwa nachfahren?“ Ungläubig schaute sie ihn an.

Jake nickte stoisch. „Ja, das werde ich.“

„Aber du weißt nicht einmal, wo sie hingefahren ist, Jake.“

„Das bekomme ich schon raus.“

Mit aller Vernunft, zu der sie fähig war, erläuterte sie besonnen: „Schau mal. Deine Schwester möchte allein sein und …“

„Was für ein Bruder wäre ich, wenn ich mich jetzt nicht darum kümmern würde, dass es ihr gut geht, Blair?“

Seine Worte nahmen ihr jeden Wind aus den Segeln.

„Okay“, antwortete sie mit einem Seufzen. „Du bekommst das Auto, aber ich fahre mit dir mit, schließlich ist Harper meine beste Freundin.“

~

Zwei Stunden später saß Jake in seinem Zimmer und wusste noch immer nicht mehr, als dass Harper irgendwann zwischen acht Uhr abends und fünf Uhr morgens mit ihrem Auto verschwunden war. Er zerbrach sich den Kopf, wo seine Schwester sein könnte, die ihr Handy zwar mitgenommen, aber es ausgeschaltet hatte.

Er machte sich Sorgen. Er war wütend auf Harper und insbesondere auf Grant. Und er machte sich Selbstvorwürfe, dass er sich nicht mehr um seine Schwester gekümmert hatte. Vielleicht war seine gestrige Ansprache auch ein Auslöser für das ganze Tohuwabohu gewesen.

In dieses Gefühlchaos trat Blair hinein, als sie in sein Zimmer kam und die Tür mit einem Fußtritt schloss, weil sie in den Händen zwei Kaffeebecher und eine knisternde Tüte trug, die einen herrlichen Duft nach frischem Gebäck verströmte.

„Ich habe uns Frühstück mitgebracht", verkündete sie, während er auf dem Schreibtischstuhl saß und dumpf in sein Handy starrte. Gerade hatte er seinen Eltern erklären müssen, dass die Hochzeit nicht stattfinden würde und dass sowohl Braut als auch Bräutigam das Weite gesucht hatten – jeder für sich allein. Dass seine Eltern dabei ihre Pyjamas getragen hatten und beide verschlafen gewesen waren, hatte die Situation nicht besser gemacht.

Er sah nur kurz auf, als Blair die Becher auf den Schreibtisch stellte und die Tüte öffnete. „Ich habe keinen Hunger", brummte er missgelaunt und frustriert.

Blair erklärte unverändert freundlich: „Es sind mit Käse und Schinken gebackene Croissants. Wenn du deinen nicht isst, werde ich ihn verspeisen müssen. Und du weißt, dass ich das tue."

Jake rümpfte die Nase, schenkte ihr einen langen Blick und griff anschließend in die Tüte hinein, um sich ein Croissant zu nehmen, in das er schweigend hineinbiss.

„Gern geschehen", seufzte Blair, nahm ihres und hockte sich auf die Schreibtischkante. „Gibt es etwas Neues?"

„Nein." Kauend schüttelte er den Kopf. „Das Handy ist noch immer aus."

„Hast du auf ihrem Facebookprofil nachgesehen?"

„Ich glaube kaum, dass sie momentan ihren Facebookstatus ändert", gab Jake sarkastisch zurück.

„Hey." Sie stieß mit ihrer Turnschuhspitze gegen sein Knie. „Sei kein Arsch, Jake. Ich weiß doch auch nicht ..."

„Entschuldige", murmelte er ehrlich. „Ich weiß nicht, wo mir der Kopf steht. Aber deshalb sollte ich dich nicht ..."

„Ist schon gut", unterbrach sie ihn. „Lucy hat übrigens auch nichts gehört."

„Mhm." Bedächtig nahm er einen weiteren Bissen und beobachtete, wie Blair ihr Croissant aß und dabei mehr Blätterteig auf ihrem Sweatshirt verteilte, als dass sie ihn aß. „Was hat sie dazu gesagt, dass die Hochzeit abgesagt wurde?"

„Was wohl? Sie war ebenso ungläubig wie ich gestern Abend. Und sie will Mac anrufen und sich hier um alles kümmern, sollten wir Harper hinterherfahren."

„Sollten?"

„Komm schon, Jake." Blair verzog den Mund und wischte sich übers Kinn. „Was sollen wir denn tun? Einfach losfahren und uns einen Hund ausleihen, der an Harpers Socken schnüffelt, um ihre Fährte aufzunehmen?"

„Keine schlechte Idee. Weißt du, wo es hier solche Hunde gibt?", hörte er sich selbst sagen, während er die Frau ansah, die er hatte heiraten wollen.

Dass sie hier bei ihm war und sich zusammen mit ihm den Kopf darüber zerbrach, wo Harper sein könnte, bedeutete ihm viel. Und dass sie ihn beruhigte, bedeutete ihm ebenfalls viel. Dazu kam, dass er in dieser abstrusen Situation erregt wurde, wann immer sie mit der Zunge ein Stückchen Blätterteig von ihrer Lippe leckte.

Da war es doch kein Wunder, dass er unter diesen Voraussetzungen völlig durcheinander war – mit einer sitzen gelassenen Schwester, die mitten in der Nacht die Kurve gekratzt hatte, und mit einer Ex, die anscheinend ihr Bestes tat, um ihn völlig in den Wahnsinn zu treiben.

„Wir wissen doch überhaupt nicht, wo sie ist", unterbrach Blair seine wirren Gedanken. „Und falls hier nicht Scooby-Doo oder Lassie wohnen, können wir die Idee mit dem Hund sowieso vergessen."

Jake stopfte sich den letzten Bissen des Croissants in den Mund und griff nach einem der Kaffeebecher, um einen großen Schluck zu nehmen. Wenigstens musste er sich nicht zusammenreißen und mit Tischmanieren glänzen, schließlich kannte Blair jede seiner Eigenarten. „Dann rufe ich eben die Polizei an!"

„Und was willst du der sagen?"

„Dass meine Schwester verschwunden ist."

„Aus freien Stücken", wandte Blair ein, deren Ruhe ihm guttat, auch wenn sie nervtötend sein konnte. Ohne sie wäre er längst im Dreieck gesprungen. „Außerdem ist Harper erwachsen. Die Polizei kann nichts tun, Jake."

„Dann müssen wir halt etwas tun!"

„Und wie? Wir sind schließlich nicht das FBI, das ihre Kreditkarte überwachen kann und ..."

Abrupt setzte er sich stocksteif auf und unterbrach Blair hastig. „Was hast du gerade gesagt?"

Sie zwinkerte verwirrt. „Dass wir nichts tun können."

„Nein, das mit dem FBI und der Kreditkarte!"

„Vergiss es, Jake. Das FBI wird sicher nicht nach deiner Schwester suchen."

Kopfschüttelnd ergriff er sein Handy. „Nein, aber wir können es tun, schließlich bezahlt Harper fast alles ausschließlich mit ihrer Kreditkarte, um Punkte zu sammeln."

„Was?"

Aus den Augenwinkeln konnte er sehen, wie sich Blair zu ihm beugte, um auf den winzigen Monitor seines Handys zu starren.

„Ihre Kreditkarte", erklärte er wie selbstverständlich und öffnete den Browser. „Die Ausgaben werden in Echtzeit an ihren Account übermittelt."

„Ja, aber dafür müsstest du dich in ihren Account erst einmal einloggen können", gab Blair zu bedenken.

„Ich kenne ihre Nummer und das Passwort", erwiderte er schlicht.

Erstaunt schnalzte Blair mit der Zunge. „Und woher kennst du sie?"

Ausgerechnet jetzt wollte er Blair nicht erzählen, dass er sich vor einiger Zeit von seiner Schwester Geld geliehen hatte, um einen Verlobungsring zu kaufen, den er sich eigentlich nicht hatte leisten können, und dass er längst einen anderen Ring besessen hatte. Nämlich einen günstigen, schlichten Ring, den er hatte gravieren lassen und in dessen Fassung ein Bergkristall eingefasst war. Der Bergkristall, den sie beide ein paar Jahre zuvor beim Wandern im Buffalo National River Park in Arkansas gefunden hatten und den er hatte schleifen lassen, damit er in die Fassung passte. Er hatte ihr einen Ring mit Bedeutung geben wollen, aber dann hatte er aus gekränkter Eitelkeit heraus einen fünfzehntausend Dollar teuren Ring bei Tiffany's gekauft, um ihrem Vater zu beweisen, dass er durchaus in der Lage war, Blair ein luxuriöses Leben zu bieten.

Fünfzehntausend Dollar, die er sich von Harper geliehen hatte, weil er sein ganzes Geld für einen Eigenanteil zusammengekratzt hatte, um von der Bank einen Kredit zu bekommen, damit er eine pompöse Hochzeit bezahlen konnte, die niemals stattgefunden hatte.

Wenigstens hatte Tiffany's den Ring zurückgenommen und die fünfzehntausend Dollar wieder auf Harpers Konto überwiesen.

Ein wahrer Glücksfall, weil dies bedeutete, dass Jake heute die Zugangsdaten für Harpers Konto und ihre Kreditkarte kannte.

„Keine Ahnung", erwiderte er leichthin und gab das Passwort ein. „Bingo!"

„Und? Sag schon!"

Jake verengte die Augen und scrollte durch die Kreditkartenausgaben seiner Schwester. „Sie hat um kurz vor elf Uhr gestern Abend in Inverness getankt und ..." Verwirrt betrachtete er die nächste Ausgabe.

„Und?" Blair neben ihm schien kurz davorzustehen, ihm das Handy aus der Hand zu reißen.

Mühsam stieß er den Atem aus und schaute zu ihr hoch. „Wir sollten lieber ein paar Tabletten gegen Reiseübelkeit einpacken, Blair."

KAPITEL 16

„Geht's dir gut?"

„Alles okay", erwiderte Jake und starrte auf den Horizont.

Mit den Händen umklammerte er die Reling vor sich und schob den Unterkiefer vor, als wenn das gegen seinen protestierenden Magen helfen würde.

Wenn er geglaubt hatte, dass ihm bereits in Reisebussen übel wurde, hatte er nie an eine Überfahrt mit einer Fähre bei starkem Wellengang gedacht. Der Wind pfiff um seine Ohren. Die Fähre schlingerte hin und her und gab dabei den Rhythmus seines Magens vor, der eigentlich damit beschäftigt war, die Portion Fish and Chips zu verdauen, die er idiotischerweise gegessen hatte, bevor Blair und er mit dem kleinen Mietwagen an Bord gefahren waren. Was er sich dabei gedacht hatte, ausgerechnet vor einer Schiffsreise derart fettiges Zeug zu essen, wusste Jake nicht.

Er wusste nur, dass er es jetzt bereute. Und dafür büßen musste.

Nicht einmal die Tabletten gegen Reiseübelkeit halfen.

Nein, nichts war okay.

Ihm ging es miserabel und er war müde.

Mittlerweile war es sechs Uhr nachmittags, weil die Fähre von Ullapool zu den Äußeren Hebriden auf die Insel *Lewis and Harris* nur zweimal am Tag fuhr. Die Fähre am Morgen hatten sie natürlich verpasst, weil sie zu der Zeit gerade einmal in Inverness gewesen waren und noch rund anderthalb Stunden fahren mussten, um zum westlichen Küstenort Ullapool zu kommen. Dort hatte sich Harper nämlich ein Ticket für die Fähre gekauft.

Ein Hoch auf das Internet!

Ein bisschen merkwürdig und stalkerhaft kam sich Jake schon vor, wenn er in die Kontoauszüge seiner Schwester sah und beispielsweise die wahnsinnig hohe Rechnung eines extravaganten Geschäfts für Dessousmoden entdeckte. Das alles wollte er gar nicht wissen. Ihm ging es nur darum, dass er sich sicher sein konnte, dass mit Harper alles okay war und dass es ihr gut ging. Leider vermutete er, dass sie völlig neben der Spur und verzweifelt war, wenn sie mitten in der Nacht in ihren Mietwagen stieg und durch stockfinsteres Gebirge fuhr, in dem nicht eine einzige Straßenlaterne stand. Das alles sah ihr gar nicht ähnlich.

Grant musste ihr das Herz gebrochen haben. Der miese Wichser!

Fast einhundertfünfzig Meilen war sie gefahren, um zu einem abgelegenen Küstenort zu kommen, in dem sie sich ein Ticket kaufte, um damit auf eine der wirklich menschenleersten Inseln der Welt zu schippern.

Harper war gar nicht der Typ für so viel ursprüngliche Natur.

Matsch gefiel ihr nur dann, wenn sie es in einem Spa aufs Gesicht geschmiert bekam.

Was also wollte sie auf einer einsamen Insel im Atlantischen Ozean?

Wenn sie nach London gefahren wäre, um sich dort in ein Luxushotel einzumieten und haufenweise Geld bei Harrod's zu lassen, hätte Jake genickt und es verstanden. So verstand er nichts. Blair beispielsweise liebte die wilde Natur. Genauso wie er. Zusammen hatten sie schon viele Wandertouren hinter sich gebracht, hatten unzählige Nächte im Zelt geschlafen, waren auf Berge geklettert und mit Kanus durch Flüsse gefahren. Aber doch nicht Harper! Er bezweifelte sogar, dass sie außer ihren Sportschuhen, die sie im Fitnessclub trug, festes Schuhwerk besaß.

„Helfen die Tabletten nicht?"

„Nicht wirklich", presste er zwischen den Zähnen hervor und atmete durch die Nase ein, weil er sich einbildete, dass diese Methode gegen Übelkeit helfen könnte.

„Du hättest diese Portion Fish and Chips nicht ..."

„Ich weiß", unterbrach Jake sie und schloss für einen Moment die Augen.

Wenn sie nicht auf der Suche nach seiner ausgebüxten Schwester gewesen wären, hätte der heutige Tag sogar ziemlich nett sein können. Zusammen hatten sie eine vierstündige Autofahrt unternommen, wobei er hatte fahren dürfen, und waren dabei durch die faszinierendsten Landschaften schlechthin gekommen.

Zuerst waren sie durch menschenleeres Gebirge gefahren und hatten wolkenverhangene, karge Berge bewundern können, bis sich das Wetter schlagartig verbessert hatte. In strahlendem Sonnenschein waren sie durch Inverness gekommen und hatten die zahlreichen Schilder gesehen, die auf diverse Schlösser, Burgen und natürlich den Loch Ness hingewiesen hatten. Die nächste Strecke war durch und durch grün gewesen. Dichte Wälder, urwüchsiges Dickicht und scheinbar unberührte Natur hatten sich vor ihnen erstreckt. An der Küste war es etwas rauer geworden, bis sie an weißen Sandstränden vorbeigefahren waren, die wie aus einem Südseekatalog ausgesehen hatten.

Und in dem Küstenstädtchen Ullapool waren sie in putzigen, kleinen Geschäften gewesen, um die Zeit totzuschlagen, bis sie mit der Fähre losfahren konnten. Sogar in einem Café hatten sie gesessen und Tee getrunken, weil es draußen genieselt hatte. Während des ganzen Tages hatten sie nicht sonderlich viel geredet, aber das war auch gar nicht nötig gewesen. Stattdessen hatte Jake beobachten können, mit welcher Hingabe Blair einen Scone gegessen hatte, und dabei eine ganz eigene Art Traurigkeit entdeckt, die ihn nicht mehr hatte loslassen wollen. Eventuell hatte diese Traurigkeit etwas damit zu tun, dass Blair hier bei ihm war, um ihm auf der Suche nach Harper zu helfen, weil sie wusste, dass er ansonsten keine ruhige Minute haben würde.

Gemeinsam standen sie also nun an Deck einer Fähre, ließen sich den Wind um die Nase wehen und beobachteten eine heftige Gischt, während der trübe Tag sich langsam seinem Ende näherte. Jake hätte sich vor einer Woche nicht träumen lassen, dass Harpers Hochzeit dermaßen aus dem Ruder laufen würde und er sich mit Blair auf die Suche nach seiner Schwester machen musste.

„Harper geht es bestimmt gut", wiederholte Blair wie so oft am heutigen Tag. „Du musst dir keine Sorgen machen."

„Darum mache ich mir gerade keine Sorgen“, würgte er hervor.

„Ach nein?“

Er schüttelte den Kopf. „Ich mache mir nur Sorgen darum, dass du Zeuge wirst, wie ich im hohen Bogen über die Reling kotze.“

Ihr Lachen drang trotz des lauten Windes an sein Ohr. „Keine Sorge. Ich habe dich schon einige Male kotzen sehen, Jake. Auf das eine Mal kommt es nun wirklich nicht an.“

„Gut zu wissen.“

Da sie nah beieinanderstanden, konnte Jake spüren, wie Blair zitterte. Das war auch kein Wunder, immerhin war es Mitte September, sie befanden sich auf hoher See und es war unglaublich windig.

„Geh lieber rein, bevor du dich erkältest“, schlug er vor. „Unter Deck ist es wärmer und die Fahrt dauert noch gute zwei Stunden.“

„Ich weiß, aber ich bleibe lieber hier, schließlich will ich nicht, dass du über Bord gehst, wenn du kotzen musst und beide Hände voll zu tun hast, anstatt dich festzuhalten.“

„Sehr komisch“, murmelte Jake und gab dem Drang nach, einen Arm um ihre Schulter zu legen. Dabei redete er sich ein, dass er das tat, um sie zu wärmen.

Blair fegte seinen Arm auch nicht weg, sondern schien sich zu entspannen. Es dauerte ein paar Minuten, bis einer von ihnen etwas sagte.

Ihre Worte kamen nur zögerlich – fast so, als wisse sie nicht, ob sie tatsächlich etwas sagen sollte. „Was mich die ganze Zeit interessiert hat, Jake. Wo wohnst du eigentlich jetzt?"

„Das weißt du nicht?"

„Ich habe nicht die geringste Ahnung."

Ein Lachen brach sich in ihm Bahn. „Kennst du den Gewürzhändler in der Bleecker Street?"

Blair neben ihm zuckte zusammen. „Meinst du etwa dieses heruntergekommene Haus direkt neben dem alten Uhrengeschäft, das immer geschlossen ist?"

„Genau das."

„Sag mir bitte nicht, dass du dort eingezogen bist!" Blair klang entsetzt. „Wohnt dort nicht eine Frau, die ständig ihre BHs auf der Feuerleiter zum Trocknen aufhängt?"

„Mrs. Salvatore", klärte er Blair auf. „Sie macht fantastische Cannelloni und nimmt meine Pakete an, wenn ich im Büro bin. Leider riecht es im ganzen Hausflur ständig nach Knoblauch. Und der Gewürzhändler von unten trägt zum Geruchsmischmasch auch hinzu."

„O Gott, Jake!" Ihre Schultern bebten vor Lachen. „Das ist nicht dein Ernst!"

„Doch", versicherte er ihr amüsiert. „Außerdem kostet die Bude unverschämt viel Geld, aber wenigstens ist die Einbruchrate verschwindend gering, weil direkt gegenüber ein Donutladen steht und ständig Cops in der Straße sind."

„Wenigstens etwas."

„Und was macht unse ... *deine* Wohnung? Hat der Hausmeister endlich den defekten Schlauch unter der Spüle erneuert?"

„Ja, das ist längst geschehen. Ach, ich habe jetzt eine Waschmaschine", erzählte sie ihm heiter.

„Wie kommt's?"

Blair schnaubte auf. „Ehrlich gesagt bin ich nicht mehr in den Waschsalon gegangen, weil ich dir nicht begegnen wollte."

Jake fand es erfrischend, dass er nicht der Einzige von ihnen beiden war, der solche Ausweichmanöver erfunden hatte, schließlich hatte er es sich in den vergangenen Monaten verkniffen, ihre Lieblingspizzeria aufzusuchen, weil er befürchtet hatte, dort Blair zu begegnen. Das verriet er ihr jedoch nicht.

„Das hättest du tun können, denn der Vorteil meiner Bruchbude ist, dass es einen Gemeinschaftskeller gibt, in dem eine Waschmaschine und ein Trockner stehen."

„Was für ein Luxusleben!" Blair seufzte. „Wenn ich das gewusst hätte, wäre mir die Waschmaschine nicht ins Haus gekommen. Die nimmt nämlich verdammt viel Platz im Badezimmer weg."

„Das kann ich mir denken."

Wie durch ein Wunder hatte er nicht gekotzt, als sie um acht Uhr abends endlich in Stornoway anlegten und mit dem Auto auf die Insel fahren konnten.

Es war bereits dunkel, als sie durch die wenigen Straßen des malerischen Hafenstädtchens fuhren und unsinnigerweise nach Harpers Mietauto Ausschau hielten. Auf ihrem Kreditkartenkonto gab es auch keine weitere Aktivität. Von seiner Schwester fehlte jede Spur.

„Vielleicht hakt das Kreditkartensystem auch, Jake. Morgen früh wissen wir sicherlich mehr. Es könnte auch sein, dass Harper morgen ihr Handy schon wieder eingeschaltet hat."

„Denkst du wirklich?"

„Ich weiß es nicht, aber wir könnten uns auch einfach durchfragen. Ganz bestimmt hat jemand Harper gesehen. Sie kann ja nicht verschwunden sein."

„Du hast recht", stimmte er zu. „Heute erreichen wir sowieso nichts mehr."

„Ich habe Hunger." Blair gähnte und streckte sich neben ihm im Auto. „Bis morgen sind wir hier gestrandet. Wir sollten uns ein Hotel suchen und in der Lodge anrufen. Deine Eltern wollen sicherlich wissen, was los ist."

Jake nickte und startete wieder den Motor des winzigen Autos, das ihm morgen sicherlich einen Muskelkater bescheren würde. Eingequetscht in das kleine Auto fuhr es sich wirklich nicht allzu bequem.

Nachdem sie sich einen Parkplatz am Hafen gesucht hatten, machten sie sich auf die Suche nach einem Hotel und mussten feststellen, dass der September eine beliebte Reisezeit in Schottland zu sein schien. Die meisten Hotels waren nämlich bereits ausgebucht. In einer kleinen Pension mit angeschlossenem Pub hatten sie schließlich Glück, da es noch ein einziges freies Zimmer gab – mit einem Badezimmer auf dem Flur.

Zähneknirschend buchte Jake das Zimmer und ging mit dem mittelalterlich wirkenden Schlüssel in der Hand zurück zu Blair, die einen Tisch im Pub ergattert hatte und mit einem Einheimischen zu flirten schien, der aussah, als wäre er bereits betrunken und nicht älter als vierzehn Jahre alt.

Jakes Laune war im Keller, weil er beobachten konnte, wie Blair mit geröteten Wangen und offenen Haaren über irgendetwas lachte, was der junge Kerl sagte. Aus diesem Grund war seine Miene nicht sehr einladend, als er an den Tisch trat und zur Begrüßung ein Grollen ausstieß.

Der Junge musste den Laut für bedrohlich gehalten haben, da er Jake mit furchtsamen Augen anstarrte, ein Geräusch von sich gab, das wie ein Quieken klang, und so schnell das Weite suchte, dass er sein halbes Bier verschüttete.

„Tschüss, Colin“, rief Blair ihm hinterher, doch der Junge drehte sich nicht einmal um.

Angelegentlich ergriff Jake die Speisekarte und warf einen Blick hinein. Gleichzeitig fragte er dumpf: „Habe ich euch gestört?“

„Ja, hast du“, erwiderte Blair offen und ehrlich. „Colin war gerade so weit, an die Bar zu gehen und ein paar Drinks zu besorgen.“

Jake spürte, wie ihm die Kinnlade nach unten fiel. „Wie bitte? Du hast wirklich mit dem Knirps geflirtet?“

Sie zeigte ihm einen Vogel. „Sehe ich aus, als würde ich hier in Schottland wegen Verführung Minderjähriger ins Gefängnis kommen wollen? Ich bin doch keine Mrs. Robinson! Nein, ich hatte auf ein kostenloses Bier gehofft“, gab sie unumwunden zu. „Außerdem war er doch ganz süß mit seinen Sommersprossen und der Zahnlücke. Ein bisschen wie Ed Sheeran.“

Jake fand, dass es einen himmelweiten Unterschied zwischen Ed Sheeran und einem rothaarigen Schuljungen mit Pubertätsakne und einem scheelen Blick gab, hielt aber wohlweislich seine Klappe. „Sie hatten noch ein Zimmer frei. Ihr letztes. Mit einem Badezimmer auf dem Flur. Und wir müssen es teilen.“

Er erwartete Skepsis, Empörung und eine glatte Weigerung, mit ihm in einem Zimmer zu schlafen, weil er für einen kurzen Moment vergessen hatte, dass er Blair vor sich hatte. Die zuckte nämlich einfach mit den Schultern. „Okay, Hauptsache, es gibt ein Bett und eine Heizung. Ich bin total durchgefroren.“

„Ein gemeinsames Zimmer ist wirklich in Ordnung?"

„Himmel, Jake." Kunstvoll verdrehte sie die Augen. „Stellst du mir wirklich diese Frage? Wäre es nicht total albern, wenn ich jetzt herumzicken würde, weil wir in einem Bett schlafen sollen?"

„Ja, total albern", entgegnete er prustend.

„Komm mir nachts nur nicht mit deinen kalten Füßen zu nahe", warnte sie ihn. „Und alle anderen Körperteile lässt du auch auf deiner Seite des Bettes."

„Komisch, das Gleiche wollte ich dir auch gerade sagen", antwortete er trocken.

Ihr Blick sprach Bände. „Die Getränke und das Essen müssen an der Bar bestellt werden."

„Soll das ein Wink mit dem Zaunpfahl sein, dass ich etwas zu essen besorgen soll?"

„Ja, und ein Bier für mich. Du weißt ja, was ich gerne esse."

Jake legte den Zimmerschlüssel auf den Tisch, der sich ziemlich klebrig anfühlte. „Kann ich dich denn allein lassen? Oder bist du bereits in festen Händen, wenn ich in fünf Minuten wiederkomme?"

„Wer weiß? Ich entwickele gerade ein Faible für Rothaarige." Sie zwinkerte ihm zu.

Jake schaffte es, in drei Minuten zurück am Tisch zu sein.

Blair betrachtete sich im beschlagenen Spiegel des Badezimmers und dankte Gott auf Knien, dass es heißes Wasser gegeben hatte, als sie eilig unter die Dusche geschlüpft war. Nach der Überfahrt auf der Fähre war ihr einfach nicht mehr warm geworden. Auch die zwei Biere und der köstliche Lammeintopf, den sie im Pub gegessen hatte, hatten sie nicht aufwärmen können. Das war nur der Dusche gelungen.

Da sie unglücklicherweise heute Morgen die Hälfte der Sachen vergessen hatte, die man für eine Übernachtung brauchte, stand sie nun ohne Haarspülung und ohne Pyjama da. Das Erste war schlecht, weil ihre Haare ohne Spülung morgen früh wie ein zerrupftes Vogelnest aussehen würden, und das Zweite war tragisch, weil sie halb nackt neben Jake schlafen musste. Leider konnte sich Blair selbst nicht trauen, wenn es um Jake und ein Bett ging. Nun ja – ein Pyjama wäre vermutlich ebenso keine sonderlich wirksame Abwehrwaffe gewesen.

Fahrig strich sie sich durch ihr nasses Haar und schnitt ihrem eigenen Spiegelbild eine Grimasse. Wer hätte gedacht, dass dieser Tag so enden würde? Sie würde Harper nicht danken, dass sie ihr dieses Abenteuer zugemutet hatte. Noch vor ein paar Tagen, als sie im Flugzeug gesessen hatte, war sie im jugendlichen Überschwang davon ausgegangen, Jake aus dem Weg gehen zu können. Damals war ihre größte Sorge gewesen, neben ihm vor dem Altar zu stehen, während Harper heiratete. Nur ein paar Tage später hatte es ihre beste Freundin geschafft, Blair mit ihrem Ex durch halb Schottland zu scheuchen und auf eine entlegene Insel zu locken, auf der sie nun mit ihm in einem Bett schlafen musste.

Ganz abgesehen von der peinlichen Tatsache, dass Blair sich erst vorgestern auf ihn gestürzt hatte.

Weil sie wie aufs Stichwort errötete, wischte sie eifrig über den beschlagenen Spiegel und putzte sich eilig die Zähne, bevor sie ihre Sachen zusammenpackte und in das winzige Dachgeschosszimmer lief, in das sie sich für die kommende Nacht eingemietet hatten.

Sobald sie die Tür öffnete, stockte sie, denn Jake war gerade dabei, das Bett aufzuschlagen – und das im halb nackten Zustand, denn er trug lediglich Boxershorts.

Blair schloss die Tür hinter sich und legte ihre Sachen auf einem wackelig aussehenden Stuhl ab. „Hast du keinen Pyjama dabei?“

„Nein. Ich bin davon ausgegangen, alleine zu schlafen, und da ich – wie du weißt – nackt schlafe …“

„Ja, ja“, unterbrach Blair ihn stirnrunzelnd und lief auf die andere Seite des Bettes, wo sie ebenfalls die Bettdecke zurückschlug. In dem Gästezimmer gab es nicht einmal einen Fernseher, den sie hätten laufen lassen können, um keine unangenehme Stille zwischen ihnen aufkommen zu lassen. Es gab lediglich das Bett, einen wuchtigen Kleiderschrank aus dunklem Holz mit einem überdimensionalen Spiegel in der Mitte sowie eine Kommode und einen Stuhl. Dafür war alles penibel sauber und aufgeräumt. Außerdem roch die Bettwäsche wie frisch gewaschen.

„Willst du etwa in deiner Jeans schlafen?"

„Was?"

Er deutete auf ihre Jeans, die sie noch immer trug, weil sie nicht in ihrem Unterhöschen über den Flur hatte laufen wollen. „Du trägst noch deine Jeans. Hast du keinen Pyjama dabei?", wiederholte er ihre vorherige Frage mit einem schiefen Lächeln.

Blair schüttelte ihr Kopfkissen auf. „Nein, den habe ich heute Morgen in der Eile vergessen."

„Aha."

„Keine große Sache, schließlich habe ich nichts zu verbergen, was du nicht längst kennst", erwiderte Blair ruhig und wie selbstverständlich. Jake würde sie nicht dazu bringen, sich verlegen zu winden. Also öffnete sie gelassen ihre Jeans und wollte diese gerade nach unten ziehen, als sie den Kopf hob und seinen interessierten Blick bemerkte. „Du könntest trotzdem beiseite schauen."

„Ich bin doch auch halb nackt."

„Aber freiwillig", gab sie zurück und schlüpfte trotzdem aus ihrer Hose, weil sie sich selbst albern dabei vorkam, sich vor Jake zu zieren.

„Trägst du ein Spongebob-Schwammkopf-Höschen?", wollte Jake ungläubig wissen.

Blair warf das aufgeschlagene Kissen zurück ans Kopfende ihrer Bettseite. „Was soll ich sagen? Ich bin ein großer Fan."

Bevor Jake noch weitere Bemerkungen zu ihrer Unterwäsche machen konnte, schlüpfte sie unter die Bettdecke und zog diese bis ans Kinn nach oben. „Mach das Licht aus. Ich bin müde." Zur Untermauerung ihrer letzten Bemerkung gähnte sie laut.

„Wie Frau Spongebob befiehlt."

Vom Bett aus konnte sie beobachten, wie Jake zum Lichtschalter lief und die Deckenbeleuchtung ausschaltete. Das Licht der Straße von draußen, das durch das Fenster schien, war jedoch hell genug, dass Blair verfolgen konnte, wie Jake zurück zum Bett kam und ebenfalls unter die Decke schlüpfte. Das hölzerne Bettgestell knarzte, als er sich zurücklehnte.

Beide lagen nebeneinander auf dem Rücken und starrten an die Decke über sich, ohne etwas zu sagen.

Im Zimmer war es so mucksmäuschenstill, dass jedes Rascheln der Bettdecke oder Knarzen des Bettes ohrenbetäubend laut zu sein schien.

Blair konnte nur an die Komik der Situation denken, dass sie mit ihrem Ex in einem Bett lag und dass sie beide peinlichst darauf achteten, dem anderen nicht zu nahe zu kommen. Man hätte meinen können, dass sie sich wie ein altes Ehepaar verhielten, das bereits seit Jahrzehnten verheiratet war.

In die Stille des Zimmers fragte Jake plötzlich irritiert hinein: „Wieso lachst du?"

Erst Jakes Frage sagte ihr, dass sie gelacht haben musste, auch wenn sie selbst es gar nicht gemerkt hatte. „Weil wir beide wie ein uraltes Ehepaar nebeneinanderliegen."

„Das findest du komisch?"

„Irgendwie schon."

Wieder trat Stille ein, bis Jake flüsterte: „Dieser Spiegel ist unheimlich."

Blair hob ein bisschen den Kopf und schielte zum Kleiderschrank, in dessen Spiegel sie tatsächlich sich und Jake entdecken konnte. „Stimmt. Man kann sich vom Bett aus selbst beobachten. Meinst du, sie haben den Schrank mit Absicht dort hingestellt? Sozusagen als Ausgleich für den fehlenden Fernseher?"

Er gluckste. „Live-Entertainment? Dann sollte der Spiegel wohl eher unter der Decke hängen. Das ist in Stundenhotels doch auch der Fall."

Prompt drehte sie den Kopf in seine Richtung. „Das klingt ja so, als wüsstest du, wie es in Stundenhotels aussieht."

Auch Jake hatte seinen Kopf zur Seite gedreht und konnte sie nun direkt ansehen. „Ich spreche nicht aus eigener Erfahrung."

„Bist du sicher?"

Schnaubend erwiderte er: „Das müsstest du doch am besten wissen."

Obwohl die Neugierde sie beinahe umbrachte, gab sie sich völlig abgeklärt. „Woher soll ich denn wissen, was du in den vergangenen Monaten gemacht hast?"

„Bestimmt habe ich mich nicht in irgendwelchen Stundenhotels herumgetrieben", entgegnete er leise und keineswegs wütend. Viel eher klang er matt und erschöpft.

Zwar hatte Blair nicht explizit nachgefragt, aber Jake erläuterte dennoch ruhig: „Ich habe viel gearbeitet. Sehr viel. Daneben gab es kaum Zeit für etwas anderes und bestimmt nicht dafür, jemanden kennenzulernen. Um ehrlich zu sein, war ich auch nicht auf der Suche."

„Oh."

Wenn sie jetzt auf eine romantische Offenbarung gehofft hätte, wäre sie enttäuscht worden, weil Jake mit einem Seufzen sagte: „Wir sollten schlafen, Blair."

„Gute Nacht."

„Nacht."

Er drehte sich auf die Seite und kehrte ihr den Rücken zu, bevor er das Kissen unter seinem Kopf in die richtige Position brachte und anscheinend einschlief.

Blair konnte nicht einschlafen, weil sie an seine letzten Worte denken musste.

Warum war sie einerseits so euphorisch darüber, dass er im vergangenen Jahr niemanden hatte kennenlernen wollen, und warum war sie andererseits so niedergeschlagen? Sie selbst hatte ein einziges Mal versucht, mit jemandem auszugehen, und war kläglich gescheitert. Eigentlich hatte es sich schon nicht gut angefühlt, die Einladung des Freundes ihres Arbeitskollegen anzunehmen. Gefreut hatte sie sich auf das Date ebenfalls nicht. Es war eher das Gefühl gewesen, das man bereits Tage vor einem Zahnarzttermin hatte, den man nicht schnell genug hinter sich haben konnte. Das Date hatte sie nach dreißig Minuten mit der Ausrede beendet, an einer Durchfallerkrankung zu leiden.

Blair hatte sichergehen wollen, dass sich ihr Date nicht ein zweites Mal bei ihr meldete. Das Kopfkino, das ein Mann haben musste, wenn sein Date ihm von einem fiesen Durchfall berichtete, musste ausreichen, um ihn langfristig abzuschrecken.

„Blair?“

Anscheinend war Jake doch noch nicht eingeschlafen.

„Ja?“

„Hast du im letzten Jahr Zeit in einem Stundenhotel verbracht?“

Offenbar kreisten seine Gedanken um das gleiche Thema wie Blairs. Sie lächelte inwendig. „Nein, das nicht. Aber ich hatte ein Date.“

„Mit Spongebob Schwammkopf?“ Jake drehte sich zu ihr und schaute sie neugierig an.

Auch Blair drehte sich auf die Seite und konnte ihm genau ins Gesicht sehen.

„Das Vergnügen hatte ich nicht, nein.“

„Tja, das ist ja schade.“

„Und wie.“ Möglichst sachlich berichtete sie: „Der Kumpel eines Arbeitskollegen fragte mich nach einem Date. Weil er ein bisschen wie Adam Sandler aussah, habe ich zugestimmt.“

„Adam Sandler ist dunkelhaarig. Hast du mir nicht gerade etwas von deinem Faible für Rothaarige erzählt?“

„Das schon, aber gegen Adam Sandler kommt niemand an. Ich liebe seinen Humor.“ Sie verdrehte die Augen. „Leider war das Date nicht annähernd so witzig wie der gute Mr. Sandler.“

„Was hat er denn gemacht?“

Sie fuhr fort, als würde das alles erklären: „Er hat ein Light Bier getrunken.“

Empört schnalzte Jake mit der Zunge. „Grauenvoll!“

„Und dann erzählte er von den Kochkursen, die er belegt hat. Als wäre das Light Bier nicht schon schlimm genug gewesen!“

„Wir haben doch auch an Kochkursen teilgenommen“, erinnerte Jake sie glucksend.

„Das war etwas völlig anderes“, wehrte Blair ab.

„Solltest du mir nicht eigentlich zustimmen, dass das Date eine Katastrophe war?“

„Ach was! Ich höre mir viel lieber die Geschichte über dich und dein Date mit einem Light-Bier-Liebhaber an.“

Blair sah ihn vorwurfsvoll an.

„Wie ging es dann weiter?“, wollte Jake unbeeindruckt von ihr wissen.

Sie hob unschlüssig eine Hand. „Wie ging es wohl weiter? Ich habe das gemacht, was die meisten Frauen in meiner Situation gemacht hätten. Ich ging aufs Klo und kam zurück, um ihm zu erzählen, dass ich den schlimmsten Durchfall der Menschheitsgeschichte hätte.“

Die Ruhe im einsamen Schlafzimmer war vorbei, denn Jake begann herzhaft zu lachen. „Du hast ihm erzählt, du hättest Durchfall?!“

„Ich wollte schließlich sichergehen, dass er nicht mehr anruft.“

„O Mann, Blair, du weißt wirklich, wie man mit Männern umgehen muss. Das alles wegen eines Light Biers?“

„Die Kochkurse nicht zu vergessen“, witzelte sie, bevor sie ernster wurde. „Nein, ich glaube, er war ein netter Kerl, aber ... es hat sich nicht richtig angefühlt. Es war einfach zu früh. Du weißt schon.“ Blair sah ihn bedeutungsvoll an, während ihre Stimme bebte: „Ich war noch nicht darüber hinweg, keine Chance bei Spongebob Schwammkopf zu haben."

„Du Komikerin", schnaubte er und streckte seine Hand aus, mit der er ihr eine Haarsträhne aus der Stirn strich. „Adam Sandler könnte gegen dich sowieso einpacken."

Die Spannung zwischen ihnen war plötzlich elektrisch aufgeladen. Und Jake befeuerte sie, indem seine Fingerspitzen zärtlich über ihre Schläfe, ihre Wange und schließlich über ihre Lippen fuhren.

Blair hatte geahnt, dass eine Nacht in einem gemeinsamen Schlafzimmer auf Sex hinauslaufen würde. Wenn Jake nicht den ersten Schritt gemacht hätte, wäre sie vermutlich diejenige gewesen, die ihn zuerst berührt hätte.

Als er sich vorbeugte, um sie zu küssen, wusste Blair genau, was jetzt kommen würde. Sie drehte sich ja sogar in seine Richtung, damit er sich nicht den Hals verrenken musste, um sie zu küssen. Dennoch flüsterte sie, ein paar Millisekunden, bevor er ihre Lippen berühren konnte: „Lass uns klarstellen, dass der Sex nichts ändert. Wir sind immer noch ..."

Bevor sie ihren Satz beenden konnte, küsste Jake sie bereits.

Sobald sich ihre Münder fanden, schlang Blair ihm die Arme um den Hals und glitt mit den Händen über seine breiten Schultern. Sie wollte sich fallen lassen und tat das mit einem tiefen Kuss, der sie am ganzen Körper kribbeln ließ.

Inbrünstig erwiderte sie seinen Kuss, der sowohl zärtlich als auch leidenschaftlich war und Blair sich wünschen ließ, dass er niemals zu Ende sei. Sie knabberte, leckte und kostete, weil sie Jakes Geschmack liebte und weil sich seine Lippen perfekt an ihren anfühlten. Von seinem Geruch ganz abgesehen – würzig und intensiv. Der Geruch, den sie lange Zeit vermisst hatte.

Ihre Zungen erkundeten sich gegenseitig, während Jake seine Arme um sie schlang und sie dicht an sich zog. Trotz ihres T-Shirts konnte sie die Hitze, die er ausstrahlte, direkt an ihrer Haut spüren, und merkte, wie sich ein sehnsuchtsvolles Gefühl in ihr ausbreitete, das weit über Erregung hinausging.

Irgendwie fühlte es sich an, als hätte sie in den vergangenen Monaten unter Heimweh gelitten und würde es jetzt erst merken.

Seufzend schmiegte sie sich an seinen starken, warmen Körper.

Blair genoss das Gefühl seiner großen Hände auf ihrem nackten Rücken, als er mit ihnen unter ihr Shirt schlüpfte. Seine Fingerspitzen erkundeten scheinbar jeden Quadratzentimeter ihrer Haut, die unwahrscheinlich sensibel auf jede einzelne Berührung reagierte. Stöhnend streckte sie ihm den Mund entgegen und intensivierte den Kuss, während sie mit ihren Händen über seine Brust fuhr und jeden Muskel und jeden Sehnenstrang erforschte.

Ihr wurde immer wärmer, je enger sie sich an ihn presste und je öfter sie ihn berührte.

Langsam beendete Blair den Kuss und glitt mit ihrem Mund über seinen empfindlichen Hals, presste einen feuchten Kuss auf sein Schlüsselbein und strich währenddessen mit ihren Fingerspitzen über das kurze, blonde Haar, das auf seiner Brust wuchs.

Sie hatte das Gefühl, dass sie beide glühten, als ihre Zunge langsam über seine Kehle leckte und sie das Salz auf seiner Haut schmeckte.

Jake benötigte nur die wenigen Sekunden, als Blair den Kopf zurücknahm, um ihr das T-Shirt über den Kopf zu ziehen.

Was er dann tat, ließ sie stöhnend und schwach vor Lust in die Kissen sinken.

Sein warmer Mund glitt über ihren Hals, saugte an allen empfindlichen Stellen, von deren Existenz Blair nicht einmal geahnt hatte, und knabberte zärtlich an ihrem Ohrläppchen, während seine warmen Hände über ihren Bauch rieben und weiter hinab zu ihren Hüften und ihrem Po fuhren.

Sie hob sich ihm entgegen und stöhnte leise auf, sobald ihre Brüste seine Brust berührten.

Jake zog scharf die Luft ein, und auch Blair schnappte nach Luft, als sich ihre harten Brustwarzen gegen seine kräftige Brust pressten.

Im Dunkeln des Zimmers konnte Blair seinen glühenden Blick erkennen. Langsam hob sie eine Hand und legte sie auf seine Wange. Mit der anderen umfasste sie seinen Nacken und zog ihn zu sich herunter.

Der direkte Körperkontakt, als Jake förmlich auf ihr lag, raubte ihr den Atem.

Blair erforschte seinen Mund und verlor beinahe das Bewusstsein, als sie beide sich erregt aneinander rieben und sie seine harte Erektion durch die Boxershorts direkt an ihrem Bauch spüren konnte.

Mit heiserer Stimme stöhnte Jake ihren Namen und umfasste zärtlich ihre Brüste, bevor sein Mund von ihren Lippen tiefer wanderte, über ihren Hals leckte und sich schließlich abwechselnd um ihre Nippel schloss. Dabei umfassten seine starken Hände ihren Rippenbogen.

Blair wand sich unkontrolliert unter ihm und vergrub ihre Finger in seinem Nacken.

Gleichzeitig rieb sie die Oberschenkel aneinander und presste sich gegen seine Erektion.

Als Jake ihre Nippel immer stärker in seinen Mund sog und sie mit der Zunge umkreiste, sah Blair förmlich Sterne vor den Augen.

Laut stöhnte sie seinen Namen und zitterte.

Seine Hand gesellte sich zu Spongebob Schwammkopf, den er einfach aus dem Spiel ausschloss, indem er ihr das Höschen hinunterzog und dieses im hohen Bogen aus dem Bett warf.

Sie wollte nicht untätig bleiben und zog ihm mit zitternden Händen die Boxershorts hinunter.

Obwohl Blair nun das Ruder übernehmen wollte, ließ Jake es nicht zu.

Er beugte sich über sie und sah sie mit vor Leidenschaft verschleierten Augen an. „Heute nicht, Baby. Es ist viel zu lange her, und ich will nicht, dass es sofort vorbei ist."

Blair glaubte schon zu kommen, als er sie mit dieser tiefen und vor Lust verzerrten Stimme Baby nannte. Sie schluckte mühsam gegen ihre Erregung an und liebkoste seine schweißnassen Schultern. Gleichzeitig wollte sie ihm einfach nah sein und ihn eng an ihren Körper gepresst fühlen. „Erst vor zwei Tagen haben wir miteinander geschlafen", erinnerte sie ihn leise.

Jake schüttelte hart den Kopf. „Das war schneller Sex. Heute will ich etwas anderes."

Sie konnte ihn nicht fragen, was er heute wollte, weil er sie wieder küsste.

Lustvolle Berührungen und zärtliche Liebkosungen wechselten sich in den nächsten Minuten ab. Blairs Herz schlug in einem wilden Rhythmus, von dem sie glaubte, ihn unter Umständen nicht zu überleben.

Als Jake endlich in sie eindrang und ihr dabei die ganze Zeit in die Augen sah, stockte ihr der Atem. Eine alles verzehrende Hitze breitete sich bei jeder seiner tiefen Bewegungen in ihrem Körper aus, während sie sich hilflos und verzweifelt an ihn klammerte. Voller Sehnsucht rief sie immer wieder seinen Namen und konnte sehen, dass seine Augen jedes Mal vor Verlangen aufglühten.

Wann hatte sie jemals eine solche Lust gespürt und sie auch in seinem Gesicht gesehen?

Lange bevor sie kam, wusste Blair, dass sie verloren war.

KAPITEL 17

EIN JAHR ZUVOR

„Jake, Liebling! Ich bin wieder da!“ Blair schloss die Wohnungstür hinter sich und ließ erleichtert ihre Schlüssel auf das kleine Tischchen im Wohnungsflur fallen, bevor sie ihren Koffer und ihre Handtasche in die Ecke stellte. Der sechsstündige Flug von San Francisco zurück nach New York hatte sie geschafft, und der gestrige Cocktailabend mit Lucy tat sein Übriges dazu, dass sie heute todmüde war.

Nicht zu vergessen das Meeting, das sie akribisch in den letzten zwei Wochen vorbereitet hatte und das gestern Morgen in einem Büro mit Dutzenden wichtigen Kunden stattgefunden hatte. Obwohl es ein voller Erfolg gewesen war und ihre Idee für die kommende Werbeserie des marktführenden Fußdeodorants komplett übernommen wurde, wollte Blair jetzt einfach nur noch ein paar Kuscheleinheiten ihres Freundes bekommen, bevor sie sich ins Bett legte und schlief. Den morgigen Sonntag hatte sie bereits verplant, weil sie mit Jake erst im Bett bleiben, dann zum Brunch gehen und später dann wieder ins Bett gehen wollte. Sie hatten sich in den letzten Wochen einfach zu selten gesehen, denn irgendwie kollidierten momentan ihre Arbeitszeiten zu sehr miteinander.

Sie hatte so manche Nacht der Vorbereitung auf dieses Meeting geopfert und lange am Schreibtisch gesessen, und Jake verbrachte in den letzten Wochen viel Zeit im Büro, das er oft erst viel zu spät am Abend verließ. Wenn er dann nach Hause kam, war er ebenfalls todmüde und legte sich sofort ins Bett.

Weil sie ihn schrecklich vermisste und ihren letzten Streit bereute, den sie erst kurz vor ihrer Abreise miteinander gehabt hatten, war Blair sogar schon so weit gewesen, den Abend mit Lucy abzusagen und nachts noch nach Hause zu fliegen.

Die Vernunft hatte jedoch gesiegt, weil sie ihre Freundin erstens seit Monaten nicht gesehen hatte und sich darauf freute, ein bisschen Zeit mit Lucy zu verbringen, und weil es zweitens idiotisch gewesen wäre, morgens um fünf Uhr anzukommen anstatt um zwei Uhr mittags. Der Unterschied machte den Braten auch nicht fetter.

Für heute hatte sie sich vorgenommen, ausnahmsweise nicht mit Jake zu streiten, weil sie es leid war, dass sie sich ständig angifteten. Der Abend mit Lucy hatte ihr gutgetan und ihr auch ein bisschen die Augen geöffnet. Sie liebte Jake und war glücklich mit ihm – was machte es da schon aus, dass er bislang keine Anstalten gemacht hatte, übers Heiraten zu reden?

Sie brauchte keinen Trauschein und keinen Ring am Finger, um zu ihm zu gehören.

Dass Lucy der einzige Mensch seit gefühlten Ewigkeiten gewesen war, der sie *nicht* mit der Frage überfallen hatte, wann Jake und sie endlich heirateten und Kinder bekamen, hatte Blair entspannen lassen. Sie war es nämlich leid, ständig nur auf dieses Thema angesprochen zu werden.

Und sie hatte in den vergangenen Monaten selbst gemerkt, dass sie diesen Druck auf Jake übertragen hatte.

Wie ein Teenager in der Highschool sprach sie das Thema bei jeder sich bietenden Gelegenheit an und hoffte, dabei so subtil zu sein, dass Jake es nicht bemerkte. So subtil war sie jedoch nicht, weil er immer wieder dichtmachte. Es war irgendwie fast so, als wolle er das Thema absichtlich vermeiden und nicht darüber reden.

Blair wollte ihn jedoch nicht drängen. Wenn er noch nicht dazu bereit war, mit ihr übers Heiraten zu reden, dann wollte sie es akzeptieren und warten.

Mit diesem Vorsatz im Kopf lief sie durch den Wohnungsflur, der voll von gerahmten Fotos war, die in den letzten Jahren entstanden waren, und steckte den Kopf durch die Tür ins Arbeitszimmer, in dem Jake über den Schreibtisch gebeugt saß und arbeitete.

Da er seine Kopfhörer trug, die er oft aufsetzte, um von ihren lauten Nachbarn beim Arbeiten nicht gestört zu werden, hatte er sie offenbar nicht gehört, als sie zur Tür hineingekommen war.

Das gab Blair die Gelegenheit, ihn eingehend zu mustern, während sie mit vor der Brust verschränkten Armen im Türrahmen lehnte.

Noch immer kribbelte es in ihrem Magen, wenn sie ihn ansah, obwohl sie ihn vor ewigen Zeiten kennengelernt hatte. Eigentlich sollte man doch denken, dass mit der Zeit diese heftige körperliche Anziehung nachließ, aber das war bei ihnen nicht der Fall. Kein bisschen. Blair war noch immer verrückt nach ihm und konnte die Hände nur schwer von ihm lassen. Dass es ihm ähnlich ging, bewies er ihr ständig. Vermutlich war der Krach ihrer Nachbarn, den sie am Tag verursachten, nur die Rache dafür, dass diese nachts nicht schlafen konnten, weil Jake und Blair mal wieder viel zu laut gewesen waren.

Der Gedanke ließ sie grinsen.

Mit diesem Grinsen auf den Lippen pirschte sie sich an ihn heran, schlang ihm die Arme um den Hals und zog ihm die Kopfhörer von den Ohren.

Erschrocken zuckte er zusammen und legte den

Kopf zurück. Blair ließ sich diese Chance nicht entgehen und drückte ihm einen Kuss auf den Mund.

„Hallo, Schatz, ich bin zurück."

„Hey." Jake erwiderte den Kuss und drehte sich mit seinem Stuhl zu ihr herum. „Du hast ja gute Laune."

„Ich habe dich vermisst", murmelte sie an seinen Lippen und setzte sich auf seinen Schoß, um ihn noch gründlicher küssen zu können, ohne sich gleich den Nacken zu verrenken. „Und ich bin froh, wieder zu Hause zu sein."

Sein Arm schlang sich um ihre Taille, während er den Kuss beendete und sich zurücklehnte, um ihr ins Gesicht zu schauen.

Ganz automatisch legte Blair eine Hand auf seine Wange, weil er ebenfalls ziemlich geschafft aussah.

„Wie war das Meeting?"

„Ein voller Erfolg. Wir haben den Auftrag im Sack", entgegnete sie zufrieden.

„Glückwunsch, Baby", gratulierte er grinsend. „Meine Freundin, die Star-Werbemacherin von Fußdeos."

„Tja, ich schätze, den Titel lasse ich auf meine Visitenkarten drucken."

„Mach das." Jake tätschelte ihren Oberschenkel. „Und wie geht es Lucy?"

„Wunderbar. Ich soll dich schön grüßen." Ihr Blick wanderte zu den Blaupausen auf seinem Schreibtisch. „Hast du Arbeit mit nach Hause genommen?"

„Ja, ein bisschen. Am Montag haben wir eine Konferenz mit Mr. Jackson von der *Alistair Group*, auf die ich vorbereitet sein möchte."

Ihr lagen bereits ein Haufen Kommentare auf der Zunge, dass er sich noch überarbeitete und zu viel Energie in einen Job investierte, für dessen Überstunden er nicht einmal adäquat bezahlt wurde. Jedoch schluckte sie all diese Kommentare hinunter und schmiegte sich lieber an ihn. Während ihre Hand über seine Hemdbrust wanderte, flüsterte sie mit einem Seufzen: „Das ist aber schade. Eigentlich wollte ich ein paar nette Stunden mit dir im Bett verbringen, aber wenn du arbeiten musst ..." Absichtlich beendete sie den Satz nicht.

In seinen blauen Augen glomm unverkennbares Interesse auf. „Ist das so?"

Blair nickte und beugte sich vor, um ihn auf den Hals zu küssen. „Wir hatten in den letzten Wochen viel zu wenig Zeit füreinander. Und streiten möchte ich mich auch nicht mehr mit dir, Baby."

„Das möchte ich auch nicht", gestand er heiser.

Und so geschah es, dass Blair ihren hinreißenden Freund in ihrem gemeinsamen Arbeitszimmer verführte und jede Müdigkeit vergaß.

Eine Stunde später teilten sie sich brüderlich das Badezimmer, nachdem sie zusammen geduscht hatten. Blair saß in ein Handtuch gewickelt auf dem Rand der Badewanne und cremte sich ein, während sie Jake beobachtete, der in herrlicher Nacktheit am Waschbecken stand und sich rasierte. Angesichts seines unschuldig wirkenden Hinterteils und der winzigen Grübchen direkt darüber kam sie nicht umhin, ihn versonnen zu mustern.

„Lucy hat überlegt, zu Silvester vielleicht zu uns zu kommen und hier zu feiern", informierte sie ihn und streckte einen Arm aus, um ihren Ellenbogen einzucremen. „Das ist doch okay, oder?"

„Natürlich." Er blickte in den Badezimmerspiegel vor sich und fing ihren Blick ein. „Lucy war seit Ewigkeiten nicht hier. Mich würde es freuen. Datet sie noch diesen Hundesitter?"

Glucksend schüttelte Blair den Kopf. „Er war Hundetrainer und nein, mit dem ist schon lange Schluss. Es war auch nichts Ernstes."

„Gibt es jemand Neues?"

„Hat sie nicht erzählt."

„Sonst ist alles okay mit ihr?"

„Ja, ihr geht es prima. Lucy hatte einige lustige Geschichten über ihren Job parat. Wer hätte gedacht, dass so viele verrückte Kundinnen in ein Brautmodengeschäft spazieren. Apropos Hochzeit, Jake, in zwei Wochen heiratet Sydney. Hast du die Flüge nach Pittsburgh bereits gebucht?"

Wie aufs Stichwort schien sich sein Gesicht zu verfinstern, dabei ging es immerhin um die Hochzeit seiner Cousine. Er brummte lediglich vor sich hin, dass er zwei Plätze bereits reserviert hatte, und rasierte sich anschließend schweigend weiter.

Die schöne Stimmung war futsch, und Blair hatte das Gefühl, dafür verantwortlich zu sein. Sie wusste selbst nicht, warum sie ausgerechnet mit diesem Thema angefangen hatte. Aber mal ehrlich! Sollte sie bis an ihr Lebensende nicht mehr über Hochzeiten anderer Menschen oder den Job ihrer Freundin reden, die nun einmal Brautkleider verkaufte, weil Jake offenbar eine Phobie gegen Hochzeiten entwickelt hatte?

Dummerweise waren sie nun einmal in einem Alter, in dem die meisten Paare heirateten. Deshalb sollte er sich lieber daran gewöhnen, das H-Wort häufiger zu hören, auch wenn sie einen Teufel tun würde, es noch einmal in seiner Gegenwart zu benutzen.

Blair war plötzlich wütend. Und das gefiel ihr keinesfalls. Sie wollte nicht schon wieder wütend oder ratlos sein, weil Jake sich gegen eine Heirat sperrte.

Er sagte irgendetwas, was sie jedoch nicht mitbekam, weil sie in ihrem Kopf Selbstgespräche darüber führte, was mit ihm los war.

Fragend blickte sie auf. „Hm? Hast du etwas gesagt?“

„Ist alles okay?“

„Aber sicher“, entgegnete sie gespielt leichthin. „Ich war nur in Gedanken.“

Er lächelte schwach. „Eigentlich wollte ich dich fragen, ob wir im Winter für ein paar Tage in die Berge fahren sollen. Wir waren seit Ewigkeiten nicht Ski fahren und hätten beide eine kleine Pause nötig."

Das war irgendwie süß.

Und irgendwie ziemlich falsch, schließlich hatte Jake ihr erst bei ihrem letzten Streit vorgeworfen, nicht ans Geld zu denken, als sie davon erzählt hatte, dass eine Arbeitskollegin ein traumhaftes Haus in Brooklyn gekauft hatte. Blair hatte gewagt, ihm vorzuschlagen, selbst nach einem Eigenheim zu suchen, weil die Kredite momentan so günstig zu bekommen waren.

Der anschließende Streit war geradezu episch gewesen.

Aber jetzt war er derjenige, der einen Skiurlaub vorschlug, der sicherlich nicht gerade günstig sein würde.

Dennoch wollte Blair keinen neuen Streit vom Zaun brechen. „Sicher", erwiderte sie daher lustlos und erhob sich vom Badewannenrand. „Ich lege mich hin, Jake. Ich bin müde."

Er kam nicht mit, sondern setzte sich wieder an den Schreibtisch.

KAPITEL 18

Samstag

JAKE KLOPFTE AN, bevor er die Tür zum Zimmer öffnete, und lugte vorsichtig hinein.

Warum er nach der vergangenen Nacht so zurückhaltend war, wusste er selbst nicht. Vielleicht lag es daran, dass Blair ihn während eines gigantischen Vorspiels daran erinnert hatte, dass der Sex zwischen ihnen nichts änderte. Vielleicht lag es aber auch daran, dass sie beide die halbe Nacht über versucht hatten, den anderen mit multiplen Orgasmen umzubringen, bevor sie in einen tiefen Erschöpfungsschlaf gefallen waren und nicht weiter darüber geredet hatten, was das zwischen ihnen eigentlich war.

Daher fühlte er sich ein wenig gehemmt, Blair heute Morgen gegenüberzutreten.

Als er aufgestanden war, hatte sie noch geschlafen, aber jetzt war sie hellwach und bereits angezogen. Ihre Haare waren ein einziges Chaos und völlig zerzaust, aber Jake hatte niemals zuvor etwas Liebreizenderes gesehen als eine ungeschminkte Blair mit Zahnpasta am Kinn und in einem Sweatshirt, in dem sie beinahe ertrank.

„Hey."

„Hey", antwortete sie und sah ihn ebenso vorsichtig an wie er sie.

„Hast du gut geschlafen?" Langsam schloss er die Tür hinter sich und lehnte dagegen.

Er konnte sich täuschen, aber eine unmerkliche Röte schien sich auf ihren Wangen auszubreiten. Was kein Wunder war, wenn man bedachte, was sie in den vergangenen Stunden miteinander getrieben hatten.

Blair nickte sichtlich befangen. „Ja, habe ich. Und du?"

Jake nickte ebenfalls und überlegte verzweifelt, wie er das Thema ansprechen sollte, das ihm am meisten am Herzen lag. Die letzten Tage hatten ihm zu denken gegeben. „Blair, wir sollten vermutlich über die letzte Nacht reden."

„Ja, das denke ich auch", stimmte sie ihm nachdenklich zu und lächelte schwach.

„Ich ..."

„Du …“

Beide hatten gleichzeitig zu reden angefangen und lachten nervös auf.

„Fang du ruhig an“, bat Blair ihn.

Jake schüttelte den Kopf. „Nein, du zuerst.“ Irgendwie musste er noch die nötige Courage sammeln, um vor Blair einzugestehen, dass er ein paar Fehler gemacht hatte und sie jetzt bereute.

„Okay.“ Zögerlich leckte sie sich über die Lippen und sah ihn über das Bett hinweg von ihrer Seite aus an. Wieder lächelte sie zittrig. „Die letzte Nacht war toll … phänomenal.“

„Das finde ich auch.“

„O Mann … das hier ist schwieriger, als ich gedacht habe“, gestand sie ihm ein.

„Das sehe ich auch so.“ Jake lächelte sie zärtlich an. „Mir ging etwas ganz Ähnliches durch den Kopf.“

Blair lächelte ebenfalls. „Der gesamte gestrige Tag war toll, Jake – also abgesehen von der Tatsache, dass wir Harper finden wollen und dir auf der Fähre schlecht war.“

Grinsend legte er den Kopf schief. „Ich verstehe schon.“

Blair seufzte. „Ich meine, wir konnten endlich wieder völlig normal miteinander umgehen, ohne uns wegen jeder Kleinigkeit zu streiten. Das ist mir sehr wichtig.“

„Mir auch.“

„Die ganzen Streitereien wegen nichts und wegen allem haben mich ziemlich fertiggemacht." Ihre großen Augen sahen ihn unglücklich an. „Das Paar, zu dem wir geworden waren, waren nicht mehr wir."

Da musste er ihr zustimmen. „Mich hat diese Situation auch sehr belastet", gab er zu. „Ich wollte das alles nicht, aber ich konnte nicht aus meiner Haut."

„Ständig habe ich mir vorgenommen, nicht immer so schnell an die Decke zu gehen, tat es dann aber doch. Dabei habe ich es gehasst, mich mit dir zu streiten."

Ohne nachzudenken, erklärte Jake ihr unumwunden: „Das letzte Jahr war eine Katastrophe."

„Meines auch." Blair schluckte sichtbar. „Wenn ich ganz ehrlich bin, hatte ich sogar mit dem Gedanken gespielt, gar nicht zu Harpers Hochzeit zu kommen, weil ich Angst davor hatte, dich wiederzusehen."

Beinahe hätte Jake aufgelacht. „Und ich stand kurz davor, eine Schauspielerin zu engagieren, die meine Freundin mimen sollte, weil ich Panik davor hatte, dass du hier mit einem anderen Mann aufschlagen könntest."

Ihre Lippen kräuselten sich zu einem amüsierten Lächeln. „Damit hättest du sicherlich die Sitzordnung deiner Schwester durcheinanderbekommen."

„Scheiß drauf." Vergnügt musterte er sie. „Blair, ich …"

„Warte." Sie holte Luft. „Darf ich noch kurz zu Ende sprechen, was ich sagen wollte?"

Jake hob beide Hände in die Luft. „Nur zu."

Nervös rang Blair ihre Finger. „Wie du schon sagtest: Das letzte Jahr war eine Katastrophe, und ich glaube, das lag daran, dass unsere Trennung so hektisch und schnell vonstattenging. Wir hatten ja gar keine Möglichkeit, sie zu verarbeiten. Mir ging es jedenfalls so. Deshalb war ich in den letzten Tagen auch so zickig, wann immer du den Mund aufgemacht hast."

„Der Ehrlichkeit halber habe ich auch gerne ausgeteilt während der letzten Tage."

„O ja, das hast du." Blair verdrehte die Augen. „Aber das ändert nichts an der Tatsache, dass wir genau dort weitergemacht haben, wo wir vor einem Jahr aufgehört haben. Trotzdem geht es auch anders. Die letzte Nacht ... das war ..." Sie suchte nach Worten.

Jake setzte sich gerade in Bewegung und wollte um das Bett herumgehen, um Blair an sich zu ziehen und ihr zu versichern, wie erleichtert und froh er darüber war, dass sie genauso fühlte wie er und dass sie ihnen beiden eine zweite Chance geben wollte, als Blair fortfuhr: „Ich denke, die letzte Nacht war ein Abschluss, den wir beide gebraucht haben."

Mitten in seiner Bewegung hielt er inne. „Wie bitte?"

„Ja." Blair wirkte nachdenklich. „Wir haben uns so

überstürzt getrennt, dass wir beide noch in der Luft gehangen haben. Daher konnten wir beide auch nichts Neues mit einem anderen Partner eingehen."

Sprachlos starrte er sie an. Was für einen Unsinn redete sie da bloß?

Sie sprach von einem Abschluss, während er ihr einen Neuanfang vorschlagen wollte. Jake kam sich wie der allerletzte Idiot auf Erden vor. Blair hatte mit ihm reden wollen, weil die letzte Nacht für sie nichts änderte – wie sie es gestern bereits gesagt hatte. Aber für ihn hatte die letzte Nacht alles geändert – nur stand er mit dieser Meinung allein da.

„Jetzt haben wir das Ende unserer Beziehung aufgearbeitet und können neu anfangen." Blair sah ihn geradezu glücklich an. „Jake, ich ..."

„Stimmt", unterbrach er sie fast schon ruppig, weil er kein einziges Wort mehr darüber hören konnte, wie toll es doch gewesen sei, die wohl wundervollste und gefühlvollste Nacht miteinander verbracht zu haben und so ihre Beziehung abzuschließen. Mit einem großen Knall sozusagen.

Blair wirkte getroffen. „Siehst ... siehst du das nicht auch so?"

„Doch, du hast völlig recht. Die letzte Nacht hat nichts daran geändert, dass wir getrennt sind", hörte er sich selbst sagen und war nur froh, dass er nicht zuerst gesprochen hatte. Er hätte sich völlig lächerlich gemacht, wenn er ihr gestanden hätte, ohne sie verrückt zu werden, während Blair davon faselte, wie großartig die Entscheidung gewesen sei, sich voneinander zu trennen. „Es war nur Sex. Wie du gesagt hast."

„Aber ..."

„Weißt du was? Ich glaube, wir bekommen nicht mehr allzu lange Frühstück." Verletzlichkeit und Groll stiegen in ihm auf, die er beide jedoch hinunterschluckte. Stattdessen hielt er es für besser, zum Tagesgeschäft zurückzukehren. „Wir sollten uns beeilen und dafür sorgen, Harper zu finden, damit wir um zwei Uhr die Fähre zurück zum Festland nehmen können. Noch eine Nacht will ich wirklich nicht hier verbringen."

In ihrem Gesicht zuckte etwas auf, was er normalerweise näher ergründet hätte, aber er musste jetzt hier raus. Er konnte nicht eine Minute länger mit Blair allein bleiben. Also drehte er sich um.

„Jake." Ihre heisere und unsichere Stimme hielt ihn auf. „Ist ... ist alles okay zwischen uns?"

Über die Schulter sah er zu ihr zurück und nickte lässig. „Alles wunderbar. Ich bestell schon mal unser Frühstück. Komm runter, wenn du fertig bist."

Er war wütend.

Jake spürte, dass seine Laune im Keller war, und er war sich sicher, dass auch Blair wissen musste, dass er vor Zorn rotsah, schließlich herrschte in ihrem Mietwagen beredtes Schweigen.

Keiner von ihnen sagte ein Wort, während sie der Wegbeschreibung folgten, die ihnen ein Einheimischer gegeben hatte, der Harpers Auto gesehen haben wollte. Es war pures Glück gewesen, dass der ältere Farmer gerade seine Tankfüllung bezahlen wollte, als Jake den Kassierer nach Harpers Auto gefragt hatte. Nach einem unangenehmen Frühstück, bei dem Jake und Blair kaum ein Wort gesprochen hatten, und nach einem erfolglosen Versuch, eine weitere Abbuchung auf ihrem Kreditkartenkonto zu finden, war die Information, dass Harpers Mietwagen südlich von Stornoway gesehen worden war, der einzige Lichtblick an diesem Tag.

Jake konnte es kaum erwarten, endlich von dieser verdammten Insel hinunterzukommen, in der Lodge seine Sachen zu packen und so schnell wie möglich zurück nach New York zu fliegen.

Er hatte die Nase voll von Schottland.

„Schön ist es hier“, urteilte Blair leichthin, die links von ihm auf dem Beifahrersitz saß und aus dem Fenster sah.

„Es ist verdammt einsam, kalt und windig“, versetzte Jake grob und umklammerte das Lenkrad etwas fester als gewöhnlich, während er Gas gab und beinahe aus der Kurve geflogen wäre.

„Jake, ich möchte den morgigen Tag noch erleben“,

fuhr Blair ihn angespannt an. „Könntest du bitte langsamer fahren!“

Zwar ging er vom Gas, blaffte sie jedoch gleichzeitig an: „Da vorne ist eine Abbiegung. Sollen wir dort links fahren oder nicht?“

„Wenn du nicht so schnell durch die Gegend heizen würdest, könnte man vielleicht auch lesen, was auf dem Schild steht“, konterte Blair nur unerheblich beherrschter als er zurück.

Aus den Augenwinkeln konnte er sehen, wie sie nach der Wegbeschreibung griff.

„Hier steht nur, dass wir links in Richtung Cairn’s Cottage fahren sollen.“

Gezwungenermaßen drosselte er das Tempo und tuckerte auf das winzige Straßenschild zu, auf dem tatsächlich *Cairn’s Cottage* geschrieben stand.

Jake brummte und bog links auf eine Schotterpiste ab, die über eine Hochebene führte, die karge Heide auf der linken Seite von dichten grünen Wäldern auf der rechten Seite trennte. Mittlerweile bezweifelte er, dass seine Schwester ausgerechnet hier sein sollte. Der Farmer hatte die dummen amerikanischen Touristen vermutlich hereinlegen wollen und zu dem abgelegensten Ort ganz Schottlands geschickt. Höchstwahrscheinlich würde ihnen über kurz oder lang der Sprit ausgehen, nachts würden sie von wilden Tieren angegriffen werden, woraufhin er sich heldenhaft opfern würde und Blair den

Moderator einer Talkshow heiratete, der mit ihr ein Exklusivinterview über die schlimmsten Stunden ihres Lebens führte. Und Jake würde währenddessen als Mahlzeit wilder Tiere enden, die ansonsten verhungert wären. Na ja, er sollte es positiv sehen. Irgendeine Tierschutzorganisation könnte ihm dafür sogar posthum eine Medaille ausstellen und ihn ehren.

Was für ein ruhmreiches Ende seines Schottlandurlaubs!

„Du kannst sagen, was du willst, aber es *ist* wunderschön hier."

„Du wirst ja auch nicht von wilden Tieren verspeist", brummte er.

„Was?"

„Nichts. Schon gut."

Jake schielte auf die Uhr.

Es war bereits kurz nach zehn.

Er sah es schon kommen, dass sie die Fähre um zwei Uhr mittags nicht erwischen würden und dazu gezwungen wären, noch eine Nacht hier zu verbringen. Angespannt presste er die Kiefer aufeinander.

„Wenn ich Harper finde, werde ich ihr hierfür den Hintern versohlen", prophezeite er düster und zornig zugleich.

Blairs Kopf fuhr zu ihm herum, während sie aufgebracht wissen wollte: „Was ist bloß mit dir los?"

„Nichts ist los!"

„Aber du …“ Blair stockte und starrte durch die Windschutzscheibe nach vorn.

Ganz automatisch trat Jake auf die Bremse.

Vor ihnen erstreckte sich das wohl schönste Panorama, das er jemals gesehen hatte. Jake musste einfach anhalten, um die Aussicht zu genießen.

Von ihrem Standort konnten sie hinab auf ein grünes Tal und eine hügelige Landschaft dahinter blicken, die völlig unberührt und ursprünglich wirkte. Der Wind bewegte dichte Sträucher und eine saftige Wiese hin und her, während er die Wasseroberfläche des malerischen Sees kräuselte. Direkt an diesem malerischen See, der im Sonnenlicht silbern glänzte und an dessen Steg ein kleines Boot festgemacht war, stand ein zweistöckiges romantisches Cottage mit einem dicken Kamin aus Stein. Daneben entdeckte Jake ein Gebäude, das aussah wie ein alter Stall, und einen völlig zerbeulten Geländewagen.

Sowie Harpers Mietwagen.

Auch Blair musste das Auto erkannt haben. „Das ist tatsächlich Harpers Auto.“

„Meine Schwester schuldet uns eine gute Erklärung“, knurrte Jake und fuhr wieder an.

„Vergiss nicht, dass sie erwachsen ist.“ Wieso klang sie mal wieder amüsiert? Fast schon, als würde sie über einen Witz lachen, den er nicht kannte.

Von Meter zu Meter wurde er unruhiger, als er den leicht abschüssigen Weg in Richtung Cottage nahm, und klopfte mit seinen Fingern gegen das Lenkrad.

Sobald sie auf den Hof des Cottages fuhren, kam ein bellender, schwarz-weißer Hund auf sie zu und lief um ihr Auto herum. Obwohl Jake keine Angst vor Hunden hatte, hielt er es für besser, sitzen zu bleiben und zu warten.

Gerade als er die Hupe betätigen wollte, öffnete sich die Tür, und ein blondhaariger Kerl trat heraus, dessen Jeans unverschämt tief auf seinen Hüften hingen, während er sich erst gar nicht die Mühe gemacht hatte, ein Shirt anzusehen.

Blair neben ihm schnappte beeindruckt nach Luft, was Jakes momentanem Gefühlszustand nicht gerade einträglich war.

Der Adonis mit den gewaltigen Muskeln stieß einen Pfiff aus, woraufhin der Hund abrupt stehen blieb und sich auf den Boden warf.

Jake nahm das als Zeichen, aus dem Auto auszusteigen, und hob grüßend die Hand, obwohl ihm nicht der Sinn danach stand, allzu freundlich zu einem Mann zu sein, der der feuchte Traum aller Frauen war. Anscheinend auch der der Frau neben ihm, die ebenfalls aus dem Auto gestiegen war und sich nun dicht neben ihn stellte.

„Hey“, rief er dem barfüßigen Mann zu und lief mit Blair an seiner Seite auf das Cottage zu. „Wir sind auf der Suche nach ...“ Er stockte.

Als wäre dies ein schlechter Hollywoodschinken erschien plötzlich Harper neben dem blondhaarigen Hünen. Und sie trug ein T-Shirt. Dafür fehlten ihr ein Paar Hosen. Sowie ein Kamm.

Man musste kein Genie sein, um zu erahnen, womit das Paar gerade beschäftigt gewesen war.

Während Jake das Gefühl hatte, vom Schlag getroffen zu sein, gluckste Blair neben ihm nach einer Schrecksekunde auf.

„Hey", begrüßte seine völlig zerzauste und verwirrte Schwester sie beiden. „Was ... was macht ihr denn hier?"

„Komisch, die gleiche Frage wollte ich dir auch gerade stellen, Harper."

Wieder gluckste Blair auf. „Ich glaube, die Frage kann sogar ich dir beantworten, Jake."

„Ähm ..." Harper kam ebenso wie ihr Begleiter barfuß aus dem Haus heraus und nahm zu allem Überfluss dessen Hand in seine. „Vielleicht sollte ich euch erst einmal einander vorstellen. Cam, das sind meine Freundin Blair und mein Bruder Jake."

Der Fremde brummte etwas, was vermutlich eine Begrüßung sein sollte.

„Ähm ..." Harper lächelte ihnen zögerlich zu. „Harper, Jake ... das ist Cameron. Mein Mann."

KAPITEL 19

Blair hatte ihre Freundin bereits in diversen Situationen erlebt. Furchtbar betrübt, als ihre Physiknote im ersten Jahr am College nur eine Zwei gewesen war. Wahnsinnig euphorisch, als sie ihren ersten Job ergattert hatte. Extrem ehrgeizig, als es darum ging, ihren Chef von einer Beförderung zu überzeugen. Und sehr fokussiert, als sie ihre eigene Hochzeit planen wollte.

Also ihre *eigentliche* Hochzeit.

Flatterhaft, planlos und unorganisiert war Harper nie gewesen.

Bis jetzt.

Blair konnte kaum glauben, dass es Harper sein sollte, die in einem viel zu großen T-Shirt und Männerboxershorts mit zerzaustem Haar und barfuß durch eine Küche fegte, die aussah, als hätte eine Bombe eingeschlagen, und in allen verfügbaren Schränken nach Kaffeepulver suchte. Und dabei summte sie vergnügt vor sich hin.

Ungläubig und ziemlich besorgt stand Blair in der Küche des schnuckeligen Cottage und versuchte herauszufinden, ob ihre Freundin einen Nervenzusammenbruch hatte. Anders konnte sie sich nämlich nicht erklären, dass Harper nur vierundzwanzig Stunden, nachdem sie von ihrem Verlobten verlassen worden war, einen anderen Mann geheiratet hatte. Und zwar einen Mann, der zusammen mit Jake draußen war und ihm das Gelände zeigte. Blair hoffte nur, dass Jake nicht auf seinen neuen Schwager losging. Zwar war Jake ein großer, kräftiger Mann, aber Cameron sah aus, als würde er es mit einem Panzer aufnehmen können. Der Unterschied zum kultivierten und seriösen Grant, der als Anwalt in einer Großstadt arbeitete, hätte nicht größer sein können.

Cameron wirkte vielleicht nicht wie ein Massenmörder, aber was wusste Blair schon über ihn? Oder

Harper? Was wusste sie über den Mann, mit dem sie verheiratet war und der abseits jeder Zivilisation in einem einsamen Cottage lebte?

„Ich weiß noch nicht, wo Cameron den Zucker hat. Reicht dir Milch?“

Blair winkte schwach ab. Kaffee ohne Zucker war gerade ihre geringste Sorge.

Gut gelaunt setzte ihre Freundin Kaffee in einer uralten Kaffeemaschine auf, fand ein paar Kaffeebecher in einem Schrank und begann damit, ein bisschen Ordnung zu schaffen. Sie benahm sich, als wäre dies ein völlig normaler Tag und Blair nur kurz auf einen Kaffee vorbeigekommen.

Sie war sogar derart aufgekratzt und fröhlich, dass sich Blair ziemlich gemein dabei vorkam, ihrer Freundin einen Dämpfer zu verpassen. Wenn sie jedoch nicht mit ihr geredet hätte, würde es Jake tun – und dessen Laune war heute so schlecht, dass es vermutlich Tote geben würde, wenn die beiden Kincaids aufeinandertrafen. Obwohl ... Blair wusste ja nicht einmal, ob ihre Freundin noch immer mit Nachnamen Kincaid hieß!

Blair wartete so lange, bis die Kaffeemaschine laute Töne von sich gab, und räusperte sich erst dann, um mit Blair über das zu reden, derentwegen sie mit ihr ins Haus gegangen war. Sie hatte nämlich allein mit ihrer Freundin sprechen wollen – für den Fall, dass mit Cameron nicht alles koscher war.

„Willst du mir jetzt vielleicht endlich erzählen, was gestern passiert ist?“

„Ich habe geheiratet. Das ist passiert.“

„Wie ist es zu dieser wundersamen und kaum vorhersehbaren Entwicklung gekommen?“, wollte Blair trocken wissen.

„Freu dich doch mit mir“, trällerte Harper unbesorgt und öffnete ein paar Schubladen, bis sie endlich Besteck gefunden hatte und zwei Kaffeelöffel herauszog.

„Das würde ich ja gerne, Harper, aber ich möchte es zuerst verstehen.“

„Was gibt es denn da nicht zu verstehen?“

Ungläubig lachte Blair auf und verschränkte die Arme vor der Brust. „In ungefähr zwei Stunden sollte eigentlich deine Hochzeit stattfinden – mit einem anderen Mann. Muss ich noch mehr sagen?“

„Ja, aber Grant hat vorgestern mit mir Schluss gemacht.“

„Und deshalb heiratest du einen Tag später einen Mann, den du bis dahin nicht gekannt hast?“

„Liebe auf den ersten Blick.“

„Sei bitte ernst.“

„Bin ich doch.“

Blair holte tief Luft. „Weißt du, welche Sorgen wir uns gemacht haben, als du mitten in der Nacht verschwunden bist und nur einen kurzen Brief zurückgelassen hast? Ich habe Jake niemals zuvor so durch den Wind gesehen."

„Ihr hättet mir wirklich nicht hinterherfahren müssen. Mir geht's gut", erwiderte Harper ausgelassen. Wenn sie im Gesicht blau gewesen wäre, hätte Blair sie problemlos mit der überfröhlichen Schlumpfine verwechseln können.

„Aber das konnten wir doch nicht wissen!"

„Jetzt wisst ihr es."

Nein, das taten sie nicht. Blair wusste nur, dass Harper nicht sie selbst war.

„Woher wusstet ihr überhaupt, wo ich bin?"

Na, wunderbar!

Offenbar blieb es an Blair hängen, ihrer Freundin mitzuteilen, dass sie sich in ihr Kreditkartenkonto eingeloggt hatten, um sie zu verfolgen. So lässig wie nur möglich erläuterte sie: „Du hättest deinem Bruder nicht deine Kreditkartennummer samt Passwort geben sollen, wenn du nicht wolltest, dass wir herausfinden können, wo du steckst. Apropos, warum musste es diese Insel sein? Noch weiter weg ging es ja wirklich nicht."

Harper steckte die Mitteilung, dass sie in ihrem Bankkonto herumgeschnüffelt hatten, erstaunlich locker weg. „Ach, so seid ihr mir auf die Schliche gekommen."

„Ja, das Fährticket war ein guter Anhaltspunkt.

Also?", fragte sie ungeduldig. „Warum ausgerechnet diese Insel?"

„Ich musste den Kopf freibekommen. Da fielen mir *Lewis and Harris* ein, über die ich im Reiseführer so viel gelesen hatte. Also habe ich mich ins Auto gesetzt, bin losgefahren und habe die Fähre nach Stornoway genommen."

„Wo du prompt einen fremden Mann geheiratet hast."

„So in etwa."

Blair seufzte. „Du weißt schon, wie verrückt sich das anhört, oder?"

„Vermutlich", gab Harper unbeeindruckt von sich und schenkte ihnen Kaffee ein.

Schweigend nahm Blair einen Becher entgegen und nippte daran. Den Kaffee hatte sie auch bitter nötig, weil sie hoffte, dass das Koffein sie ein bisschen belebte. Das Gespräch gestaltete sich nämlich zäher als vermutet.

„Du willst also von jetzt an hier wohnen?"

„Vermutlich, schließlich lebt Cameron hier."

„Und was ist mit deiner Arbeit? Die ist immerhin in Seattle."

„Abwarten. Der Job hat mir in letzter Zeit sowieso keinen Spaß mehr gemacht."

Fassungslos schnappte Blair nach Luft und hätte dabei fast den heißen Kaffee verschüttet. „Das ist doch nicht dein Ernst! Für diesen Job bist du beinahe durchs

Feuer gelaufen! Und jetzt willst du ihn einfach aufgeben?“

„Wieso soll ich ihn behalten, wenn er mir keinen Spaß macht?“

Blair atmete tief durch. „Denk doch daran, wie du deine Beförderung durchgeplant hast, Harper. Wie wichtig es dir war, diesen Job zu bekommen.“

Anstatt eine nachdenkliche Miene aufzusetzen, kicherte Harper los. „Weißt du, dass ich bisher für alles in meinem Leben einen Plan hatte? Schon in der Grundschule habe ich Listen mit Dingen gemacht, die ich erreichen wollte, und ich habe mir den Kopf darüber zerbrochen, wie ich das anstellen konnte. Alles war genau durchstrukturiert, aber was hat es mir gebracht?“

„Aber deshalb kannst du doch nicht einfach ...“

„Ich wollte einmal das tun, worauf ich Lust hatte“, unterbrach Harper sie. „Nicht das, was sinnvoll oder logisch ist, und auch nicht das, was in meinen Lebensplan passt, sondern einfach das, was ich wollte.“

„Und das war, einen Wildfremden zu heiraten?“

„Ja“, entgegnete sie schlicht. „Einen Wildfremden, der mich zum Lachen gebracht hat und der mich angesehen hat, als würde er sterben, wenn er mich nicht sofort haben könnte. Cameron war es vollkommen egal, wer ich bin oder was ich tue – er wollte mich. Und deshalb wollte ich ihn.“

Sie musste einfach die nächste Frage stellen. „Ist Cameron ein Ersatz für Grant?"

Harper schaute sie an, als hätte sie den Verstand verloren. „Natürlich nicht!"

„Entschuldige, dass ich frage, aber der Verdacht liegt nun einmal nahe." Unbeholfen zuckte sie mit den Schultern. „Dein Verlobter macht mit dir Schluss, und du musst eine Hochzeit absagen, in die du so viel Energie und Zeit gesteckt hast."

„In die ich mich hineingesteigert habe, wolltest du wohl sagen", entgegnete Harper vollkommen sachlich. „Findest du nicht auch, dass ich völlig überreaktionär und durchgeknallt war, was diese Hochzeit betraf? Ich habe mich dermaßen in die Hochzeitsplanung hineingesteigert, dass ich das Wichtigste übersehen habe – nämlich, dass Grant und ich überhaupt nicht mehr ineinander verliebt waren. Wenn wir es überhaupt jemals waren."

„Das klang vor ein paar Tagen aber noch ganz anders."

„Ja, weil ich dir und mir etwas vorgemacht habe. Grant ist ein netter Mann und ich war gerne mit ihm zusammen, aber es hat etwas gefehlt." Sie schüttelte den Kopf. „Cameron hat überhaupt nichts mit Grant zu tun. Ich habe ihn auch nicht geheiratet, um etwas zu kompensieren. Nein, Cameron hat mir gefallen, wir hatten Spaß und haben spontan beschlossen, uns trauen zu lassen."

Ein paar Sekunden starrte Blair ihre Freundin einfach nur an. „Wer sind Sie und was haben Sie mit meiner Freundin Harper gemacht?“

Harper verdrehte die Augen. „Mach dich nicht über mich lustig.“

„Das tue ich nicht, nur bin ich etwas ... perplex. Als wir hierhergefahren sind, bin ich davon ausgegangen, dass du dir die Augen ausweinst. Ich hätte niemals damit gerechnet, dich halb nackt an der Seite des ebenfalls halb nackten Mannes zu finden, den du seit einem Tag kennst.“

„Romantisch, nicht wahr?“

Blairs Schnauben sagte etwas anderes.

„Sagt es nicht genug über Grant und mich aus, dass ich mir *nicht* die Augen ausweine?“

„Das weiß ich nicht.“

„Als er die Hochzeit abgesagt hat, habe ich sofort darüber nachgedacht, was ich stornieren kann, wem ich Bescheid geben muss und wie hoch der finanzielle Schaden ist. Aber ich habe nichts gefühlt außer Erleichterung darüber, ihn nicht heiraten zu müssen, und außer Enttäuschung darüber, dass mein schöner Plan nicht aufgegangen ist.“

„Das kann auch der erste Schock gewesen sein.“

„Nein, das war es nicht“, erwiderte Harper mit felsenfester Überzeugung. „Der einzige Schock war, dass ich schon viel zu lange auf dem Holzweg gewesen bin und es jetzt erst gemerkt habe.“

„Das musst du mir erklären."

Fahrig hob Harper eine Hand und wedelte damit kurz vor ihrem Gesicht herum. „Ich wollte perfekt sein. Die perfekte Tochter, die perfekte Studentin, die perfekte Verlobte. Und ich wollte, dass alles perfekt wurde, was ich angefasst habe. Denk doch nur daran, was ich alles angestellt habe, um die perfekte Hochzeit zu organisieren!" Harper klang, als könne sie selbst nicht fassen, was sie getan hatte. „Aber bei all dieser Perfektion habe ich mich völlig vergessen. Ich habe vergessen, Spaß zu haben und einfach zu genießen, was passiert. In meinem Wahn, irgendeine Liste abzuarbeiten, die ich mir selbst gemacht habe, hätte ich fast einen Mann geheiratet, der gar nicht zu mir gepasst hat – nur weil ich mir eingeredet habe, dass er der perfekte Kandidat für eine Ehe wäre und dass der perfekte Zeitpunkt gekommen sei, zu heiraten und eine Familie zu gründen."

„Das mag schon alles stimmen, Harper", wandte Blair leise ein. „Aber glaubst du, dass die Lösung eine Hochzeit mit einem Mann war, den du kaum kennst?"

Harper zuckte unbekümmert mit den Schultern und nahm einen Schluck aus ihrem Kaffeebecher. „Ich will einfach nicht mehr über alles nachdenken, sondern mich auch einmal treiben lassen."

Blair verkniff sich den Kommentar, dass Harper mit einer neuen Frisur hätte anfangen sollen, wenn sie auf einem Selbstfindungstrip war, aber nicht gleich in die Vollen hätte gehen müssen.

„Ständig habe ich das getan, was alle von mir erwartet haben, und ich habe mich immer wieder angestrengt, um perfekt zu sein. Ist dir eigentlich klar, dass ich nur deshalb in Schottland heiraten wollte, weil Grants Eltern hier ihre Flitterwochen hatten? Sie sind schon lange tot, und ich fand, dass es ein schönes Symbol sei, ihretwegen hier zu heiraten – weil ich die perfekte Schwiegertochter für zwei Tote sein wollte. Verrückt, oder?“

Nein, verrückt war das nicht. Es war typisch Harper, aber nicht verrückt.

„Warum hätte ich auch in Schottland heiraten wollen? Mit dem Land hatte ich nichts zu tun.“

„Na ja, jetzt bist du mit einem Schotten verheiratet“, warf Blair trocken ein.

Darauf ging Harper gar nicht ein, sondern sinnierte weiter. „Ich habe feststellen müssen, dass man manche Dinge nicht planen kann. Sofern man überhaupt irgendetwas planen kann.“

Blair verstand zwar noch nicht wirklich, wie es dazu gekommen war, dass ihre Freundin sich innerhalb eines Tages in einen wildfremden Mann verlieben und ihn heiraten konnte, aber sie verstand, dass es sinnlos war, Harper von ihrer Position abbekommen zu wollen.

Mit der gleichen Vehemenz, mit der sie sich kopfüber in die Planung ihrer Hochzeit gestürzt hatte, stürzte sie sich nun in die Vorstellung hinein, ihrem Leben eine völlig neue Richtung zu geben. Sie sah es jetzt noch nicht ein, aber ihr abrupter Richtungswechsel von einer organisierten und ambitionierten Karrierefrau zu einer scheinbaren Aussteigerin, die sich treiben lassen wollte, war ein ebensolches Beharren wie zuvor. Sie würde sich nicht treiben lassen können, sondern alles daransetzen, dass ihr neuer Lebensstil funktionierte – genauso verplant und fokussiert wie zuvor.

Nur hoffte Blair, dass sich Harper nicht daran die Finger verbrannte.

Sie seufzte schwer. „Was willst du hier tun, wenn du nicht mehr in Seattle arbeitest?“

„Vielleicht Hühner züchten?“

Na klar! Harper, die Hühnerzüchterin. „Und was ist mit deiner Wohnung in Seattle?“

„Das wird sich mit der Zeit schon ergeben. Vielleicht suche ich einen Untermieter.“ Harper maß sie mit einem intensiven Blick. „Sei meine beste Freundin, Blair, und freue dich mit mir. Ich bin glücklich.“

Sie wand sich. „Ich will nur nicht, dass dir das Herz gebrochen wird. Schon wieder.“

„Grant hat mir nicht das Herz gebrochen“, entgegnete Harper mit einem Schmunzeln.

„Sag das deinem Bruder, der während der gesamten Fahrt über Mordpläne an deinem Ex nachgedacht hat.“

„O Gott. Das soll er lieber sein lassen. Ich nehme Grant nichts übel – im Gegenteil. Eigentlich bin ich sogar froh, dass er die Reißleine gezogen hat, bevor es zu spät gewesen wäre."

„Ich bin mir nicht sicher, wie ich das Jake klarmachen soll", murmelte Blair bedrückt.

Auch Harper wurde sichtlich stiller und suchte Blairs Blick. „Weißt du, dass ihr beide mir die Augen geöffnet habt?"

Verwirrt legte Blair den Kopf schief. „Was meinst du?"

Ihre Freundin stieß einen schweren Seufzer aus. „Ich habe nie zwei Menschen gesehen, die besser zueinanderpassen und die sich besser verstehen als ihr beide. Von Mom und Dad natürlich abgesehen. Als Jake uns damals am College abgeholt hat, wusste ich schon nach zwei Stunden in seinem Auto, dass ihr zwei glücklich miteinander sein und heiraten würdet."

Blair war wie vom Donner gerührt und starrte ihre Freundin fassungslos an. „Harper ... was redest du denn da?"

„Ich meine es ernst. Du weißt ja nicht, wie froh und auch ein bisschen neidisch ich immer auf euch war. Alles zwischen euch war so unkompliziert. Nie hatte ich das Gefühl, dass es nicht passen würde oder dass es zwischen euch Probleme gab. Ihr wart völlig verrückt nacheinander. Genau *das* wollte ich auch – bedingungslose Zuneigung und Liebe."

„So bedingungslos können wir einander gar nicht geliebt haben, schließlich sind wir mittlerweile getrennt." Ein Kloß bildete sich in ihrem Hals. Wenn sie nicht aufpasste, würde sie vor ihrer besten Freundin noch in Tränen ausbrechen.

„Und das verstehe *ich* nicht", erwiderte Harper ruhig.

„Ich denke, das verstehen wir selbst nicht. Es ist ... kompliziert." Augenblicklich musste Blair an die letzte Nacht denken. Da war nichts kompliziert gewesen. Es hatte sich völlig richtig und natürlich angefühlt, mit Jake zu schlafen. Alles hatte sich richtig angefühlt – angefangen bei den Stunden auf der Fähre, als er seinen Arm um sie gelegt hatte, über das heitere Essen im Pub, bei dem sie lachend nebeneinandergesessen hatten, bis zu dem Moment, als sie witzelnd im Bett lagen und sich eine Decke teilten. Was sich nicht richtig und natürlich angefühlt hatte, war der heutige Morgen gewesen.

Sie hatte alles falsch gemacht und wie jemand geredet, dem man zu oft auf den Kopf geschlagen hatte! Dabei hatte sie ihm sagen wollen, dass sie wieder mit ihm zusammen sein wollte. Dass sie neu anfangen und all den Streit und die Zwistigkeiten der letzten Zeit hinter sich lassen wollte. Sie wollte nicht einfach weitermachen und vielleicht wieder in alte Muster fallen, sondern einen Schlussstrich hinter alle Probleme ziehen, die sie beide miteinander gehabt hatten. Es war ihr egal, wenn Jake sie nicht heiraten wollte, solange er sein Leben mit ihr teilte.

Leider war sie vor lauter Nervosität nicht in der Lage gewesen, ihm das in aller Deutlichkeit zu sagen. Und er hatte sie missverstanden und glaubte nun, dass sie keinen Neuanfang wollte.

Er anscheinend auch nicht – so schnell wie er ihr zugestimmt hatte und aus dem Zimmer gestürmt war.

Blair hätte mit ihm im Laufes des Morgens und Vormittags gerne darüber geredet, dass sie sich falsch ausgedrückt hatte. Es fühlte sich nämlich an, als sei etwas in ihrer Kommunikation fürchterlich schiefgelaufen, aber Jake versprühte die gleiche abweisende Haltung wie ein tollwütiger Hund, dem man lieber nicht zu nahe kam.

„Zu der Vorstellung meiner großartigen Hochzeit gehörte auch die Idee, dass Jake und du während der vergangenen Tage wieder zueinanderfinden würdet", unterbrach Harper plötzlich ihre Gedanken. „In meiner Vorstellung stand ich mit Grant vor dem Altar, während ihr beide euch verstohlene Blicke zugeworfen und schlagartig begriffen habt, dass ihr zueinander gehört. Mit Konfettiregen, Feuerwerk und allem, was dazugehört. Ich hätte Drehbuchautorin in Bollywood werden sollen, wenn man sich diesen Kitsch so anhört."

Blair blinzelte. „Du hast geplant, uns wieder zusammenzubringen?"

„Was denkst denn du, warum du schon am Montag

nach Schottland kommen solltest und warum ich euch beiden aneinander angrenzende Zimmer gegeben habe? Von den Ausflügen ganz zu schweigen. Ich wollte, dass ihr Zeit miteinander verbringt."

„Das hast du nur für uns gemacht?" Fassungslos öffnete sie den Mund. „Harper ..."

„Nenne es den verzweifelten Versuch einer Schwester und besten Freundin, die ihre zwei liebsten Menschen wieder glücklich sehen wollte."

Jetzt würde sie tatsächlich jeden Moment zu weinen anfangen. Stattdessen spielte sie die coole Socke. „Jake hätte deinen Plan zunichtemachen können, indem er hier mit einer anderen Frau aufgetaucht wäre."

Harper verdrehte die Augen. „Die Befürchtung hatte ich eher in Bezug auf dich. Du bist so stur, dass du einen Gigolo engagiert hättest, um ... Warum lachst du?"

Sie lachte, weil Jake erst vor ein paar Stunden gestanden hatte, den Gedanken verfolgt zu haben, eine Schauspielerin zu engagieren, die seine neue Freundin spielen sollte. Aber das verriet sie nicht. „Nichts ... allein der Gedanke."

„Auch wenn ich nicht weiß, was daran so komisch ist, kann ich dir sagen, dass Jake mit keiner anderen Frau aufgekreuzt wäre. Weißt du denn nicht, wie verrückt er nach dir ist? Du solltest die Augen aufmachen, Blair. Dann würdest du nämlich mitbekommen, wie er dich ansieht."

Noch immer kichernd entgegnete Blair: „Jake sieht mich an, als würde er mir liebend gern den Hals umdrehen. Harper, dein Bruder will nicht mehr mit mir zusammen sein. Das hat er mir sehr deutlich gemacht."

„Mein Bruder ist ein Idiot. Aber das heißt nicht, dass er dich nicht will."

„Er ist kein Idiot", widersprach Blair müde.

„Doch, das ist er, schließlich hat er es dir noch immer nicht erzählt, richtig?"

Stirnrunzelnd schaute Blair auf. „Mir *was* erzählt?"

KAPITEL 20

Was soll ich Mom und Dad sagen?"

„Sag ihnen, dass alles okay ist und dass ich mich in ein paar Tagen bei ihnen melde." Harper lächelte sorglos und hatte sich bei ihrem frisch angetrauten Mann untergehakt, der glücklicherweise mit zugeknöpften Jeans und einem grob gestrickten Pullover neben ihr stand. Jake war sich nämlich nicht sicher, ob er ein weiteres Mal den Anblick eines halb nackten, fremden Mannes, der sich als sein Schwager herausgestellt hatte, ertragen konnte.

Ja, seine Schwester hatte Sex – das war ihm klar. Aber sie musste es dennoch nicht vor seinen Augen mit einem wikingerähnlichen Mann treiben.

Wie hätte er auch sonst darauf reagieren sollen, dass seine Schwester aus dem Nichts jemanden heiratete, den sie nicht kannte?

Sein Beschützerinstinkt war in dem Moment erwacht, als Cameron aus seinem Cottage getreten war und dabei wie jemand gewirkt hatte, der zu viele Anabolika schluckte, um eine Rolle bei *Game of Thrones* zu ergattern. Ein wenig mulmig war Jake tatsächlich geworden, als er begriffen hatte, wen Harper da zum Mann genommen hatte.

Obwohl Jake etwas Zeit mit seinem neuen Schwager verbracht hatte, während die beiden Frauen im Cottage verschwunden waren, und er dabei festgestellt hatte, dass der Schotte ein anständiger Kerl zu sein schien, war Jake noch nicht wirklich wohl bei der Sache, Harper hierzulassen.

Cameron wohnte am sprichwörtlichen Arsch der Welt. Vermutlich ließ sich hier einmal in der Woche eine andere Menschenseele blicken. Und Cameron war ein starker Mann, der ihr körperlich weit überlegen war. Dass Harper derart ungeschützt war und sich dazu entschieden hatte, auf Gedeih und Verderb mit einem fast fremden Mann zusammenzuleben, behagte Jake nicht.

Und seinen Eltern würde es auch nicht gefallen.

Leider fiel ihm die ehrenvolle Aufgabe zu, seinem Vater und seiner Mutter von Harpers Entschluss zu berichten.

Als wäre der Tag nicht schon beschissen genug gewesen!

Frustriert runzelte er die Stirn, als er darüber nachdachte, wie sein Schottlandaufenthalt verlaufen war. Mit Blair war alles endgültig den Bach hinuntergegangen, und seine Schwester reagierte auf die Abfuhr ihres Verlobten, indem sie anscheinend den Verstand verlor und Conan, den Barbaren, heiratete.

Irgendetwas wirklich Grauenvolles musste er in seinem früheren Leben verbrochen haben.

Während Jake zweifelnd und zögernd seiner Schwester und deren Mann gegenüberstand und nicht wusste, ob er einen Fehler beging, wenn er jetzt einfach fuhr und Harper in Camerons Obhut überließ, war Blair derweil damit beschäftigt, den Border Collie Max zu streicheln, der sich auf den Rücken geworfen hatte und ungeniert mit seinem Gast flirtete.

Max war ein braver Kerl, der ihnen auf Schritt und Tritt gefolgt war, als Cameron ihm den Stall, den Hof und das Gelände bis hinunter zum See gezeigt hatte. Landschaftlich gesehen war dieses Fleckchen ein Traum. Jeder Naturliebhaber hätte hier seine helle Freude.

Psychopathen auch, wenn man genau drüber nachdachte.

Rasch schob Jake diesen Gedanken beiseite und ließ seinen Blick von Blair, die noch immer voller Hingabe Max kraulte, zu Harper und seinem Schwager wandern.

Der Schotte war sehr wortkarg, aber nicht unfreundlich zu ihm gewesen. Tatsächlich hatte Jake den Eindruck gehabt, dass Cameron befürchtete, von ihm einen Kinnhaken zu bekommen, weil er seine Schwester geheiratet hatte. Einen kurzen Augenblick hatte Jake tatsächlich mit dem Gedanken gespielt, Cameron eins auf die Nase zu geben. Abgehalten hatte ihn nicht der Umstand, dass Cameron nur aus Muskeln bestand, sondern Harper selbst, die so fröhlich und glücklich gewirkt hatte wie schon lange nicht mehr.

Vielleicht tat ihr eine Auszeit sogar ganz gut – egal, ob sie sich in einem Monat scheiden ließ oder nicht.

„Du wirst dich melden, wenn du etwas brauchst, richtig?"

„Richtig, großer Bruder", entgegnete sie amüsiert. „Ich habe dir doch gesagt, dass du dir keine Sorgen machen musst."

„Das ist einfacher gesagt als getan."

„Dann probiere es wenigstens. Cameron sagt, dass wir sogar Internet haben ..."

„Manchmal", schränkte ihr Ehemann ein.

„Manchmal", wiederholte sie heiter und schien bereits vergessen zu haben, dass sie ohne eine Standleitung zum Büro und ohne permanenten Zugriff auf ihre Mailkonten nur ein halber Mensch war. „Also könnt ihr mir sogar Mails schicken. Ich bin ja nicht aus der Welt."

„Stimmt", erklärte Jake trocken. „Du bist lediglich auf einer kaum bewohnten Insel, zu der täglich nur zwei Fähren fahren."

„Stornoway verfügt sogar über einen kleinen Flughafen“, belehrte Harper ihn, als wäre sie seit Jahrzehnten eine Einheimische. „Außerdem hat die Insel rund zwanzigtausend Einwohner.“

„Und jetzt noch einen mehr“, fügte Cameron hinzu und erntete ein verzücktes Seufzen, als Harper den Kopf zurücknahm und ihrem Mann verliebt ins Gesicht sah.

Jakes Gesicht dagegen fühlte sich ziemlich verspannt an.

„Dann bin ich etwas beruhigter, wenn es hier einen Flughafen gibt“, fügte er kritisch hinzu und hoffte, dass Cameron den Wink mit dem Zaunpfahl verstand.

Harper verstand es ganz bestimmt, weil sie die Augen verdrehte und ihn wenig subtil aufforderte: „Wenn ihr nicht langsam losfahrt, verpasst ihr die Fähre und müsst über Nacht bleiben.“

Ohne nachzudenken, schnaubte er auf. „Bloß nicht noch eine Nacht auf dieser Insel!“

Abrupt stand Blair auf und sah ihn mit einem so verletzten Ausdruck in den Augen an, der ihn fast dazu gebracht hätte, sie tröstend an sich zu ziehen. Das hatte er nicht gewollt. Er hatte ihr doch nicht wehtun wollen!

„Noch eine Nacht?“ Harper wurde hellhörig. „Ich dachte, ihr wärt erst heute Morgen angekommen.“

Aus dem Augenwinkel konnte er sehen, wie Harper

zwischen ihm und Blair hin und her sah. Blair hatte den Augenkontakt zu ihm bereits abgebrochen.

„Nein", erwiderte er und merkte, dass sich seine Stimme etwas kratzig anhörte. „Wir sind gestern Abend angekommen und haben in Stornoway übernachtet."

„Ach so." Den Blick, mit dem Harper Blair ansah, konnte er nicht deuten. „Das hast du mir gar nicht erzählt, Blair."

„Nicht der Rede wert", entgegnete diese merklich distanziert. „Jake und ich waren dort irgendwie gestrandet."

„Aber ..."

Lakonisch unterbrach Blair seine Schwester: „Es war nicht weltbewegend, in Stornoway zu übernachten. Was hätte ich auch erzählen sollen? Schließlich ist nichts passiert."

Nicht weltbewegend? Es war nichts passiert?

Interessant, dass Blair das so sah.

Augenblicklich verdüsterte sich seine Laune um ein Vielfaches.

„Wir sollten wirklich langsam losfahren, Jake", erklärte Blair und sah ihn reglos an. „Wir dürfen die Fähre nicht verpassen und Cameron und Harper wollen sicherlich ihren Honeymoon genießen."

„Apropos Honeymoon." Harper löste sich augenzwinkernd von Cameron und umarmte Blair. „Ich konnte die Rundreise durch Großbritannien nicht stornieren. Es wäre wirklich schade um die tollen Hotelsuiten und Restaurantreservierungen. Vielleicht habt ihr ja ..."

„Ich frage Mom und Dad, ob sie Lust auf zweite Flitterwochen haben", unterbrach Jake sie forsch und vereitelte den grobschlächtigen Versuch seiner Schwester, zwischen Blair und ihm zu vermitteln. Oder was auch immer sie damit hatte erreichen wollen. „Und mach verdammt noch mal dein Handy an, damit man dich erreichen kann."

Gerne hätte er ihr auch noch vorgeschlagen, die Handyortung zu aktivieren, ließ es dann aber sein.

~

„ER REDET NICHT VIEL."

Blair schaute nach links, wo Jake auf dem Beifahrersitz saß, und zog eine Augenbraue in die Höhe. „Wer?"

„Cameron", erklärte er, als sei es offensichtlich, über wen er gerade nachgedacht hatte.

Gemessen an der Tatsache, dass es fast vier Uhr nachmittags war und Jake am heutigen Tag alles andere als eine Quasselstrippe gewesen war, erwiderte sie reglos: „Du heute auch nicht."

„Mhm."

Was für eine aufschlussreiche Antwort!

Wenn er eine Erwiderung auf sein Brummen

erwartete, konnte er bis nach Weihnachten warten.

Sie ließ ihn schmoren und schaute stattdessen durch die Windschutzscheibe nach vorn, wo mittlerweile immer mehr Betriebsamkeit herrschte, nachdem vor ein paar Minuten die Durchsage über die Lautsprecher ertönt war, dass die Fähre in wenigen Minuten Ullapool erreichen würde. Blair würde lügen, wenn sie behauptete, dass sie nicht froh war, heute Abend zurück in der Lodge zu sein. Dieser Tag zerrte an ihren Nerven und hatte sie wahnsinnig empfindlich gemacht.

Es war kein angenehmes Gefühl, neben Jake eine Autofahrt zu unternehmen, mit ihm zweieinhalb Stunden auf einer Fähre zu verbringen und weitere drei Stunden neben ihm im Auto sitzen zu müssen, wenn sie sich anschwiegen und beide wütend waren.

Warum er wütend war, konnte sie beispielsweise überhaupt nicht verstehen.

Weitere Passagiere betraten das Autodeck, um zu ihren Wagen zu kommen und einzusteigen. Eine Familie mit drei Kindern lief direkt an ihrem Mietwagen vorbei und visierte den Minibus an, der vor ihnen stand. Angesichts eines kleinen Mädchens mit einer rosafarbenen Schmusedecke musste Blair lächeln, denn die Kleine lutschte ganz unverhohlen am Daumen und ließ sich brav ins Auto setzen.

„Süß, die Kleine."

„Ja, das ist sie", stimmte sie ihm zu.

Seufzend wand er sich in seinem Sitz.

Ein bisschen tat er ihr schon leid, weil er ein großer Mann war, der bereits den zweiten Tag in Folge in ihrem kleinen Mietwagen sitzen musste. Bequem hatte er es bestimmt nicht, jedoch hatte er noch nicht gejammert. Auch seine heutige Seekrankheit hatte er mit keinem Wort erwähnt, obwohl Blair genau verfolgt hatte, wie grün seine Gesichtsfarbe geworden war.

Diese Übelkeit war auch der Grund, weshalb sie momentan hinter dem Steuer saß.

Obwohl sie verstimmt und sogar wütend auf Jake war, würde sie ganz besonders behutsam fahren, bis er wieder übernehmen konnte. Wie es aussah, würden sie sich nach diesem Schottlandaufenthalt eine ganze Zeit lang nicht mehr sehen und Blair wollte nicht im Streit auseinandergehen. Nicht schon wieder.

„Meinst du, es war eine kluge Entscheidung, Harper auf dieser Insel zu lassen?"

Blair verschränkte die Arme vor der Brust und kuschelte sich tiefer in ihre Jacke hinein. Da sie die Motoren noch nicht starten durften, war es mittlerweile ziemlich kalt im Auto. „Ich will dir deine Illusion nicht zerstören, Jake, aber wir hatten überhaupt nichts zu entscheiden. Wir hätten Harper schließlich nicht zwingen können, mit uns zu kommen."

„Das hätte ich auch nicht versucht", murrte er verdrossen. „Ihr Mann sieht aus wie ein Berserker. Ich bin doch nicht lebensmüde."

Zwar fand Blair keinesfalls, dass Cameron wie ein

Berserker aussah, sondern frappierende Ähnlichkeit zum heißen Donnergott Thor hatte, widersprach ihm jedoch nicht. Es war allzu offensichtlich, dass er der Hochzeit seiner Schwester kritisch gegenüberstand.

„Ich meine ... muss ich mir Sorgen um sie machen?"

Blair fuhr sich über ihre trockenen Lippen. „Ich denke, dass Harper in der Vergangenheit oft genug bewiesen hat, dass sie mit schwierigen Situationen klarkommt."

„Denkst du denn, dass diese Heirat in einer schwierigen Situation enden könnte?"

„Nein, das denke ich nicht", entgegnete sie ehrlich. „Er scheint ein netter Kerl zu sein – vielleicht nicht so erfolgreich und gut verdienend wie Grant, aber ..."

„Seit wann machst du dir denn Gedanken darum, wie viel ein Mann verdient, wenn es ums Heiraten geht?"

Weil sein Tonfall plötzlich an Schärfe zugenommen hatte, sackten ihre Schultern hinunter. Seine Angriffslust hatte Blair so satt. „Mir ist es verdammt noch mal scheißegal, wie viel Cameron verdient oder ob er überhaupt irgendetwas verdient. Ich dachte, es wäre *dir* wichtig, wen deine Schwester geheiratet hat."

Auch Jake verschränkte die Arme vor der Brust und schnaubte abfällig.

Sie explodierte förmlich. „Hast du mir irgendetwas zu sagen, Jake? Dann immer raus mit der Sprache!"

Jake brütete vor sich hin und sagte kein Wort.

Äußerst gerne hätte sie ihm einen Tritt in den Allerwertesten versetzt. „Geht es um irgendetwas, was ich getan haben soll? Dann kläre mich doch bitte darüber auf, was dir mal wieder nicht an mir passt!"

„Ich dachte, wir reden über Harper und Cameron und nicht über uns!"

„Das dachte ich auch, aber dann hast du mich angesehen, als wäre ich schuld am Untergang der Titanic oder so!"

„Nein, schon gut", wehrte er grob und voller Sarkasmus ab. „Du hast heute Morgen allzu deutlich gemacht, dass zwischen uns ein für alle Mal Schluss ist. Keine Notwendigkeit, dass ich dich mit meinen Gefühlen belästige."

Ihre Wut verpuffte schlagartig.

Wie in Trance starrte sie ihn an und öffnete entgeistert den Mund. „Was?"

„Du hast mich doch sicherlich sehr gut verstanden!"

Blair holte tief Luft. „Was hast du gerade...?"

„Eigentlich ist doch alles gut, so wie es ist, Blair", fuhr er voller unterdrückter Gefühle in der Stimme fort. „Du hast unsere Trennung aufgearbeitet und für mich ist eine Wahnsinnsnacht mit der Frau rausgesprungen, die ich liebe. Wir hatten beide was davon, würde ich sagen. Du kannst zurück nach New York fliegen und endlich neu anfangen, jetzt, da du einen Schlussstrich unter unsere Beziehung ziehen konntest, und ich habe mich vor dir zum Vollidioten gemacht. Ende gut, alles gut."

Blair starrte sein Profil an und konnte nicht glauben, was sie da hörte. Außerdem begann sie zu zittern, aber nicht vor Kälte. „Du liebst mich noch?"

„Ja, ganz schön dämlich von mir – ich weiß!"

„Jake", flüsterte sie wie vor den Kopf gestoßen. „Du hast mich missverstanden."

Grimmig wandte er ihr sein Gesicht zu. „Nein, das habe ich nicht. Ich weiß genau, was ich gehört habe."

Der Kloß in ihrem Hals wurde immer größer und größer. „Aber du weißt nicht, was ich gemeint habe, als ich von einem Schlussstrich geredet habe."

„Ich bin kein solcher Schwachkopf, dass ich nicht verstünde, was du heute Morgen gemeint hast, Blair. Können wir jetzt das Thema wechseln?"

„Nein, können wir nicht." Sie löste den Anschnallgurt und drehte sich zu ihm. „*Ich* bin ein Schwachkopf, weil ich etwas ganz anderes sagen wollte, aber nicht die richtigen Worte gefunden habe." Zaghaft beugte sie sich naher und schaute ihm in seine blauen Augen. „Aber vielleicht ... vielleicht finde ich jetzt die richtigen Worte, um dir zu sagen, was ich will ... und was ich fühle."

Ein Funke Interesse leuchtete in seinem Gesicht auf. Auch seine Wut schien mit einem Mal fort zu sein. Statt wütend zu sein, fragte er vorsichtig nach: „Was willst du denn, Blair?"

Warum sie plötzlich Tränen in den Augen hatte, wusste sie selbst nicht.

Zu viele Gefühle, die sie so lange unterdrückt hatte und die jetzt mit aller Gewalt an die Oberfläche schwappten, überwältigten sie und hielten sie davon ab, einen vernünftigen Satz hervorzubringen. Sie konnte ihm lediglich in die Augen schauen und wusste, dass er die Sehnsucht, die sie ein Jahr mit sich herumgetragen hatte, in ihrem Gesicht ablesen konnte.

Woher sie das wusste?

In seinem Gesicht sah sie ganz genau die gleiche Sehnsucht.

„Ich will dich." Blair schluckte schwer. „Aber ich weiß nicht, ob es die richtigen Worte dafür gibt. Vielleicht mache ich es schon wieder falsch. So wie heute Morgen."

„Versuch es doch einfach", murmelte er und drehte sich in ihre Richtung. Sein wunderschöner Mund verzog sich zu einem Lächeln, das das Innere des Mietwagens sofort erhellen ließ – jedenfalls für sie. „Versuch es einfach immer und immer wieder. Ich höre dir zu, Blair. Ich verspreche, ich höre dir zu, Baby."

Langsam tastete sie sich mit ihrer rechten Hand vor und legte sie auf seine. Dass er gleich darauf ihre Finger mit seinen verwob, ließ ihr Herz schneller schlagen.

„Beantworte mir bitte vorher noch eine Frage", bat sie mit einem Flüstern und rutschte so nah zu ihm, bis die gezogene Handbremse im Weg war. Sie hoffte, dass sie nichts falsch machte, als sie unsicher fragte: „Was hat Harper gemeint, als sie mich heute gefragt hat, ob du es mir noch nicht erzählt hast? Worüber hat sie geredet?"

Zu ihrer grenzenlosen Erleichterung wurde Jake nicht wütend. Viel eher wirkte er resigniert, als er langsam den Atem ausstieß. Gleichzeitig drückte er ihre Hand, was sich unbeschreiblich tröstlich anfühlte.

Als er zu sprechen ansetzte, wirkte er merkwürdig gehemmt und ungelenk. „Harper meint eine Sache, die vor ungefähr zwei Jahren passiert ist. Sie kennt aber auch nur die eine Hälfte der Geschichte."

Blair zwinkerte irritiert. „Wie ist denn die eine Hälfte der Geschichte?"

Sie konnte sehen, wie er sich auf die Innenseite seiner Wange biss. Jake rang sichtlich mit sich, und es dauerte scheinbar ewig, bis er endlich den Mund aufmachte. „Die eine Hälfte der Geschichte ist, dass sie mir Geld für einen Verlobungsring geliehen hat. Daher kannte ich auch Harpers Kreditkartennummer."

„W ... was?" Blair riss ihre Augen auf. „Ein ... ein Verlobungsring?"

„Ja, ein Verlobungsring. Für dich."

Sprachlos konnte sie ihn einfach nur ansehen und war für alles andere um sie herum blind und taub zugleich.

Jake wartete nicht, bis sie sich aus ihrer Erstarrung

gelöst hatte, sondern sprach weiter und klang dabei, als kostete ihn dieses Gespräch große Überwindung. „Die andere Hälfte der Geschichte ist, dass ich längst einen anderen Verlobungsring zu Hause hatte und ihn dir schon Wochen vorher hatte geben wollen, aber ..." Er stockte.

Schockiert, euphorisch und bestürzt zugleich wollte sie mit einem leisen Krächzen wissen: „Aber?"

„Aber da war die Hochzeit deines Dads, auf der ich ihn um seine Erlaubnis bat, dir einen Antrag machen zu dürfen, und auf der er mir riet, mich erst einmal auf die Karriere und auf das Geld zu konzentrieren, um dir das bieten zu können, was du verdienst, bevor ich dir einen Antrag mache."

Blair hatte das Gefühl, dass ihr gerade jemand den Boden unter den Füßen wegzog. Sie schnappte nach Luft. „Was?! Das hat dir mein Dad gesagt?"

„Unter anderem."

Das hatte sie nicht gewusst.

Sie hatte es nicht einmal geahnt!

Blair war immer davon ausgegangen, dass Jake noch nicht so weit gewesen war oder dass er vom Heiraten generell nichts hielt, weil er keine Anstalten gemacht hatte, über dieses Thema zu reden. Er hatte es sogar mehrfach abgeblockt und gar kein Gespräch zugelassen.

Jetzt zu hören, dass er sogar ihren Dad um Erlaubnis gefragt hatte, ihr einen Heiratsantrag machen zu dürfen, fühlte sich wie ein Verlust an. Und Blair fragte sich einmal mehr, was sie getan hatte, um zu dieser Verwirrung und ihren Auseinandersetzungen beizutragen.

„Jake, du ... du hättest meinen Vater nicht um Erlaubnis bitten müssen."

„Das weiß ich. Und ich wusste es damals, aber ich wollte ... nichts falsch machen und der Tradition folgen."

Das war so süß und traurig zugleich.

„Was mein Dad gesagt hat, war purer Blödsinn", versicherte sie ihm. „Außerdem war es von Grund auf falsch, denn das alles brauche ich nicht. Und ich will es auch nicht."

„Das weiß ich, Blair."

„Mein Vater ist ein großkotziger Idiot, der nicht für mich spricht. Seine Ansichten haben nichts damit zu tun, was ich brauche."

„Ja, aber er hat einen Nerv getroffen. Nenn es von mir aus gekränkten Stolz, aber ich wollte dir das bieten, was du verdienst." Jake schluckte schwer. „Deshalb die vielen Überstunden und die Nächte im Büro. Deshalb dieser Ehrgeiz, befördert zu werden und in eine andere Gehaltsklasse zu kommen. Deshalb auch ein Kredit, um eine tolle Hochzeitsfeier bezahlen zu können, anstatt über ein eigenes Haus nachzudenken ..."

„Himmel, Jake", flüsterte sie entsetzt, als sie begriff.

Seine Stimme senkte sich. „Und deshalb wollte ich dir einen anderen Ring geben können – einen Ring, der mehr wert war als der, in dessen Fassung lediglich ein Bergkristall aus Arkansas steckte."

Sie schlug sich ihre Hand über den Mund und zog sie erst langsam wieder weg. „Du ... du hast einen Ring mit dem Kristall einfassen lassen, den wir ... damals gefunden haben?"

Jake nickte dumpf. „Ich wollte dir einen Ring mit Bedeutung geben, aber dein Vater ..."

„Vergiss meinen Vater." Blair merkte, wie ihr eine Träne über die Wange rollte. „Vergiss ihn einfach."

„Es tut mir leid."

„Nein, mir tut es leid. Mein Dad ... er ist ... ein Idiot."

„Du musst dich nicht für ihn entschuldigen. Es war meine eigene Entscheidung, ihm zu beweisen, dass ich dir mehr bieten konnte, als er dachte."

Weil sie noch immer nicht begreifen konnte, was Jake ihr gerade erzählt hatte, fragte sie mit bebender Stimme nach: „Du wolltest mich wirklich heiraten?"

Jake nickte. „Es war alles schon geplant."

„Harper wusste, dass du mir einen Antrag machen wolltest?"

„Ja, sie wusste es."

Bebend holte Blair Luft. „Aber ich dachte ... Du hast immer dichtgemacht, wenn ich übers Heiraten gesprochen habe! Ich ... ich glaubte, du wolltest nicht heiraten." Fassungslos schüttelte sie den Kopf.

„Nein, das ist nicht wahr. Ich wollte dich unbedingt heiraten."

„Von allen Seiten hörte ich, dass es langsam Zeit wäre, ans Heiraten zu denken, und ich begann mich zu fragen, warum du nicht heiraten wolltest." Leiser fuhr sie fort: „Und manchmal fragte ich mich auch, ob du einfach *mich* nicht heiraten wolltest."

„Blair." Seine Stimme war wie ein sanfter Kokon. „Natürlich wollte ich dich heiraten. Gleichzeitig wollte ich dir die Hochzeitsfeier bieten, die du verdient hattest. Keine schreckliche Feier in einer Absteige und kein Brautkleid von der Stange."

„So etwas ist mir nicht wichtig, Jake. Das weißt du doch."

„Ja, das weiß ich. Trotzdem solltest du dich immer mit einem glücklichen Gefühl an unsere Hochzeit erinnern können. Das wollte ich möglich machen – mit meinem eigenen Geld."

„Dann kam aber alles anders", murmelte Blair traurig und verstand plötzlich, was sich im letzten Jahr ihrer Beziehung geändert hatte und warum es ständig zum Streit zwischen ihnen gekommen war. Beide hatten sie unter Druck gestanden und es dem anderen verheimlicht. Wie dumm sie gewesen waren!

Auch Jake schien daran zu denken. „Ich konnte dir nicht sagen, warum ich wie ein Verrückter arbeitete und wie sehr mich dein Dad gekränkt hatte. Gleichzeitig wusste ich, dass du darauf gewartet hast, von mir einen Heiratsantrag zu bekommen. Ständig war ich deswegen gereizt und habe es letztendlich an dir ausgelassen."

„Und ich ließ an dir den Druck aus, den ich mir selbst gemacht hatte, weil wir nicht heirateten und ich mir von anderen Menschen einreden ließ, dass etwas nicht stimmen konnte, wenn wir zwei nicht bald Mann und Frau wurden", sinnierte sie leise.

Wenn es nicht so traurig gewesen wäre, hätte Blair spätestens jetzt gelacht.

„Wir zwei waren totale Idioten. Wenn ich doch nur …"

Sie unterbrach ihn, indem sie über die Handbremse kletterte und sich auf seinen Schoß setzte, auch wenn sie dadurch einen Krampf in der Wade bekam und sich den Kopf am Autohimmel stieß.

Dumpfe Geräusche von außen ließen darauf schließen, dass einige Automotoren angelassen wurden. Blair war es völlig egal.

„Jake", entgegnete sie mit zitternder Stimme und legte ihm beide Arme um den Hals. „Du vergisst etwas Entscheidendes."

„Und was?"

Irgendein Auto in ihrer Nähe hupte. Vor ihnen begannen die Wagen von der Fähre zu fahren.

Blair beachtete sie gar nicht. Sie sah lieber in die Augen des Mannes, den sie liebte und den sie nie wieder verlieren wollte.

„Du hast recht, dass wir beide zwei totale Idioten sind, aber du vergisst, dass wir perfekt füreinander sind – so idiotisch wir auch sein können. Aber das ist das Schöne, weil ich mit niemandem sonst so sein kann. Nur mit dir. Du glaubst, ich bräuchte eine exklusive Hochzeitsfeier? Falsch ... ich brauche nur dich."

„Nur mich?" Jake forschte in ihrem Gesicht.

Blair wusste nicht, was er sah, aber sein Lächeln sagte genug.

Sie nickte unter Tränen und holte zittrig Luft. „Wenn du am Altar stehst und auf mich wartest, würde ... würde ich sogar das schreckliche Brautjungfernkleid tragen, das Harper für mich ausgesucht hat!"

Er lachte auf, bevor er kurz danach stiller wurde. „Meinst du das ernst?"

„Todernst", versicherte sie ihm feierlich.

Nachdenklich legte er den Kopf schief. Jeder Überschwang verschwand aus seiner Miene. Auch seine Stimme klang belegt und sogar gerührt. „Ist das ein Deal?"

„Deal", antwortete Blair und senkte den Kopf, um ihn auf den Mund zu küssen.

EPILOG

Er trägt wirklich einen Kilt?"

„Ja, und er sieht ziemlich nervös aus", verriet Lucy mit einem Prusten in der Stimme, während sie durch den Türschlitz in den Raum hineinspähte, in dem in den nächsten Minuten die Trauung stattfinden würde. „Was hast du mit dem armen Mann nur gemacht?"

„Gar nichts", beschwerte sie sich flüsternd, damit die kleine Hochzeitsgesellschaft, die auf sie beide wartete, sie nicht hören konnte. „Was hat er mit mir gemacht? Sieh dir nur an, wie ich aussehe!"

„Du siehst bezaubernd aus." Leider wirkte Lucy nicht sonderlich glaubhaft, da ihr Gesicht ganz rot anlief – in dem scheinbaren Versuch, ihr Lachen zu unterdrücken.

Blair konnte es ihr nicht einmal verübeln, schließlich kam sie sich in dem Kleid, das ehemals ihr Brautjungfernoutfit gewesen war und jetzt ihr Hochzeitskleid war, selbst wie ein Clown vor.

„Vielleicht würde ich dir eher glauben, wenn du nicht krampfhaft versuchen würdest, dein Lachen hinunterzuschlucken, Lucy."

„Es ist doch egal, wie dein Kleid aussieht. Jake würde dich auch heiraten, wenn du einen Müllsack tragen würdest."

Da war es wieder!

Das elektrisierende Glücksgefühl explodierte in einer winzigen Erschütterung direkt in ihrem Magen und war für das zittrige Flattern in ihren Nervenbahnen verantwortlich, wann immer sie daran dachte, dass sie in wenigen Minuten Jake heiraten würde.

Noch war es völlig unwirklich, dass sie tatsächlich heirateten – nur ein paar Stunden nach ihrer Versöhnung. Es gab keine Einladungen, keine Torte, keine Sitzordnung und nicht einmal einen Blumenstrauß. Sogar der Pfarrer hatte einen Spickzettel bekommen, damit er sich ihre Namen merken konnte. Wie es Jakes Dad geschafft hatte, den armen Mann an einem Samstagabend dazu zu bekommen, in die Lodge zu fahren und sie beide zu trauen, wusste Blair nicht. Vermutlich wollte sie es auch gar nicht wissen.

Ihr war alles egal, solange sie Jake heiratete.

Und sie hatte recht gehabt, dass sie keinen Pomp und keine großartige Hochzeitsparty brauchte, um glücklich zu sein. Zwar heirateten sie in dem Raum, in dem eigentlich Harpers Hochzeit – also ihre Hochzeit mit Grant – hätte stattfinden sollen, aber nichts war geschmückt oder großartig eingedeckt, weil die ursprüngliche Feier längst abgesagt worden war. Es waren sogar ein paar Gäste abgereist oder gar nicht erst gekommen, als sie gehört hatten, dass die Hochzeit nicht stattfinden würde.

Auch Mac fehlte, nachdem Lucy sie angerufen hatte.

Ein bisschen komisch war nur, dass sowohl sie als auch Harper nicht hier waren. Es wäre schöner gewesen, wenn auch ihre anderen beiden Freundinnen dabei gewesen wären.

Dass ihr Dad nicht an ihrer Hochzeit teilnahm, kümmerte Blair nicht. Erst recht nicht nach dem, was sie heute gehört hatte. Sie war sogar froh, dass sie ihn wegen der eiligen Entscheidung, noch heute zu heiraten, nicht einladen konnte, schließlich wollte sie eine harmonische Feier erleben.

„Ich glaube, dass die Musik gleich einsetzt", flüsterte Lucy ihr zu und lauschte kurz an der Tür.

„Moment", flüsterte Blair erschrocken und zupfte an dem viel zu tiefen Ausschnitt ihres Kleides herum. „Die Cellistin, die Harper engagiert hatte, ist doch gar nicht gekommen! Welche Musik meinst ...?"

„Zac singt und spielt dazu Gitarre", erwiderte Lucy und wurde schon wieder knallrot.

„Zac singt?" Verwundert zog sie eine Augenbraue in die Höhe.

„Ja, das kann er ... ziemlich gut."

Wenn nicht genau in dem Moment Gitarrenklänge zu hören gewesen wären, hätte Blair Lucy gerne gefragt, wie es kam, dass Zac noch hier war, da Grant schließlich längst abgereist war, und sie hätte noch viel lieber nachgebohrt, ob zwischen Lucy und Zac etwas lief, denn ihre Freundin und heutige Brautjungfer verhielt sich sehr merkwürdig, sobald Zac in der Nähe war.

Jetzt scheuchte Lucy sie jedoch zur Tür und vereitelte jeden Versuch, mit ihr über den gut aussehenden Mann zu reden, der heute für sie zu singen schien – bis Lucy selbst das Wort ergriff. „Warte noch kurz. Ich habe etwas für dich."

Blair beobachtete überrascht, wie Lucy ihre linke Hand öffnete. „Du heiratest zwar ohne Torte und ohne Brautkleid, aber ohne das hier lasse ich dich nicht vor den Altar."

Gerührt schluckte Blair, als sie das Medaillon erkannte, das sie ihr vor vielen Jahren zu Weihnachten geschenkt hatte. „Lucy ..."

„Das Medaillon ist etwas Geborgtes, denn ich will es wieder zurückhaben. Das Band, an dem es hängt, ist etwas Blaues. Und das Foto von uns vieren im Inneren des Medaillons ist etwas Altes."

Schniefend fragte Blair nach: „Was ist mit etwas Neuem?“

Ihre Freundin legte ihr grinsend das Medaillon um und verriet: „Deine Schuhe sind wie neu. Ich habe sie ordentlich mit Fußdeo eingesprüht.“

Vor Lachen wäre fast eine der Nähte ihres Kleides gerissen.

Lucy zwinkerte ihr zu und öffnete die Tür zum Saal, um vor ihr hineinzugehen.

Mit klopfendem Herzen trat Blair in den Mittelgang – ohne Brautführer. Sie hatte niemanden gewollt, der sie zum Altar führte, denn zu Jake kam sie allein und aus freien Stücken.

Dort stand er und sah großartig aus in seinem schottischen Kilt.

Blair hielt den Atem an, während sie auf ihn zuging und sich beherrschen musste, nicht im Laufschritt auf ihn zuzueilen. Beide grinsten sich an, als würden sie einen Witz teilen. Und das taten sie in gewisser Weise sogar, was die Wahl ihrer Hochzeitskleidung betraf.

„Du siehst toll aus, Baby“, flüsterte Jake ihr zu, als sie neben ihn trat und er ihre Hand nahm, um diese an seinen Mund zu heben und zu küssen.

Lachend kniff sie ihre Augen zusammen. „Du auch. Obwohl du einen Rock trägst.“

„Das ist ein Kilt“, verbesserte er sie flüsternd.

„Aha. Und trägst du was drunter?“, raunte sie ihm zu.

Dicht an ihrem Ohr verriet er ihr: „Sag du mir zuerst, ob du noch deine Spongebob-Schwammkopf-Unterhose trägst."

Vergnügt prustete Blair auf und erntete einen tadelnden Blick des Pfarrers, der sich laut räusperte. „Sind nun alle versammelt? Und haben wir einen Ring?"

Der Ring! Das hatte Blair völlig vergessen. Sie ...

„Ja, den haben wir." Jake tätschelte sich ungeniert den Sack – also die sackförmige Tasche direkt über seinem Schritt.

Auf ihren fragenden Blick hin entgegnete er: „Tante Stella war so nett, mir mit einem Ring auszuhelfen." Sein Blick wurde weicher. „Zu Hause bekommst du einen anderen. Einen Ring mit einem Bergkristall aus Arkansas."

„Du hast ihn noch?"

„In meiner Sockenschublade. Ich hätte ihn niemals wegwerfen können."

Gerührt hob sie nun seine Hand an den Mund und küsste sie.

„Dann lass uns mal heiraten, Baby."

„Das wurde langsam auch Zeit", rief Jakes Dad ihnen von seinem Posten als Trauzeuge lauthals zu.

Und so kam es, dass Blair Jake ohne Brautstrauß und in einem Kleid heiratete, das über und über aus grünem Karostoff bestand.

Just married

„VIER HOCHZEITEN UND EIN HIGHLANDER“

Harper muss einsehen, dass man nicht alles im Leben planen kann.

Nur zwei Tage vor ihrer minutiös geplanten Traumhochzeit lässt ihr perfekter Bräutigam sie sitzen. Komischerweise leidet sie unter keinem gebrochenen Herzen, sondern sieht ein, dass sie mit dieser Heirat einen Fehler gemacht hätte. Um den Kopf freizubekommen, setzt sich die ehrgeizige Karrierefrau in ihr Auto, und findet sich kurz darauf auf einer schottischen Insel wieder, auf der sie prompt dem Highlander Cameron in die Arme läuft – und ihn nach ein paar Stunden heiratet.

Der heißblütige Schotte ist völlig anders als ihr zugeknöpfter Ex und verbringt mit ihr in seinem abgeschiedenen Cottage aufregende Flitterwochen. Er lebt in den Tag hinein und zeigt Harper, loszulassen und sich treiben zu lassen. So sehr sie Camerons Ungezwungenheit und die Idylle seines Heims genießt, beginnt Harper bald wieder damit, Pläne zu schmieden. Doch Cameron hat einen Grund dafür, abgeschieden vom Rest der Welt in seinem Cottage zu leben ...

„Vier Hochzeiten und ein Highlander“
erscheint am 29. März 2018

NACHWORT

Es bedeutet harte Arbeit und extrem viel Konzentration, wenn man ein Buch schreiben will – meistens.

Im Falle von „Vier Hochzeiten und ein Ex“ war auch ganz viel Spaß dabei. Ich durfte nämlich nicht nur Dutzende Folgen diverser Brautkleidshows im Fernsehen schauen, sondern habe viel Zeit in Schottland verbracht, um dort für diese neue Romanreihe zu recherchieren.

Viele Szenen aus dem Buch wie die Quadtour, der Ausflug zum Scone Palace und eine Überfahrt mit der Fähre habe ich selbst erlebt und wusste, dass Blair und Jake sie ebenfalls erleben mussten. Glücklicherweise habe ich ebenfalls kein Schaf überfahren.

Ich hoffe sehr, dass Euch die neue Romanreihe gefällt und dass Ihr den nächsten Band kaum noch erwarten könnt.

Falls Ihr Lust habt, eine Rezension zu dem Buch zu schreiben, würde ich mich sehr freuen. Für einen Autor gibt es nichts Schöneres, als eine Rückmeldung seiner Leser zu bekommen. Eure Begeisterung treibt uns an. Also haut in die Tasten und schreibt, was Euch gefallen hat. Und natürlich auch das, was Euch nicht gefallen hat.

Wenn Ihr über meine aktuellen Buchprojekte, Veranstaltungen und Gewinnspiele informiert werden möchtet, dann könnt ihr mir gerne folgen. Solltet Ihr zudem Spaß an Extrakapiteln und unveröffentlichten Szenen früherer Bücher haben, dann könnt ihr euch auch für meinen Newsletter eintragen.

Ich freue mich, von euch zu hören!

Newsletter: www.poppyjanderson.de
Facebook: Poppy J. Anderson
Instagram: PoppyJAnderson
WhatsApp-News: 0177/1464855

Alles Liebe

Eure Poppy

Poppy J. Anderson

„Vier Hochzeiten und ein Herzensbrecher“
erscheint am
3. Mai 2018

„Vier Hochzeiten und ein Rockstar“
erscheint am
7. Juni 2018

26647246R00233

Printed in Poland
by Amazon Fulfillment
Poland Sp. z o.o., Wrocław